Carola Mieder

ES SAGT AUS ALTEN TAGEN

Ein neues Thüringer Sagenbuch

Herausgegeben von Ernst Karl Wenig

Greifenverlag zu Rudolstadt

Mit Illustrationen von Klaus Ensikat

1. Auflage (Neuausgabe) 1989
Lizenz-Nr. 384-220/33/89
LSV 7108
Schutzumschlag und Einband: Klaus Ensikat
Printed in the German Democratic Republic
Typografie: Werner Haferkorn
Gesamtherstellung: Karl-Marx-Werk Pößneck V15/30
Gesetzt aus der Korpus Timeless
Bestell-Nr. 525 447 7

ISBN 3-7352-0133-4

01100

I

Die Sage von der Sage

Oberhalb des Tales der Selige stehen zwei Felsen, der Haderholzstein und der Falkemerstein. Einst waren diese Steine Burgen. Sie sind verfallen und zu Fels geworden. Niemand weiß mehr genau, wie es geschah. Nur so viel ist überliefert, daß die Burgherren sich tödlich haßten und danach trachteten, einander nicht nur Dörfer und Wald und Vieh und Burg, sondern auch das Leben zu nehmen. Vielleicht rotteten sie in wütender Feindschaft gegenseitig ihre Familien aus? Vielleicht drang fremdes Kriegsvolk in den Grund der Selige und hinauf zu den Burgen, zerschlug die Eingänge, mordete die Bewohner und warf die Brandfackel in die Säle und Türme?

Es steht in keiner Chronik, wie die Zerstörung und die Verwandlung in Fels wirklich geschah, wie sie begann und wie sie endete. Doch die Menschen im Walde, die Köhler und Erzschürfer, die Holzfäller und Hirten bewahrten lange Zeit von Generation zu Generation eine Deutung der alten Geschichte auf, die den Sinn der Zerstörung vielleicht tiefer erfaßte als es die genaueste Chronik vermocht hätte. Es kann auch sein, daß damals ein Dichter lebte, dessen Ballade von der Zerstörung der Burgen die Menschen weitersagten.

Die sich in Haß und Feindschaft verfolgenden Ritter, so wurde erzählt, hatten zwei Kinder; der Haderholzsteiner einen Sohn mit rechtschaffenem Herzen und aufgeschlossenem Geist, der Falkenburger eine Tochter, die von der Art war, daß jedem Manne bei ihrem Anblick das Blut schneller durch die Adern floß. Ihre Beine hatten die Anmut der Läufe des Rehs, Schultern, Hals und Nacken schienen aus edlem Elfenbein geformt, und ihr Gesicht war von solchem Liebreiz, daß jedermann Zuneigung zu ihr faßte.

Der Sohn des Haderholzsteiners verliebte sich so sehr in die schöne Nachbarin, daß es ihm bald leid wurde, mit dem Vater und den Knechten auf Jagd zu gehen, Bauern zu strafen, die nicht pünktlich fronten, oder Dörfer des Falkensteiners in grimmiger Lust zu Raub und Vergeltung heimzusuchen. Viel lieber blieb der junge Herr jetzt zu Hause, ersann Lieder, die er dem Mädchen vorsang, oder streifte mit ihr über Berg und Tal, nichts anderes im Sinn als die Gefährtin. Das Fräulein von Falkenstein ließ sich die Werbung wohl gefallen. Auch sie war dem Junker von Herzen zugetan. Das einzige, was Schatten über ihre Liebe warf, war der Haß der Väter.

Wie das Mädchen befürchtet hatte, gerieten die beiden Ritter über die Neigung ihrer Kinder in hellen Zorn und drohten ihnen schreckliche Strafen an. Der eine schwor, eher werde er seine Tochter dem ersten besten Strauchdieb zur Frau geben als dem Sohn seines ärgsten Feindes, und der andere wollte seinen Sohn eigenhändig umbringen, wenn er von dem Mädchen nicht lasse.

Der Haß der Väter ließ die Liebe der Kinder aber nur tiefer und inniger werden. Weder Schimpf noch Drohung brachte sie voneinander ab. Heimlich bauten sie sich unten im Tale, tief im Walde, eine Hütte, in der sie sich trafen und ihre Liebe genossen. Eng umschlungen, von der Seligkeit der ganzen Welt erfüllt, lagen sie auf dem Laub, das den Boden der Hütte bedeckte, währenddessen ihre Väter jagten und brandschatzten und einander im Walde zu blutiger Tat auflauerten.

Die Liebesstunden in der Waldhütte blieben nicht ohne

Folgen. Das Mädchen ging bald mit einem Kinde schwanger. Lange konnte sie es verbergen, aber eines Tages sah ihr Vater doch, wie es um sie stand. Sie bat ihn, Erbarmen mit dem jungen Leben zu haben, das sie in ihrem Leibe trug, und in die Heirat mit dem Junker vom Haderholzstein einzuwilligen. Doch der Vater ließ sich auf nichts ein, wütete durch alle Räume, schrie, daß die dicken Burgmauern erzitterten, und stieß seine Tochter aus dem Hause. Sie wußte keinen anderen Zufluchtsort als die Waldhütte. Als sie dort an-

kam, setzten schon die Wehen ein, und sie gab einem kräftigen Knaben das Leben. Sie selbst aber verblutete.

Inzwischen hatte ihr Freund erfahren, was auf dem Falkemerstein geschehen war. Er erschauerte vor der Hartherzigkeit und dem Starrsinn der Väter und eilte ebenfalls zur Hütte. Tot auf dem Laub fand er die Geliebte. Vor seinen Augen tat das Kind die letzten Atemzüge. Da erfaßte ihn Verzweiflung, und auch er setzte seinem Leben ein Ende.

Wer nun aber glaubt, der Tod ihrer Kinder hätte den Sinn der beiden Ritter geändert, der irrt. Wohl klagten sie laut über das Unglück, gaben sich aber mit noch härteren Worten als zuvor die Schuld und bekämpften sich verbissener denn je. Da verfluchte der Geist des Knaben die beiden Burgen. Schon am darauffolgenden Tage brachten sich die feindlichen Ritter gegenseitig um, und ihre bewehrten Häuser wurden augenblicklich zu wüsten Felsen.

Seitdem sind im Tal der Selige bei Nacht manchmal Lichter und weiße Gestalten zu sehen. Sie möchten sich tanzend fassen, in der Dunkelheit gelingt es ihnen aber nicht. Wenn es Mitternacht schlägt, verschwinden sie an der Stelle, wo einst die Hütte stand, um das Suchen in einer anderen Nacht fortzusetzen. Es sind die Seelen der Liebenden und ihres Knaben, und wenn es auch noch einige Zeit dauert, so werden sie sich doch wiederfinden, sich in lebende Menschen zurückverwandeln und ihr Glück genießen können.

So lautet die Prophezeiung des Waldvolkes oder seines unbekannten Dichters und Sängers. Niemand bewahrte das äußere Geschehen auf, doch die alte Fabel, ist sie nicht wie ein Schlüssel zum Herzen der Vorfahren und zu ihren Gedanken über das, was geschah und noch geschehen wird?

II

Der Kampf am Meer

In grauer Vorzeit wohnten die Thüringer an einem Meer. Eines Tages kamen die Sachsen auf ihren Schiffen und wollten sich an diesem Meere ansiedeln. Doch die Thüringer litten es nicht und erhoben wütend die Waffen. Ein wilder Kampf entbrannte, der keinen Sieger sah: Die Thüringer verteidigten ihr Land erfolgreich, doch die Sachsen behaupteten an der Küste den Hafen Hadolava.

Es wurde ein Vertrag geschlossen, der den Sachsen das Recht einräumte, zu kaufen und zu verkaufen, was ihnen beliebte, der ihnen aber untersagte, Land in Besitz zu nehmen.

Lange Zeit achteten die Sachsen diese Abmachung. Als sie aber einmal nichts zu verkaufen hatten und deshalb auch nichts kaufen konnten, meinten sie: Was nützt uns der ganze Vertrag? Einer von ihnen, das lange Messer unter dem Kittel, aber außen mit goldenen Ketten und goldenen Spangen behängt, ging in das Land. Die Thüringer fragten ihn: „Wozu trägst du so viel Gold an deinem ausgehungerten Halse?“ Der Sachse antwortete: „Ich suche Käufer; denn etwas anderes als Gold haben wir nicht mehr. Des nackten Hungers wegen verkaufe ich die Ketten und die Spangen.“ Die Thüringer erkundigten sich: „Was sollen wir dir für das Gold geben?“ Darauf der Sachse: „Das ist mir gleich. Gebt mir, was ihr wollt.“

Sie machten als Kaufpreis für das Gold einen Rock voll Erde aus. Der Sachse hielt seinen Rock so weit auf, wie er konnte, und die Thüringer taten lächelnd die Erde hinein; hatten sie jemals einen so guten Tausch gemacht?

Der Sachse kam zu den Seinen zurück. Als sie die Erde erblickten, verließen sie ihre Schiffe, gingen in das Land der Thüringer und streuten die Erde dünn auf die Felder. So gewannen sie eine große Fläche Landes.

Die Thüringer, die das sahen, klagten auf Friedensbruch. Die Sachsen aber sagten: „Das bestreute Land haben wir mit unserem Golde erworben. Wir werden es behalten, sollten wir es auch mit unserem Blute verteidigen müssen."

Nun verwünschten die Thüringer das Gold, das sie so vorteilhaft erworben zu haben glaubten. Sie erhoben abermals die Waffen gegen die Sachsen. Die aber behaupteten das mit Erde bestreute Land, behielten und bebauten es.

Sachsen und Thüringer kamen zu neuen Friedensverhandlungen zusammen. Das sollte, so war es verabredet worden, ohne Waffen geschehen. Die Sachsen aber trugen ihre großen Messer unter den Kleidern. Als sie sahen, daß die Thüringer in gutem Glauben waffenlos waren, hielten sie die Stunde für gut, sich des ganzen Landes zu bemächtigen. Sie überfielen die Thüringer und töteten sie. Die Kunde vom Sieg der Sachsen verbreitete sich rasch, und die benachbarten Stämme begannen sie zu fürchten. Zu dieser Zeit bekamen die Sachsen ihren Namen; denn die Messer, mit denen sie die Thüringer besiegt hatten, nannten sie Sachse.

Childerich und Basina

Merowigs Sohn Childerich trieb es als König der Franken sehr arg. Selbst die Töchter der Edlen mißbrauchte er. Da stürzten ihn die Franken vom Thron. Er floh und wandte sich an Basinus, den König der Thüringer. Der gewährte ihm Schutz und ehrenvollen Aufenthalt.

Unter den fränkischen Edelleuten hatte Childerich einen besonders treuen Freund, Winomadus. Der war des geflohenen Königs bester Ratgeber gewesen, und auch jetzt hielt er zu ihm. Er hatte sich vorgenommen, den Sinn der Franken so zu lenken, daß sie Childerich wieder gewogen würden. Beim Abschied hatte er dem König die Hälfte eines Ringes gegeben und gesagt: „Wenn ich dir die andere Hälfte sende, dann ist es Zeit für dich, in die Heimat zurückzukehren."

Nun wählten die Franken den Römer Ägidius zu ihrem König. Winomadus verstellte sich so, daß es ihm gelang, der engste Vertraute und Berater auch des neuen Herrschers zu werden. Er riet ihm, das Volk mit schweren Abgaben zu belasten, und trieb ihn listig zu immer neuen und immer größeren Verschwendungen. Schließlich brachte Winomadus den Römer sogar dahin, daß dieser einige der Mächtigsten des Landes hinrichten ließ, wozu der schlaue Ratgeber klüglich Childerichs ärgste Feinde ausgewählt hatte. So kam es, daß die Franken auch mit ihrem neuen Herrscher haderten. Sie bereuten, Childerich vertrieben zu haben.

Jetzt hielt Winomadus den Tag für gekommen, Childerich zurückzurufen. Er sandte ihm die Ringhälfte an den Thüringer Königshof. Der alte Herrscher kehrte heim, das Volk sammelte sich, überwand Ägidius und setzte Childerich wieder auf den Thron.

Es dauerte nicht lange, da verließ Basina, die Gemahlin des Königs von Thüringen, ihr Land und begab sich zum Frankenkönig, mit dem sie in geheimer Liebe gelebt hatte. Childerich vergaß alles, was er in Thüringen an Wohltaten erfahren hatte, und behielt Basina bei sich. Da Basinus noch Heide war, machte sich der getaufte Frankenkönig kein Gewissen daraus, die Freundschaft des Thüringers mit Undank zu lohnen.

In der Hochzeitsnacht hieß Basina den König Enthaltsamkeit üben und hinaus vor das Tor der fränkischen Herrscherburg treten. Was er sehe, solle er ihr berichten. Childerich folgte Basinas Worten und sah vor dem Tore wilde Tiere herumgehen, vornehmlich Löwen und Einhörner. Er eilte zu seiner Gemahlin zurück und sagte, was er gesehen hatte. Sie trug ihm auf, ein zweites Mal hinauszugehen. Diesmal sah der König Bären und Wölfe wandeln und erzählte es wiederum Basina. Sie schickte ihn auch ein drittes Mal hinaus, und der König sah, wie sich Hunde und andere kleine Tiere untereinander zerrissen.

In das Ehebett zurückgekehrt, verlangte Childerich den Sinn des Geschehens vor dem Tore zu wissen. Basina vertröstete ihn auf den Morgen. Als es Tag wurde, sagte sie: „Das, was du sahst, versinnbildlicht künftige Dinge. Unser erster Sohn wird so stark und so mächtig wie ein Löwe oder ein Einhorn werden, seine Kinder so frech und so raubgierig wie die Wölfe und Bären, deren Nachkommen und die letzten aus unserem Geschlecht aber so feige wie Hunde. Das kleine Getier, das du sahst, bedeutet das Volk. Es wird dann keine Furcht mehr vor dem König haben, aber sich untereinander in Haß und Torheit verfolgen."

Childerich aber freute sich über die ausgebreitete Nachkommenschaft, die ihm verheißen worden war.

Das Ende des Thüringer Königreiches

Der Thüringer König Basinus hatte drei Söhne: Baderich, Herminefred und Berthar. Nach dem Willen ihres Vaters sollten die drei zusammen die Herrschaft ausüben. Doch Herminefred zog gegen Berthar, bezwang und tötete ihn. Damit war aber seine herrschsüchtige Frau Amalberga, eine Nichte des Frankenkönigs Theoderich, noch nicht zufrieden. Sie setzte ihm eines Tages nur die halbe Mahlzeit vor, und als er fragte, was das zu bedeuten habe, antwortete sie: „Wer nur das halbe Reich sein eigen nennt, hat auch nur Anspruch auf das halbe Essen!" Das stachelte Herminefred auf. Er verbündete sich mit König Theoderich von Franken und schlug und tötete auch seinen zweiten Bruder Baderich.

Er hatte Theoderich versprochen, den Anteil des Toten am Königreich Thüringen mit ihm zu teilen, brach aber sein Wort, so daß Theoderich auf Mittel sann, Herminefred zu strafen.

Theoderich fing an, den Thüringern viele Schandtaten nachzureden. So brachte er sein Heer dahin, daß es darauf brannte, gegen die Übeltäter zu ziehen. Nun verbündete sich Theoderich mit seinem Bruder Clotar und brach mit starker Heeresmacht nach Thüringen auf.

Die Thüringer, vom Herannahen der Franken mit Sorge erfüllt, stellten den Angreifern eine Falle. Im Felde, auf dem es zum Kampfe kommen sollte, legten sie Gruben an und bedeckten sie mit Reisig und Gras. Viele fränkische Reiter stürzten in die tückischen Löcher, und so wurde der erste Angriff abgeschlagen. Das nutzte den Thüringern aber nichts; die Franken rückten zum zweiten Mal heran und schlugen das Heer Herminefreds derart, das es bis zur Unstrut floh. Auch dort wurden noch viele Thüringer niedergemetzelt. Das Flußbett war mit Leichen angefüllt; die Franken ritten wie über eine Brücke darüber hinweg. Sie nahmen das Land in Besitz und brachten es unter ihre Herrschaft.

Herminefred hatte sich aus dem Staube gemacht, als er sah, daß die Franken den Sieg davontragen würden. Auf Geheiß Theoderichs kam er zu ihm und warf sich vor ihm nieder. Das nützte ihm aber nichts. Theoderich ließ ihn töten.

So lautet die fränkische Sage vom Untergang des Thüringer Königreiches. Die sächsische berichtet dies:

Als der König der Franken starb, hinterließ er außer seiner Tochter Amalberga, die mit dem Thüringer König Irminfried (d. i. Herminefred) verheiratet war, keinen rechtmäßigen Erben. Aus Anhänglichkeit an den toten König wählte das fränkische Volk dessen unehelichen Sohn Dietrich oder Theoderich, den Stiefbruder Amalbergas, zum Herrscher, obwohl er nach dem geltenden Recht keinen Anspruch auf den Thron hatte.

Diese Wahl ärgerte Amalberga, die danach trachtete, das Frankenreich in ihren Besitz zu bekommen. Sie sei die rechtmäßige Erbin, ließ sie Theoderich mitteilen, er dagegen ein geborener Knecht, da seine Mutter eine Sklavin gewesen sei. Als trotz dieser Haltung Amalbergas Theoderich und Irminfried überein kamen, in Frieden miteinander zu leben, griff die Thüringer Königin zu einer List. Sie ließ Iring zu sich kommen, einen klugen und tapferen Mann, den sich Irminfried zum Ratgeber erwählt hatte. Ihn bat sie, dem König zu sagen, es zieme sich nicht für ihn, einem Sklaven die Hand zu reichen. Und tatsächlich brachte Amalberga auf diese Weise ihren Mann vom Frieden mit Theoderich ab, und Iring mußte ihm auch einreden, die Streitmacht der Thüringer sei der fränkischen überlegen. Schließlich ließ Irminfried Theoderich sagen, er wolle ihm zwar die Vetterschaft nicht verweigern, doch könne er sich nicht vorstellen, daß ein geborener Sklave königliches Recht und Eigentum besitzen solle.

Als Theoderich das vernahm, erfaßte ihn großer Zorn. Er sammelte ein gewaltiges Heer, mit dem er an Thüringens Grenze zog. Das hatte Irminfried vorausgesehen und mit seiner Streitmacht schon Aufstellung zum Kampfe genommen. Die Heere schlugen eine erbitterte Schlacht. Am dritten Tag gewannen die Franken die Oberhand, und Irminfried floh mit dem Rest seiner Scharen in die Burg Scithingi. Theoderich beratschlagte mit seinen Hauptleuten, ob man die Thüringer weiter verfolgen oder nach Franken zurückkehren solle. Viele waren dafür, heimzukehren, doch einige rieten zum Weiterkämpfen. Deren Rede gefiel dem König und allen anderen, die auf Beute und Ruhm begierig waren, am besten, und so wurde entschieden, den Kampf fortzusetzen.

Der Frankenkönig richtete eine Botschaft an die Sachsen und lud sie ein, am Zug gegen die Thüringer teilzunehmen. Er wolle ihnen Thüringen nach dem Sieg auf ewig überlassen. Die Sachsen nahmen das Anerbieten an, rückten heran und schlugen südlich der Burg Scithingi ihr Lager auf. Schon am

Tage nach ihrer Ankunft stürmten sie die Vorstadt und steckten sie in Brand. Dann bildeten sie von Osten her eine Schlachtreihe. Die Thüringer unternahmen einen verzweifelten Gegenstoß, und da sie um ihr Leben kämpften, um ihr Land und ihre Familien, brachten sie die Sachsen an den Rand einer Niederlage. Diese aber führten neue Reiter heran, so daß die Thüringer wieder zurückweichen mußten. Erst das hereinbrechende Dunkel machte dem Ringen ein Ende.

In dieser Nacht erbat Irminfried von Theoderich den Frieden und bot Unterwerfung an. Die fränkischen Räte, von Amalberga inzwischen bestochen, verwiesen auf die Gefahr, die dem Frankenreich von den wilden Sachsen drohen könne, und so ließ sich Theoderich herbei, das Angebot seines Schwagers anzunehmen. Die Kunde, daß der Kampf nicht wieder aufgenommen werde, verbreitete sich rasch. Sie drang auch in die belagerte Stadt, und die Menschen darin atmeten auf.

Des Friedens gewiß, ging ein Thüringer mit seinem Falken vor die Stadt. Der Vogel flog aber ans jenseitige Ufer der Unstrut und wurde von einem Sachsen gefangen. Der Thüringer forderte den Vogel, der Sachse weigerte sich jedoch, ihn zurückfliegen zu lassen. Da sagte der Thüringer: „Wenn du den Falken zurückgibst, will ich dir ein Geheimnis anvertrauen." Der Sachse entgegnete: „Rede, du wirst den Vogel wiederbekommen." Da erzählte der Thüringer, daß Theoderich und Irminfried übereingekommen seien, nach dem Friedensschluß sich gemeinsam gegen die Sachsen zu wenden. Als der Thüringer sogar noch die zweite Stunde des folgenden Tages als Zeitpunkt dafür nannte, ließ der Sachse unverzüglich den Falken los und eilte zu seinen Leuten, ihnen die Nachricht zu bringen.

Sofort wurde Rat im sächsischen Lager gehalten. Ein hochbetagter Krieger, mit Namen „Vater der Väter", riet zum Kampfe, wenn nicht alles verlorengehen solle. Ihm schlossen sich die anderen an. Sie verwendeten den Tag, sich zu stärken, und mitten in der Nacht nahmen sie die

Waffen und drangen mit solcher Wucht in die unbewachte Stadt, daß sie ihnen alsbald in die Hände fiel. Die Sachsen töteten alle Männer; die Jünglinge sparten sie für die Knechtschaft auf. Frauen und Kinder blieben verschont.

Abermals rettete sich Irminfried mit seiner Frau durch die Flucht. So war der Sieg der Sachsen nicht vollständig. Sie kümmerten sich weiter nicht um den geflohenen König, stellten, sobald der Morgen graute, am östlichen Tor einen Adler auf, errichteten einen Siegesaltar und verehrten ihre Götter, wie es schon die Väter und Vorväter getan hatten. Darauf wandten sie sich zum Lager der Franken, und Theoderich mußte ihnen ganz Thüringen geben.

Als Theoderich von Irminfrieds erneuter Flucht gehört hatte, sann er darüber nach, wie er ihn töten könne. Er ließ ihn rufen und ging dann zu Iring, der noch als Gast im Lager der Franken war. Den beredete er durch trügerische Versprechungen, seinen König Irminfried so ums Leben zu bringen, daß niemand ihn, Theoderich, als Anstifter vermuten könne. Iring weigerte sich lange, das Schändliche zu tun, gab dann aber doch nach.

Irminfried kam ins Lager und warf sich vor Theoderich in den Staub. Iring, der als seines Königs Waffenträger daneben stand, stieß ihm das Schwert durch den Leib. Da herrschte ihn Theoderich an: „Durch diese Greueltat bist du zum Abscheu aller Menschen geworden. Sofort aus dem Lager mit dir, wir wollen an deinem Verbrechen weder Schuld noch Anteil haben!"

„Ja", entgegnete Iring, „ich bin zum Abscheu aller Menschen geworden, weil ich deinen Ränken diente. Ich will jedoch meinen König rächen!" Mit diesen Worten durchbohrte er Theoderich mit demselben Schwerte, an dem Irminfrieds Blut klebte. Iring legte die Leiche seines Königs über die Theoderichs, damit der Thüringer wenigstens im Tode über dem Franken sei.

Mit dem Schwerte erkämpfte sich Iring einen Weg aus dem Lager und ging von dannen.

Wie das Christentum nach Thüringen kam

Man meldete Bonifazius, die Menschen in Thüringen seien noch Heiden. Da beschloß er, sie zum christlichen Glauben zu bekehren. Er fragte einen kundigen Ritter, wie das Land Thüringen beschaffen sei, und der antwortete:

„Das Land Thüringen ist zwölf Meilen Weges lang und zwölf Meilen breit. Es liegt zwischen zwei mächtigen Wäldern, dem Thüringer Wald und dem Harzwald, und es hat zwei schöne und fischreiche Flüsse, die Werra und die Saale. Käme es zum christlichen Glauben, so gewännen wir einen Flecken Erde, der in seiner Art und Größe der fruchtbarste ist, der sich denken läßt."

Als Bonifazius das vernahm, besann er sich nicht lange und zog mit Heereskraft nach Thüringen. Vor den Herannahenden erschraken die Thüringer und flohen allesamt auf einen Bruch in der Nähe der Unstrut. Sie beschlossen, dieses Moor nicht zu verlassen, ob sie nun lebendig blieben oder zu Tode kämen. Bonifazius aber löste sich von dem Heerhaufen und ging bescheiden ins Land. Er ließ die Thüringer bitten, zu ihm zu kommen, und sie schickten ihm ihre Vornehmsten, zu erfahren, was er begehre.

Bonifazius sagte zu den Thüringern: „Liebe Leute, es wäre Zeit, daß ihr euch taufen ließet. Verlaßt das Heidentum und glaubt an Christus! Folgt ihr meinem Rat, so wäre euch das zu Nutz und Frommen, und ihr würdet es niemals bereuen. Schlagt ihr aber meinen Rat in den Wind, so sollt ihr die Stärke meiner Waffen kennenlernen."

Was für Nutz und Frommen sie denn zu erwarten hätten, wenn sie an Christus glaubten, fragten die Thüringer. Darauf entgegnete der Bischof, sie sollten durch die Macht des Gottessohnes von aller unrechten Gewalt an Leib und Leben hier auf Erden und von des Teufels Gewalt, von Sünde und Hölle nach dem Tode entledigt werden.

Als die Thüringer das hörten, sagten sie: „Lieber Herr, wenn der geborene Gott das vermag, dann soll er es so einrichten, daß wir des Zehnten ledig werden, den wir dem König in Ungarn geben müssen. Wir müssen verzehnten unseren Leib und unser Gut, Weib und Kind und alles, was wir sonst noch haben. Wenn Ihr diesen Zehnten abschafft und wir eine glaubwürdige Versicherung darüber empfangen, wollen wir an den geborenen Gott glauben, uns taufen lassen und Euch in allem folgen. Behalten wir aber den Zehnten, so werden wir nimmermehr Christen, sondern bleiben bei unseren alten Göttern, gleich, ob tot oder lebendig!“

Bonifazius befragte seine Räte, was mit diesen verstockten Thüringern am besten zu tun sei. Die Räte schlugen vor, eine Bedenkzeit abzumachen und indessen die Unterstützung des Papstes und des Kaisers anzurufen. Der Bischof willigte ein, doch in der Nacht hörte er die Stimme des Herrn, die zu ihm sprach: „Ich will nicht, daß ein Mensch Zins und Zehnten geben soll einem anderen Menschen von seinem eigenen Leibe. Darum sage den Thüringern, daß der König von Ungarn künftig kein Recht mehr hat, diesen Zehnten von ihnen zu nehmen. Und du, Bonifazius, sollst im Lande Thüringen bleiben.“

Daraufhin gab der Bischof den Thüringern die geforderte Versicherung. Es dauerte nicht lange, und die Ungarn vernahmen, daß ihnen der Zehnte verweigert wurde. Sie erfuhren auch, daß es auf Befehl Bonifazius’ geschah, und zogen mit einem großen Heer nach Thüringen, wo sie auf die Streitmacht des Bischofs trafen. Die Heere schlugen eine blutige Schlacht, von der sich die Wasser der Unstrut rot färbten. Die Ungarn wurden so in die Enge getrieben, daß sie schließlich weder vorwärts noch rückwärts ausweichen konnten, und so wurden sie alle erschlagen.

Als die Thüringer das sahen, nahmen sie den neuen Glauben an und ließen sich taufen.

Die Rettung

In der Mitte des neunten Jahrhunderts ist eine schreckliche Teuerung gewesen. Sie wollte und wollte nicht enden. Die Menschen verließen die Täler, in denen sie wohnten, hoffend, an anderen Plätzen Nahrung zu finden.

Von Süden her schleppte sich zu jener Zeit eine Familie dem Thüringer Wald entgegen. Alte und Junge waren unterwegs gestorben und begraben worden. Übriggeblieben war

ein Mann mit seiner Frau und einem zarten Knaben. Die drei waren so hinfällig, so hungrig und dem Tode so nahe, daß der Mann in seiner Verzweiflung beschloß, das Kindlein zu schlachten und mit der Frau zu essen.

Die Frau wollte es nicht zulassen, sie weinte und flehte, aber der Mann ließ sich nicht von seinem Entschluß abbringen und schickte sich an, Hand an den Knaben zu legen. Da hörte er ein Gereusche und Getreusche in den Büschen des Waldes. Er erschrak, nicht minder die Frau, und als sie näher hinblickten, sahen sie, daß zwei Wölfe eine Hindin ergriffen hatten und sie zerrissen, geradeso wie es der Mann mit dem Knäblein machen wollte.

Der Anblick traf die Frau so tief, daß sie laut schrie. Das schreckte die Wölfe. Der Mann sah, wie sie von der Beute ließen, und da schrie auch er, um die Ungeheuer zu vertreiben. Das gelang. Die Wölfe ließen die Hindin zurück, und das rettete den drei Menschen das Leben. Sie stillten ihren Hunger, ruhten einige Tage und setzten dann ihre Wanderung in den Wald fort.

Vom Ursprung der Stadt Erfurt

Der König von Frankreich hatte zwölf Studenten, die wurden „die deutschen Schüler“ genannt. Sie fuhren, um alles genau kennenzulernen, auf einer Glücksscheibe in der ganzen Welt herum. Auf diese Weise konnten sie in vierundzwanzig Stunden alles sehen, was in Nord und Süd, in Ost und West geschah, worüber sie dann dem König berichteten.

Die Glücksscheibe war natürlich ein Werk des Teufels. Er nahm alle vier Jahre als Lohn einen der deutschen Schüler, indem er ihn von der Scheibe herunterstürzen ließ. Den letzten ließ er auf den Petersberg bei Erfurt fallen, der vormals Berbersberg hieß.

Den König bekümmerte es sehr, als er auch den letzten seiner deutschen Schüler verloren hatte. Als er erfuhr, daß der Petersberg schön gelegen war, ließ er eine Kapelle darauf bauen und nannte sie Corporis Christi. Es war aber lauter Wasser da und nichts angebaut. Da ließ er an die Kapelle eine Laterne hängen, die ein Einsiedler warten mußte, und so konnten sich die Schiffe, die das Wasser befuhren, danach richten. Als das Wasser verschwand, entstand da die Stadt Erfurt.

Eine andere Sage berichtet dies:

Als Merwig König von Thüringen war, ließ er eine Burg an jenem Ort anlegen, wo später das Dorf Möbisburg entstand. Nach seinem Namen hieß die Burg Merwigsburg, und er wohnte in ihr und hielt Hof viele Jahre. Von hier aus kämpfte er mit den Sorben, deren Tapferkeit ihn oft in arge Bedrängnis brachte.

König Merwig ließ auch einen Saal auf dem Petersberge erbauen; sonst ist aber von der Stadt noch nichts vorhanden gewesen, außer daß unten am Berge ein Dorf namens Schilderoda lag, wo heutigentags die St.-Andreas-Kirche steht.

Am königlichen Hofe lebte ein Edler namens Erpo oder Erff. Der baute bei Schilderoda eine Mühle, und weil nicht aller Orten durch das Wasser zu fahren oder zu reiten war, ließ er da, wo später die Furtmühle stand, am Ufer eine Furt abgraben, damit er von Schilderoda aus bequem durchgehen konnte. Die hieß man Erpsfurt.

Die dritte Sage vom Ursprung der Stadt Erfurt lautet so:

Im 707. Jahr nach Christus hat König Dagobert ein Kloster auf dem Berge bauen lassen, der Merwigsburg hieß nach Merwig, dem König der Franken, der ein Sohn Merwigs, des Fürsten von Thüringen, und ein Oberältervater des Königs Dagobert gewesen ist. Nachdem er den heidnischen Namen des Bergs und der Stadt hinweggetan hatte, nannte er den Ort Petersberg und baute daselbst ein Kloster. Er hat auch die Burg zerstört und St. Peters Münster gebaut auf Bitten des Mönchs Trutmann, welcher um dieselbe Zeit von Kygibert, dem Erzbischof zu Mainz, zum Vorsteher der Kirche St. Blasii gemacht worden war. Später eignete sich St. Bonifazius diesen Besitz an, erweiterte ihn zu einem Bistum und ließ den Mönchen nur soviel, wie ihnen zur täglichen Nahrung nötig war.

Wie das Erfurter Rad ins Wappen kam

Im Jahre 975 wurde Willegis, ein frommer und gelehrter Mann, zum Bischof von Mainz ernannt. Er war aber von armer Herkunft; sein Vater war ein Wagner gewesen. Deshalb haßten ihn die adligen und Stiftsgenossen; sie nahmen Kreide und malten, um ihm eine Schmach anzutun, viele Räder an die Wände und Türen seines Schlosses.

Als der Bischof diesen Spott vernahm, ließ er einen Maler rufen und befahl ihm, mit guter Farbe in alle seine Gemächer weiße Räder im roten Felde zu malen. Dazu ließ er folgenden Reim setzen:

„Willegis, Willegis, denk
woher du kommen bist."

Da Erfurt zur Herrschaft des Mainzer Bischofs gehörte, kam das Rad auch ins Wappen der Thüringer Stadt.

III

Das Wilde Heer

Zwischen Eisenach und Gotha erhebt sich der Hörselberg. Frau Holle, Frau Venus, Zwerge und Geister und auch das Wilde Heer haben in ihm ihren Sitz.

In den Weihnächten und Fastnächten verläßt das Wilde Heer den Berg, und mit den Winden, mit den Schneestürmen braust es über das Land. Auf den Fluren und in den Wäldern, in den Dörfern und Städten sind viele Gespenster zu sehen, Geister unter ihnen mit den Gesichtern der Verstorbenen.

Die wilden Gesellen erscheinen bald zu Pferde in einem jagenden, brausenden Zug, bald zu Fuß wie Kolonnen geschlagener Krieger. Vor dem Heer geht ein alter Mann, der Getreue Eckart. Er stützt sich auf einen langen Stecken und ermahnt das gaffende Volk, nicht zu nahe zu kommen; denn jede Berührung mit dem Wilden Heere bringe Unglück.

Hinter dem Getreuen Eckart folgen die grausigen Scharen der wilden Gestalten. Einige tragen ihre Köpfe in den Händen, andere haben Beine und Arme geschultert, wieder andere sind auf große Räder gebunden und bewegen sich mit ihnen drehend fort. Jägergeschrei, Hörnerschall und Hundegebell begleiten den Zug. Auch ist allerlei Getier zu sehen, darunter Schweine und Löwen.

Sooft das Wilde Heer das Jüchsetal aufwärts streift, zieht

es in Neubrunn durch drei ganz bestimmte Häuser. Es hat die Macht dazu, weil in diesen Häusern drei Türen in gerader Richtung hintereinander stehen und sogar mit der Hoftür eine Linie bilden. Solche Türstellung gibt es auch in Untermaßfeld, und darum braust auch dort der Geisterzug durch diese Häuser, ohne Schaden anzurichten und eine Spur zurückzulassen.

Vom Dorfe Rohr aus wälzte sich das Heer einmal auf Schwarza zu. Wie immer, ging der Getreue Eckart voran und warnte die Leute. Da sah er zwei Knaben, die aus dem nächsten Dorfe Bier geholt hatten. Als sie der wilden Gestalten ansichtig wurden, versteckten sie sich in einem Winkel. Einige Furien lösten sich vom Zug, stürzten sich auf die Knaben und tranken das Bier aus den Kannen. Wie nun alles vorüber war, wagten sich die erschrockenen Kinder schüchtern vor. Der Getreue Eckart sagte zu ihnen: „Ihr habt recht getan, das Bier freiwillig herzugeben. Hättet ihr euch gewehrt – die Furien hätten euch die Hälse umgedreht! Geht nun nach Hause, aber sagt niemandem, was ihr gesehen habt.“ Die Knaben beherzigten die Worte des Getreuen Eckart, und als sie nach Hause kamen, waren die Kannen voll köstlichen Biers. Es wurde nicht alle, soviel ihre Väter auch tranken. Nach einiger Zeit aber erzählten die Knaben, was sie gesehen hatten, und von dieser Stunde an versiegte das Bier.

Der Elbel

In der Gegend um Mihla heißt der Wilde Jäger der Elbel. Er wohnt in den Felsklüften über der Wüstung Wernershausen. Höher hinauf nach dem Hainich liegen Elbelstein und Elbelkanzel. Der Elbel und seine Jagd durchsausen den Hainichwald und seine Angrenzungen, da ist sein Revier.

Ein Herr von Harstall zu Mihla, der zur Zeit des Dreißigjährigen Krieges lebte, hatte einen Leibjäger, das war ein wilder Weidgesell und hieß Hölzerkopf. Dem stieß einmal auf einem Pirschgang der Elbel mit seiner Jagd auf: voran floh und flog ihr im vollen Laufe eine schöne Jungfrau mit flatterndem Haar, die dem Hölzerkopf so wohl gefiel, daß er sich gleich selbst zum Elbel wünschte. Unmutig, daß solches Wild nicht für ihn war, schoß er, als die Wilde Jagd vorbeigesaust, seine Büchse aufs Geratewohl ab, und siehe, der Schuß geriet sehr gut, denn ein Rehbock, den er zuvor gar nicht gesehen hatte, brach angeschossen durchs Dickicht, stürzte zu seinen Füßen hin und verendete. Von da an traf jeder Schuß, den Hölzerkopf tat, ein jagdbares Hochwild, und er merkte nun, daß der Elbel ein Bündnis mit ihm geschlossen hatte.

Eines Tages, als Hölzerkopf mit seinem Herrn zur Jagd zog, setzte er sich nieder und begann zu frühstücken, während der Herr von Harstall weiter wollte und unwillig fragte, was das heißen solle. „Können's ja bequem haben, gnädiger Herr!" sprach Hölzerkopf. „Wir wollen die Hunde loslassen, uns aber nicht ermüden." Tat's, ließ die Hunde los, trank einmal, spannte den Hahn, schoß ins Blaue. Da sprang gleich ein stattlicher Edelhirsch, fast aufs Blatt getroffen, heran, und Hölzerkopf reichte dem Herrn von Harstall das Weidmesser und sprach: „Gnädiger Herr, beliebt dem Sechzehnender den Genickfang zu geben?" – „Du bist ein Hexenmeister, ein Freischütz!" rief der Herr von Harstall und warf den dargebotenen Hirschfänger von sich, denn er war ein gar frommer Herr. „Du hast deinen Abschied, du magst fortan dem Elbel dienen, nicht mir!" – „Das will ich auch, mit Dero gnädiger Erlaubnis", sprach trotzig der Hölzerkopf, setzte seinen Hut auf, warf die Büchse über, trank noch einmal, schmiß sein Glas in Scherben und ging ohne Gruß und Dank von dannen.

Fortan ist dieser Jäger nie anders als im Gefolge des Elbel erschienen, und oft hat man im Zwielicht beide zum Anstand auf dem Elbelstein stehen sehen. Heutigentags ist im Hainichwalde, den die Straße von Eisenach und Mihla nach

Mühlhausen mittendurch schneidet, nicht mehr viel zu jagen, und die Freischützen sind rar geworden. Hölzerköpfe gibt es noch in Menge – ja – aber sie sind leider Gottes keine Hexenmeister.

Ritter Tannhäuser im Hörselberg

Tannhäuser war ein edler Mann aus dem Frankenland. Er besaß nicht nur die Eigenschaften eines Ritters, sondern auch die Gabe des Minnesanges. Als Landgraf Hermann von Thüringen wieder einmal auf der Wartburg Dichter versammelte, war Tannhäuser unter ihnen. Als lebenserfahrener Mann, der viele Länder bereist hatte und von den seltsamsten Dingen singen konnte, errang er großen Ruhm und viel Ehre.

Eines Tages, es ging schon auf den Abend zu, kam Tannhäuser auf dem Wege zur Wartburg am Hörselberg vorbei. Da sah er am Fuße des Zauberberges eine wunderschöne Frau stehen. Sie war leicht gekleidet, und ihre Reize zogen Tannhäuser mit unwiderstehlicher Gewalt an. Sie winkte ihm, und er winkte zurück, und zugleich erklang aus dem Berg der Schall süßer Lieder.

Es war Frau Venus, deren Liebeslockungen Tannhäuser folgte. Sie geleitete ihn in den Berg, und er genoß ein Jahr lang ihre heiße, sinnverwirrende Liebe. Allmählich aber spürte Tannhäuser Überdruß, und er trachtete danach, wieder aus dem Berge zu kommen. Davon wollte Frau Venus nichts wissen; sie beschwor ihren Gast, sie nicht zu verlassen. Der aber war entschlossen, wieder auf die Erde hinaufzusteigen und Vergebung für sein Buhlen mit Venus zu erlangen. Da ließ sie ihn betrübt ziehen, und Tannhäuser trat aus dem Berg.

Zu jener Zeit regierte Papst Urban in Rom. Zu ihm zog Tannhäuser, sich die Sünde vergeben zu lassen. Der Papst aber war ein strenger Mann. Er zeigte auf seinen weißen

Kreuzesstab und sagte: „Sowenig dieser dürre Stab jemals wieder grünen wird, sowenig erlangst du Gnade!“ Da verließ Tannhäuser Rom und kehrte zurück in den Hörselberg zu Frau Venus.

Nicht lange danach begann der Kreuzesstab des Papstes wider alles Erwarten zu grünen und zu blühen. Da schickte Urban viele Boten aus, um Tannhäuser suchen zu lassen und ihm die Sünde zu vergeben. Aber der Ritter war nirgends zu finden. Er blieb bei Frau Venus. Sie liebte ihn heißer als zuvor, und er wird dort bleiben bis an das Ende der Welt.

Der Grenzgang des Schulzen von Heubach

Die Heubacher Männer fürchteten von jeher weder Tod noch Teufel. Als ihr Fürst einmal sehr in Bedrängnis war, weil er sich eines übermächtigen Feindes kaum noch erwehren konnte, wendeten sie durch ihre Tapferkeit das Kriegsglück: sie griffen, wenige Dutzend Mann stark, den Feind aus einem Hinterhalt mit solcher Wucht an, daß er in Verwirrung geriet und zurückgeworfen wurde. Furchtbare Ernte hielten die Heubacher Dreschflegel und Keulen. Unter ihren Schlägen verbogen sich die Harnische der Eindringlinge wie dünnes Blech.

Der Fürst, glücklich, durch das Eingreifen der Bauern den Feind zurückgedrängt zu sehen, rief die Heubacher Männer zusammen und dankte ihnen. Als Lohn für die rasche, entschlossene Tat könne sich das Dorf etwas wünschen; es solle ihm jede Bitte gewährt werden.

Der Schulze, ein Mann nicht nur mit starken Armen, sondern auch mit scharfem Verstand, bedachte sich nicht lange und sagte zum Fürsten: „Unsere Vorväter haben das Dorf einst gegründet, den Wald gerodet und so die Wiesen und Äcker geschaffen, die Euch und uns heute Nahrung geben. Damals, in der alten Zeit, war es das Recht unserer Vorfahren, im Walde rings um das Dorf Holz zu schlagen, Raubzeug zu schießen, Streu zu holen und Reisig zu sammeln. Später ist uns dieses Recht genommen worden; die Herren und Klöster haben den Wald an sich gebracht. Seitdem müssen wir das Nötigste entbehren. Unsere Bitte ist: Gewährt uns eine Ortsflur mit Wald um das Ackerland, damit wir wie Menschen leben können, ohne Zwang und Schikane der Herren."

Der hohe Herr lächelte mißtrauisch: ob die Heubacher etwa das halbe Fürstentum für sich beanspruchen wollten?

Der Schulze entgegnete, ihnen gehe es nicht um großen Besitz. Sie wollten nur, was sie und ihre Familien zum Leben brauchten, und hätten genug an dem, was ein Mensch in einigen Stunden umwandern könne.

Nachdenklich betrachtete der Fürst die sehnige, kräftige Gestalt des Schulzen und dachte bei sich: Wenn dieser Bauer loswandert und sich beeilt, hat er in einigen Stunden eine ganze Grafschaft beisammen! Diese Gedanken schien der Schulze erraten zu haben, denn er schlug vor: „Steckt mich wie einen Ritter in eine eiserne Wehr, und gebt mir auch alle Waffen eines Ritters. So will ich loswandern, und was ich in sieben Stunden umschreite, das soll die Dorfflur sein." Damit war der Fürst einverstanden; denn die volle Wehr eines Ritters war so schwer, daß der Schulze zu Fuß unmöglich allzu weit damit kommen konnte.

Nachdem der Feind vollends aus dem Lande geworfen war, kam der Fürst zurück, damit der Heubacher Schulze seinen Grenzgang vollführe. Er wurde wie ein Ritter mit Harnisch, eisernem Armschutz, eisernen Beinlingen und eisernen Schuhen, mit Helm, Lanze und Schwert versehen, und als sein Körper all diese Last trug, konnte er sich, solcher Rüstung nicht gewohnt, kaum vom Flecke bewegen. Der Fürst sah das, und ein Lächeln stahl sich in seine Züge. Den Schulzen schnitt dieser heimliche Triumph wie ein Messer ins Herz. Er straffte seine Gestalt und wanderte los. Hinter ihm her zogen die Heubacher Männer, die seinen

Weg mit neuen Grenzpfählen für die Heubacher Flur markierten.

Zunächst stapfte der Schulze am Bett des Baches entlang. Schwer wurde ihm jeder Schritt. Die Sonne schien vom Himmel, der Panzer begann allmählich zu glühen, und der Schweiß brach dem Bauern aus allen Poren. Schon wollte er wankend den Bachlauf verlassen, um nach rechts hinüber den Weg abzukürzen; da aber sah er wieder das triumphierende Lächeln des Fürsten vor sich, und er setzte seinen Weg bergauf fort. Keuchend erklomm er den Hang, durchquerte Schluchten und überstieg steile Gipfel, immer in dem brennenden Willen, dem Fürsten eine Dorfflur abzutrotzen, die der Not in Heubach ein Ende machte.

Wie ein Trunkener stützte er sich auf seine Lanze, wenn er einmal für ein paar Augenblicke Atem schöpfte. Seine Füße, wundgescheuert an dem Eisen, bluteten, sein Herz klopfte zum Zerspringen. Aber er dachte an die Vorfahren, er dachte bis zurück zu jener verdämmerten, nur noch in den Geschichten der Alten lebendigen Zeit, da allen alles gehörte, und er dachte an die Kinder und Kindeskinder, die eine Dorfflur brauchten. Diese Gedanken stärkten den Bauern und ließen ihn vollbringen, was nach menschlichem Ermessen unmöglich schien. Volle sieben Stunden wanderte er durch Wald und Ödnis, manchmal rannte er in seinem wütigen Willen sogar ein paar Schritte, niemals aber setzte er sich hin, obwohl die Erde seinen Körper mit Urgewalt zu sich niederziehen wollte.

Das letzte Stück Weg zurück zum Ort durchtaumelte der Schulze wie ein Blinder. Rote und grüne Kreise tanzten vor seinen Augen, er konnte nichts mehr sehen, und in seinen Ohren war ein unaufhörliches Brausen. Mit letzter Kraft warf er sich vorwärts an den Pfahl, der als erster eingeschlagen worden war, und blieb liegen. Ein paar Männer rissen ihm den Helm vom Kopf – und sahen, daß ihr Schulze tot war.

Er hatte sein Leben für die Dorfflur gegeben.

Die kluge Katrin

Da, wo Thüringer Wald und Frankenwald sich vereinen, lebte auf einem kleinen Bergbauernhof einst ein junges, schönes Mädchen. Eltern und Geschwister waren von einer Seuche dahingerafft worden, und so bearbeitete sie allein mit einem alten Knecht ihr kleines Gut. Sie hielt es recht instand mit stetem Fleiß, die junge Katrin, und war darum wohlgeachtet bei den Bergbauern wie auch bei den Bürgern der Amtsstadt Grevinthal, wohin sie mit den Erträgnissen ihrer Wirtschaft zu Markte fuhr. Jedermann, der sie kannte, mochte das schöne und freundliche Mädchen gut leiden und kaufte gern von ihrer Ware.

Über der kleinen Bergstadt thronte die Burg der Wespensteiner; die geboten über Stadt und Land, Dörfer und Weiler in weitem Umkreis. Auch Berge, Wälder und Fischwasser ringsum hatten sie sich zu eigen gemacht, und da die alte Handelsstraße, die Nord und Süd verband seit dem Jahr eintausend schon, durch dieses Gebiet führte, forderten sie auch Wegegeld von allen Warenzügen. So waren es die vom Wespenstein gewöhnt seit eh und je, und darum erstaunte der regierende Herr sehr, als ihm einmal etwas verweigert wurde, wonach ihm der Sinn stand. Und noch dazu von einer Bauerndirne! Zwar war sie keine Hörige, die Waldbauerngeschlechter droben im Gebirge hatten sich ein größeres Maß an Freiheit bewahrt als die Thüringer Bauern im allgemeinen, doch gehörten auch sie zur Herrschaft Grevinthal und waren deren Spruch unterworfen.

Der Wespensteiner, ein älterer Witmann, hatte großen Gefallen an der schönen Katrin vom Waldhof Lichtenstein gefunden. Seidenes Gewand versprach er ihr, goldene Spangen und Ketten und alle Tage Gesottenes und Gebratenes und Honigküchlein auf den Tisch. Und keinen Finger brauchte sie zur Arbeit zu rühren, wie ein Fräulein wollt er sie halten.

Katrin lachte. Sie wolle nicht eingesperrt sein in ein steinernes Haus, sie brauche Wind und Wald um sich, und erst recht nicht stehe ihr Sinn danach, eine Buhldirne zu sein. Wenn sie schon einem Manne gehören und ihm ganz zu eigen sein solle, dann einem jungen, der ihr gefiele – und in Ehren! Bei diesen Worten blitzte sie mit ihren dunklen Augen den Ritter zornig an; sie sei eine Freie und keine hörige Magd.

Der Wespensteiner, enttäuscht und wütend zwar, konnte sich nicht entschließen, die Aufsässige zu strafen; er ritt davon, ohne ihr noch ein Wort zu gönnen. Zu Hause beriet er mit seinem Kaplan, einem gerissenen Jesuiten. Der fand bald eine Möglichkeit, wie man auch eine Freie zwingen konnte, freiwillig hörig zu werden.

So erritt der Wespensteiner ein zweites Mal die Höhe von Lichtenstein und stampfte klirrend durch die niedere Tür des Bauernhauses, indes sein Knappe im Hof bei den Pferden wartete. Die Katrin stand schlank und schön, das goldbraune Haar in schweren Zöpfen um das schmalgeschnittene Gesicht gesteckt, stumm und in gespannter Erwartung. Der abermalige Besuch des Ritters konnte nichts Gutes bedeuten.

„Mein Kind", sagte der Ritter freundlich, „du wirst dich jetzt meinem Willen fügen, oder du sollst als Hexe brennen, bei meinem Wort!"

Alles Blut wich aus Katrins Gesicht. Sie wußte: Wenn der Wespensteiner wollte, daß sie als Hexe brenne, dann würde es geschehen. Welche Verdächtige bekannte nicht unter der Folter alles, was sie bekennen sollte!

Ihre Lippen begannen zu beben. „Bedenkzeit, Herr – gebt mir eine Stunde Bedenkzeit!"

Der Ritter lächelte in seinen Bart. „Die sollst du haben, Katrin", sagte er, trat aus der Tür und ritt mit seinem Begleiter waldwärts. Katrin saß wie erschlagen auf der Bank. Zwei Wege gab es nur noch für sie: den der Schande und den des Todes.

Allmählich wurde Katrin ruhiger. Klar arbeitete nun ihr

Verstand. Als der harte Tritt des Wespensteiners wieder auf dem Hofe klang und der Mächtige, seines Sieges sicher, in die niedere Bauernstube trat, fand er eine völlig verwandelte Katrin. Sie lächelte den Ritter freundlich an und bat gar demütig, ihm eine Bitte vortragen zu dürfen. Das dürfe sie, krähte der verliebte Alte.

Katrin bat aber um nichts als um eine kurze Frist; danach wolle sie dem Herrn gern und willig folgen. Er solle sie nur noch so lange auf ihrem Hof lassen, bis die Ernte ihrer Äkker, die sie in den nächsten Tagen besäen werde, eingebracht sei. Der Verliebte konnte schließlich nicht widerstehen und gab nach. Es war ja nur noch ein Sommer, der ihn von dem erstrebten Ziel trennte, und eine Buhle, die freiwillig und dankbar kam, war besser als eine gezwungene und vor allem besser als eine verbrannte Hexe.

Katrin nahm das Kreuz von der Wand und ließ den Ritter darauf schwören, daß sie ihm erst dann zu Willen zu sein

brauche, wenn sie die Frucht dieser letzten Saat eingebracht habe. Auf ihr Verlangen hin schwor er auch, daß er sie stets beschützen wolle, wenn sie ja einer als Hexe anklagen würde. Zum Zeugen war der Knappe hereingerufen worden.

Als Monate später der Herbstwind über den Kamm des Thüringer Waldes brauste und die Stoppelfelder der Bergbauern fahl in der müden Oktobersonne lagen, kam der Burgherr vom Wespenstein mit Gefolgsleuten und Knechten den schmalen Hohlweg heraufgeritten, der nach Lichtenstein führte, um sich die schöne Katrin zu holen. Sie stand scheinbar auch schon bereit im dunklen Feiertagsgewand an der Grenze ihrer Felder. Doch war hier gewiß nichts geerntet worden. Keine Garbenpuppen standen, wie auf noch so manchem Acker anderer Bauern, auch waren keine Stoppeln zu sehen. Braun lagen Katrins Felder, und nur winzige, dunkelgrüne Spitzen schauten aus der Erde. Es waren zarte Schößlinge, aus Tannensamen aufgegangen, und es würde wohl viele Jahre dauern, bis die einmal Frucht trugen – ganz gewiß sehr viel mehr Zeit, als der alte Wespensteiner noch zu leben hatte.

Der Eid war geschworen, der Knappe wußte darum – also war nichts zu ändern. Fluchend riß der Wespensteiner sein Pferd herum und preschte talwärts.

Die kluge Katrin blieb fortan unbehelligt. Langsam wuchs der Tannenwald um sie und ihre Hütte. Sie war arm geworden, weil ihre Äcker keine Frucht mehr brachten, doch sie war frei geblieben, und ihren Kindeskindern würde der Wald, der auf ihrem Feld wuchs, auch einmal Nutzen bringen. Sie nahm bald einen jungen Bauern aus Lichtenhain zum Manne und lebte mit ihm das einfache Leben der Bergbauern zufrieden bis an ihr Ende.

Die Wichtlein im Werratal

Im Werratal, in der Gegend, wo die Hörschel, die unterm Hörselberg still vorüberrinnt und an Eisenach hinfließt, in die Werra ausmündet, gab es ehedem viele Wichtelmänner, ja bis Gerstungen und über Berka hinauf waren sie verbreitet. Dort wohnten sie unter dem Pferdestall im Schloß, und es hielt kein Pferd in diesem Stalle aus; sie gebärdeten sich wie rasend, zerrissen die Ketten, zerschlugen und zerbissen alles. Das machte, weil die Tiere eher als die Menschen Geister sehen, hören und wittern.

So ging es auch einem Bauern zu Dankmarshausen, dem fiel ein Pferd nach dem andern, und er war nahe daran, gänzlich zu verarmen. Eines Abends spät ging der Bauer über seinen Hausflur und hörte unter einer umgestülpten Wanne ein Flüstern. Er lugte hin und sah bei einem matten Schimmer vier Wichtlein unter der Wanne, die kneteten Brot aus dem Teig, den sie aus einem Backtrog genommen hatten, der auf dem Flur stand. „Knete zu, knete zu!“ sprach eins der Wichtlein zum andern, und als sie den Bauern gewahrten, der sie nicht stören wollte, sagte ein Wichtelmann: „Weißt du, warum deine Pferde sterben? Weil wir unter dem Stalle wohnen. Tu sie in einen andern Stall, und es soll dir keins fallen.“ Diesen Rat hörte der Bauer gern, befolgte ihn, und es fiel ihm kein Pferd mehr. Die Wichtlein machten ihn durch ihre tätige Hilfe reich, weil er sie nicht gescholten hatte, daß sie von seinem Teig sich Brot kneteten.

Unterhalb Spichra zieht sich am rechten Werra-Ufer der Spatenberg hin, an dem öffnet sich ein Erdloch, das heißt die Wichtelkutte. Darinnen wohnten die Wichtlein in großer Anzahl und lange Zeit. Aber an einem schönen Morgen kamen zum Fährmann Beck in Spichra zwei kleine Männlein, die verlangten, daß er sie übersetze, und gingen mit ihm zum Flusse. Als sie auf der Fähre waren und der Fährmann vom Strande abstoßen wollte, baten sie ihn, noch einige Augenblicke zu warten; es kam aber niemand. Gleichwohl senkte sich die Fähre tiefer und tiefer in das Wasser, wurde schwerer und schwerer, und da der Ferge endlich abstieß, deuchte ihm, er habe noch nie so schwere Last übergeschifft. Am rechten Ufer aber ward die Fähre zusehends leichter.

„Nun sage, Fährmann, welchen Lohn begehrst du für unsere Überfahrt?“ fragte das eine der Männlein. „Willst du nach den Köpfen Geld oder einen Scheffel Würz?“ Dieweil nun ein Scheffel Salz dem Fergen ein ungleich reicherer Lohn dünkte als das Fährgeld für zwei Personen, so heischte er diesen. „Nach Köpfen wärst du besser gefahren, Mann! Sieh mir einmal über die rechte Schulter!“ sprach das zweite Männlein, und wie der Ferge das tat, sah er ein zahlloses kleines Volk, das aus dem Schiffe gestiegen war und noch immer herauswimmelte. Nun gingen auch die beiden ersten an Land, und alles verschwand vor des Fährmanns Blick; ein vollgehäufter Scheffel reinsten Salzes aber stand auf der Fähre, und dieses Salz nahm im Scheffel nie ein Ende.

Die Wichtlein aber sind fortgezogen, niemand weiß, wohin.

Der Struiß

Im Tal der Werra und in den unterhalb Salzungen einmündenden Seitentälern des Moorwassers, der Felde, der Öchse und weiter abwärts bestand die Sitte, daß der Landmann, wenn er seinen letzten Roggen-, Gersten- und Weizenacker schnitt (bei Hafer geschah es nicht), am Ende des Stückes eine Handvoll Ähren stehen ließ. Er band sie mit allerlei Feldblumen zu einem Strauß. Um diesen „Struiß“, wie sie es in Möhra nannten, versammelte sich dann das ganze Schnittervolk, reichte sich die Hände, sang und umtanzte ihn im Kreise.

In Möhra sagten sie, der Strauß, den selbst die Armen beim Ährenlesen respektierten, gehöre den Wichteln, damit sie Scheune und Fruchtboden verschonten. In Ettenhausen, wo der Strauß „Feldmann“ genannt wurde, hieß es: Wer keinen Strauß bindet, dem zehren die Wichtel das ganze Jahr aus der Schüssel.

Einmal geschah es in Möhra, daß ein reicher und sehr hachiger Bauer gerade zu der Zeit auf seinem Weizenacker erschien, als die Schnitter um den „Struiß“ standen und der Vorschnitter den Hut zog und seinen Spruch sprechen wollte. Der Bauer trat brummend in den Kreis, schnitt den Strauß mit verwegener Hand ab und warf ihn mit den Worten „Wozu die Dummheiten?“ aufs nächste Gelege. Das konnte nicht ungestraft bleiben. Kaum hatte der Geizhals seinen Acker wieder mit Roggen bestellt, als die Wichtel herbeikamen und in einer einzigen Nacht alle Saatkörner aus dem Boden klubberten, so daß nicht eins von ihnen keimen konnte. Der Geizhals hat späterhin keinen Struiß mehr abgeschnitten.

Nicht besser erging es einem Bauern in Ettenhausen. Der dachte: Geht’s beim Hafer ohne Strauß, so geht’s auch beim Korn. Die Habsucht verleitete auch ihn, den Strauß abzuschneiden. Kaum aber hatte er die nächste Aussaat im Boden, als auch schon eine große Schar Krähen und Raben kam und die Saat bis aufs letzte Körnchen auffraß.

Die Hausgeister von Brotterode

Auf einer großen Waldwiese bei Brotterode, „Am Mönch“ genannt, stand vor alten Zeiten eine Schleifmühle, deren Besitzer in guten Verhältnissen lebte. Sein Wohlstand war einem guten Hausgeist zu verdanken, der in der Mühle wohnte und die Arbeit förderte. Man brauchte die Messerklingen nur in die Mühle zu tun, und nach kurzer Zeit fand sie der Schleifmüller blank geschliffen.

Der fleißige Hausgeist war ein kleines, seltsam gekleidetes Männchen und trug ein Mützchen von wunderlicher Form und Gestalt. Dann und wann gab es einen eigentümlichen

Singsang von sich, der in der ganzen Mühle zu hören war. Niemand störte den kleinen Geist, man ließ ihn alle Wege gehen und tun, was ihm beliebte. So herrschte lange Zeit ein gutes Einverständnis zwischen dem Schleifer und dem Hausgeist.

Einmal aber überkam den Schleifmüller die Lust, das Liedchen des Hausgeistes nachzuäffen. Von Stund an blieb der Geist still, und auch die Messerklingen blieben fortan ungeschliffen, die Arbeit kam ins Stocken, die Mühle verfiel, und der Besitzer starb als armer Mann. Von der Mühle ist jetzt keine Spur mehr zu finden.

Eine andere Brotteroder Bergmühle stand auf dem Platz, den man „Die Schleifkoten“ nennt. Darin wohnten zwei Brüder, denen gleichfalls zwei gute Hausgeister zur Hand gingen, so daß sich der Wohlstand von Jahr zu Jahr mehrte. Nun waren aber die kleinen Helfer, sooft man sie im Hause sah, stets mit gar ärmlicher Kleidung versehen; die Brüder wollten sich dankbar erweisen und ließen den Geistern neue Jäckchen, Höschen und Hütchen anfertigen. Sie legten diese Kleidungsstücke neben die Klingen, die geschliffen und geschärft werden sollten. Als die Geister die neuen Kleider sahen, blickten sie sich wehmütig an und sagten:

„Da liegt nun unser Lohn,
Jetzt müssen wir auf und davon.“

Sie nahmen die Geschenke und waren alsbald verschwunden. Niemand hat sie wieder in dieser Mühle gesehen.

Willkommene Hilfe

In Arnstadt lebte eine Witwe, die sehr arm war. Sie ernährte sich und ihre Kinder notdürftig vom Spinnen. Einen kleinen Zuschuß zu ihrem Unterhalt gab ihr noch ein Stückchen Feld im Jonastal. Die ganze Familie freute sich immer auf die Ernte, da die Kornfrucht geschnitten und heimgefahren wurde.

Einmal aber war die Witterung sehr schlecht, es regnete fortwährend, und nur wenige sonnige Tage gab es, an denen man die reife Frucht schneiden und bergen konnte. Die reichen Feldbesitzer hatten die Schnitter der ganzen Umgebung für die Erntezeit in Lohn genommen, um jede Stunde nutzen zu können. Die kleinen Leute dagegen konnten für ihre wenigen Äcker keine Hilfe haben. So erging es auch der armen Witwe. Sie hatte schon alles versucht, einige Schnitter zu bekommen, aber immer vergeblich. In dieser Bedrängnis ging sie eines Morgens, als gerade die Sonne wieder einmal schien, hinaus ins Jonastal, hoffend, unterwegs vielleicht einige Leute zu finden, die ihr die schwerste Arbeit für gute Worte verrichteten. Aber auch diesmal fand sie keinen Helfer. Als sie zu ihrem Acker kam, weinte sie bitterlich, daß die schöne, reife Frucht nun wahrscheinlich verderben würde.

Mit einem Male sah sie neben sich einen von den kleinen Wichtelmännern, die seit undenklichen Zeiten im Jonastal wohnten. Das Männchen fragte teilnahmsvoll nach der Ursache des Kummers, und die arme Witwe klagte ihm ihre Sorgen. Das ging dem Wichtelmann so sehr zu Herzen, daß er Hilfe versprach; sie möge nur einstweilen heimgehen und einen Wagen zum Einfahren der Frucht beschaffen.

Da eilte die Witwe fröhlich nach Hause. Unterwegs schaute sie von einer Anhöhe aus zurück auf ihren Acker und traute ihren Augen kaum, als sie dort ein rastloses Gewimmel unzähliger Wichtelmänner erblickte, die vereint den reichen Erntesegen schnitten, ihn sammelten und zu Garben banden. Der schönste Sonnenschein begünstigte die Arbeit, und so war der ganze Acker bald abgeerntet.

Die Witwe in ihrer Freude hatte Arnstadt bald erreicht, ging da zu einem guten Freunde ihres verstorbenen Mannes und bat ihn herzlich um seinen Wagen für einen Nachmittag. Der Mann ließ auch bald anspannen, die Frau holte noch ihre beiden ältesten Kinder, und so fuhren sie zusammen rasch dem Jonastal zu. Dort fanden sie alles zum Aufladen und Einfahren bereit. Nicht eine Ähre lag noch auf den Stoppeln. Gern hätte die Witwe den Wichtelmännern Dank gesagt, doch vergeblich spähte sie nach ihnen aus. Sie sah nur eine kleine Höhle am südlichen Abhang des Sonnenbergs, und in der Meinung, daß darin die Wichtelmänner wohnten, rief sie wiederholt ihren Dank hinein, erhielt aber keine Antwort.

Perchthas Überfahrt

Im Saaletal zwischen Bucha und Wilhelmsdorf hatte Perchtha, die Königin der Heimchen, ihren Wohnsitz. Ihre unsichtbare Nähe verbreitete Glück, Gedeihen und Heiterkeit über die ganze Flur. Mit den Heimchen waren die Einwohner so befreundet, daß sie ihnen beim Spielen und Arbeiten zusehen und sich mit ihnen necken durften. Wenn der Bauer seinen vollen Erntewagen von den steilen Höhen herab nach Hause fuhr, saß oft ein Heimchen, bekränzt von Ähren, jubelnd auf dem Zugvieh, und sicher und wohlbehalten kam der Segen der Felder in die Scheuer. Breiteten die Leute auf den Wiesen ihre Heuschober aus, geschah es nicht selten, daß ein freundliches Heimchengesicht ihnen daraus entgegenkicherte, und bei der Obsternte fiel mit der reifen Frucht wohl auch ein Heimchen vom Baume herunter und verschwand mit schalkhaftem Gelächter. Auf ihrer Königin Gebot mußten die Heimchen die Felder und Fluren der Menschen bewässern, während sie selbst unsichtbar unter der Erde mit ihrem Pflug ackerte und den besten Samen ausstreute, wenn oben die Leute die Felder bestellten.

So lebten die Bewohner jener Gegend lange Zeit ein glückliches, frohes Leben. Später aber veruneinigten sie sich mit Perchtha, so daß diese beschloß, das Land zu verlassen. Am Perchthen-Abend wurde der Fährmann im Dorfe Altar noch spät in der Nacht bestellt, es war um die zwölfte Stunde, und als er zum Saaleufer kam, sah er eine große, hehre Frau, umgeben von weinenden Kindern. Erschrocken erinnerte sich der Mann, daß gerade Perchthenzeit war, und wollte zurück in seine Wohnung flüchten, doch Perchtha forderte drohend Überfahrt über den Fluß. Sie trat in das Fahrzeug, die Kleinen folgten und schleppten einen Ackerpflug und eine Menge andern Geräts zu ihr hinein, und dabei klagten sie laut, daß sie die schöne Gegend verlassen mußten.

Der Schiffer begann die Fahrt, und als Perchtha am andern Ufer angelangt war, gebot sie ihm, nochmals zu fahren und die zurückgebliebenen Heimchen nachzuholen. Auch das geschah. Unterdessen hatte Perchtha am Ackerpflug gezimmert, sie deutete nun auf die Späne und sagte zum Fährmann: „Da nimm, das ist der Lohn für deine Mühe.“ Mürrisch steckte der Mann drei von den Spänen ein, warf sie zu Hause auf das Fensterbrett und verkroch sich im Bett, in seinen Gliedern noch die überstandene Angst. Am nächsten Morgen lagen drei Goldstücke an dem Platze, wohin er die Späne gelegt hatte.

Die Stabsgerechtigkeit

Die vier Gemeinden des ehemaligen Altensteiner Amtes – Schweina, Gumpelstadt, Steinbach und Waldfisch – hatten eine Einrichtung uralter Herkunft, die sie ihre Stabsgerechtigkeit nannten. Gemeindebeschlüsse wurden angesichts eines weißen Stabes gefaßt, und niemand durfte sich ihnen dann widersetzen, wenn er nicht alle Geltung unter den Leuten verlieren wollte. Urkunden und Nachweise fehlen über diese Einrichtung; doch die Sage weiß von ihrer Herkunft zu berichten:

Einem Herrn von Ringelstein war einst das ganze nachherige Gericht Altenstein untertan; der war ein ebenso mächtiger wie gestrenger Herr. Er peinigte und bedrückte seine Untertanen bis aufs Blut. Die Erbitterung unter ihnen wuchs, und endlich trachteten sie dem von Ringelstein nach dem Leben, um der Schinderei ein Ende zu machen.

Da begab es sich, daß der Herr in harte Fehde mit einem benachbarten Ritter geriet, der vor die Burg Ringelstein rückte und sie belagerte. Der Burgherr rief seine Untertanen zu den Waffen, aber keiner gehorchte; jede Weise war den Leuten recht, den Ringelsteiner loszuwerden. Mochte ihn also der ritterliche Nachbar erschlagen! Darum half das Volk sogar die Burg belagern. Der Ritter geriet in solche Not, daß er sich verkleidete, um unerkannt entrinnen zu können.

Allein ein Trupp seiner Untertanen erkannte ihn und nahm ihn fest. Da versprach er, fortan ein guter und milder Herr zu sein und ihnen die Stabsgerechtigkeit zu geben, wenn sie ihn freilassen und ihm gegen seinen Feind beistehen wollten. Darauf gab er sein Ritterwort und beschwor es auf das Evangelienbuch. Nun überfielen seine Untertanen die Feinde und jagten sie in die Flucht. Der Herr von Ringelstein mußte sein Wort halten. Anfangs ist das Gericht mit dem Stabe von den Leuten auch stets auf dem Ringelstein gehalten worden. Nach der Zerstörung der Burg fand es in einer Höhle daselbst statt, bis es samt der Gerichtslade nach Schweina verlegt wurde und noch lange Zeit den Gemeinden zum Vorteil gereichte.

IV

Wie Ludwig der Springer Gattin und Wartburg erwarb

Zu Beginn des zweiten Jahrtausends unserer Zeitrechnung erhob sich in Thüringen ein neues Herrengeschlecht. Es übertraf bald die älteren Grafenhäuser von Schwarzburg, Käfernburg, Gleichen, Orlamünde und Weimar an Macht und Reichtum.

Der Vater dieses Geschlechts war Ludwig der Bärtige. Er stammte aus der Familie der fränkischen Könige Karl und Ludwig und lebte mit seinem Bruder Hugo am Hofe des salischen Kaisers Konrad. Graf Hugo starb, und sein Sohn Wichmann wurde zum Tode verurteilt, weil er den Bischof von Mainz erstach; so bekam Ludwig der Bärtige zu seinen eigenen Reichtümern auch noch das Erbe und die Lehen seines Bruders. Das hob sein ohnehin hohes Ansehen am Hofe des Kaisers noch mehr. Da er überdies in Geschäften große Geschicklichkeit zeigte und dem Kaiser ergeben war, sandte der ihn mit besonderer Empfehlung zum Erzbischof nach Mainz, daß dieser ihn mit Land und Leuten belehnen und dadurch einen Teil seiner Schulden an den kaiserlichen Hof abdecken möchte.

Nun hatte der Erzbischof in seinem Gebiet am Rhein gerade kein Lehen frei; deshalb vertraute er Ludwig den bischöflichen Amtsbereich im Thüringer Land an und gewährte ihm dort auch noch andere Lehen und Einkünfte.

Auf diese Weise kam Ludwig der Bärtige, von zwölf Rittern begleitet, nach Thüringen. Er gründete Friedrichroda, Finsterbergen und zahlreiche andere Orte, und da er reich war, konnte er von den Thüringer Grafen große Besitzungen erwerben. Bald hatte er sich in Thüringen so festgesetzt, daß er mit Erlaubnis des Kaisers die Schauenburg erbaute.

Im Jahre 1040 heiratete Ludwig der Bärtige Frau Cäcilie von Sangerhausen, die 1042 ihrem ersten Sohn das Leben schenkte. Die Taufe des Erstgeborenen und Erben wurde mit großem Prunk gefeiert. Der Erzbischof Bardo von Mainz war selbst gekommen, die Taufpredigt zu halten, und viele Herren aus Thüringen, Hessen und Franken waren Ludwigs Gäste.

Nach dem Tode seines Vaters übernahm Ludwig II. alle Güter und Besitzungen und vergrößerte sie weiter. Er sorgte sich auch um einen Erben und heiratete eine Tochter Herzog Ulrichs von Sachsen. Diese Ehe währte aber nur kurze Zeit. Die Herzogstochter war hochmütig und blickte mit Herablassung auf die „neuen Grafen" von Thüringen. Ludwig konnte das nicht ertragen und schickte seine Frau kurzerhand ihrem Vater zurück. Ihre Angehörigen, die Reichtum auch ohne uralten Herzogstitel zu schätzen wußten, machten ihr die bittersten Vorwürfe, und so wurde sie krank und starb bald darauf.

Zu jener Zeit wohnte Graf Friedrich, Pfalzgraf zu Sachsen, im Osterland auf der Weißenburg an der Unstrut. Seine Frau Adelheid war jung und von seltener Schönheit, brachte ihm aber keine Kinder. Heimlich buhlte sie mit Ludwig II. von Thüringen. Als sie ihn eines Nachts wieder einmal empfing, schlug sie ihm vor, den Pfalzgrafen zu töten und sie zur Ehe zu nehmen. Betört von der Liebe zu der schönen Frau, stimmte Ludwig zu. Sie kamen überein, daß Ludwig an einem bestimmten Tage ganz in der Nähe des Pfalzgrafenschlosses jagen sollte. Adelheid wollte das ihrem Mann anzeigen und dabei das Ungehörige solcher Jagd betonen. Der

Pfalzgraf würde daraufhin Streit anfangen, und das sei der beste Anlaß, ihn ums Leben zu bringen.

Ludwig kam an dem vorausbestimmten Tag, ließ im Wald seine Hörner erschallen und feuerte die Hunde zu wildem Gekläff an. Derweilen saß der Pfalzgraf im Bade. Da lief seine Frau zu ihm hinein und ereiferte sich: „Du sitzt hier im Bade und pflegst dich, und draußen verlierst du dein Recht und deine Hoheit! Man jagt ja schon dicht vor dem Tor deines Schlosses!“ Der Pfalzgraf fuhr so grimmig aus dem Wasser, daß es bis an die Decke spritzte, warf einen Mantel um sich, sprang auf einen Hengst und jagte ohne Waffe dem Frevler nach. Darauf hatte Ludwig nur gewartet. Er ließ den scheltenden Pfalzgrafen herankommen und streckte ihn mit dem Jagdspieß nieder.

Über den Tod Friedrichs wurde große Klage geführt, und am lautesten und bittersten weinte und klagte seine Frau. Das Jahr war aber kaum zu Ende, da gelobte sie Ludwig die Ehe. Die Hochzeit, ein prunkendes Fest, feierten sie auf der Schauenburg.

Die Familie Friedrichs fand sich mit der Freveltat nicht ab und klagte Ludwig beim Kaiser an. Der befahl, den Mörder gefangenzunehmen und ihn auf der Burg Giebichenstein einzukerkern, wo er auch die Todesstrafe empfangen sollte. Einen Tag vor der Hinrichtung spielte Ludwig mit einigen Männern, die ihn und andere Verurteilte bewachten, ein Brettspiel. Als er von ihnen erfuhr, daß er wohl kaum mit dem Leben davonkäme, stand er auf und gelobte St. Ulrich, ihm eine Kirche zu bauen, wenn er mit seiner Hilfe dem Tode entrinne. Darauf klagte er zum Schein über Kälte im Rücken und an den Beinen, zog weite Kleider über und ging, als wollte er sich erwärmen, in seinem Gefängnis auf und ab. Die Wächter, in ihr Spiel vertieft, achteten nicht weiter darauf.

Es dauerte nicht lange, da sah Ludwig durch das Fenster unten an der Saale einen seiner Diener mit zwei Pferden, von denen eins der Hengst Schwan war. Das ist des heiligen

Ulrichs Fingerzeig! dachte Ludwig und stürzte sich aus dem Fenster. Der Wind breitete die weiten Kleider aus, und so landete der Graf mitten auf der Saale. Der Diener zog ihn heraus, und auf den beiden Pferden gewannen sie rasch das Weite.

Als Ludwig in seine Stadt Sangerhausen kam, ließ er, wie gelobt, zu St. Ulrichs Ehre eine Kirche bauen. Man nannte ihn fortan Ludwig den Springer.

Die Macht Ludwigs wuchs, und mit der Macht wuchs auch der Appetit darauf. Als er wieder einmal an den Hängen des Inselsberges jagte, traf er auf ein Wild, das er so lange verfolgte, bis er nach Niedereisenach und von da zu dem Berge kam, auf dem jetzt die Wartburg steht. Ludwig betrachtete die schöne Landschaft, besonders den steilen Felsenberg, und da der Berg feste Steine hatte, sprach der Graf zu sich selbst: „Wart, Berg, du sollst mir eine Burg werden!" Der Ort gefiel ihm so gut, daß er am liebsten sogleich mit dem Bau der Burg begonnen hätte. Was ihm nicht gefiel, das war das Recht der Herren von Frankenstein auf diesen Berg; er gehörte zur Herrschaft Mittelstein, und solange das so war, konnte der Graf von Thüringen keine Burg darauf errichten.

Ludwig beriet mit den zwölf Rittern, die ihn auf der Jagd begleiteten, wie er den Berg am besten an sich bringen könnte. Sie kamen überein, des Nachts Körbe mit Erde von Ludwigs Grund und Boden auf den Berg tragen zu lassen. So geschah's, und als die Erde ausgebreitet war, ließ Ludwig einen Bergfried errichten und fing an, die Burg zu bauen.

Darob gerieten die Herren von Frankenstein in hellen Zorn und verklagten Ludwig. Der Kaiser entschied, der Graf von Thüringen dürfe nur auf seinem eigenen Grund und Boden bauen. Könne er durch zwölf ehrliche Leute beschwören, daß dies geschehe, so gehöre der Berg ihm; andernfalls werde der Klage der Frankensteiner Herren stattgegeben.

Da ritt Ludwig mit seinen zwölf Vasallen auf den Berg, sie zogen ihre Schwerter, daß sie im Frühlicht blitzten, stießen sie in die Erde, die Ludwig hatte hinauftragen lassen, und schworen, die Burg werde gebaut auf des Grafen von Thüringen Grund und Boden.

Der Kaiser erkannte diesen Eid zwölf ehrbarer Ritter an, und so verblieben Berg und Burg in Ludwigs Besitz.

Der eiserne Landgraf

Des Springers Sohn Ludwig erhielt von Kaiser Lothar den erblichen Rang und Namen eines Landgrafen von Thüringen, nachdem er Lothar wider Heinrich IV. beigestanden hatte.

Dieser erste Thüringer Landgraf aber wurde nicht alt, er regierte nur zehn Jahre, und so erbte dessen ältester Sohn, wiederum Ludwig mit Namen, Herrschaft und alle Besitzungen. Von Kind an war er weichen Gemüts, verträumt und ohne die Härte seiner Vorfahren. Das nutzten die Adligen seines Landes aus, vergrößerten ihre Rechte, wo sie nur konnten, und verschärften besonders das Regiment gegenüber den Bauern und Handwerkern. Bald stöhnte ganz Thüringen unter dem harten Mutwillen der Ritter. So kam es, daß verständige Leute Ludwig einen Toren nannten. Das verbitterte Volk verwünschte ihn.

Um sich die Zeit zu vertreiben, zog Ludwig oft auf die Jagd. Als er einmal in den Wäldern bei Ruhla dem Wild nachstellte, überfiel ihn die Nacht. Er gelangte zu einer Waldschmiede, wo er um ein Nachtlager bat. Der Schmied fragte, wer er sei, und Ludwig antwortete: „Ich bin ein Jäger des Landgrafen." Als der Schmied den Namen des Landgrafen hörte, spuckte er aus und sagte: „Pfui über ihn! Wer seinen Namen ausspricht, sollte sich allemal den Mund danach ausspülen! Nun, führe dein Pferd in den Schuppen, wirf ihm Heu vor und suche auch dir dort ein Lager."

Ludwig tat, wie ihn der Schmied geheißen hatte. Der machte sich sogleich wieder an seine Arbeit und hämmerte das Eisen; denn um seiner Familie das Leben zu erhalten, mußte er auch in der Nacht fleißig sein. Bei jedem Hammerschlag verfluchte er den Landgrafen. „Du schmählicher Herr! Unseliger Herr!“ wetterte der Schmied, „was duldest du! Deine Vornehmen reden dir nach dem Munde! Hinterrücks bestehlen sie uns und auch dich! Werde hart, Landgraf, werde hart! Die Edeln mästen sich allein! Sie verprassen das, was wir schaffen! Und du schaust zu! Werde hart, Landgraf – oder fahre zur Hölle!“

Solche Reden führte der Schmied die ganze Nacht hindurch, und unzählige Freveltaten wider das Volk zählte er dabei auf. Ludwig lag wach im Schuppen und hörte Wort für Wort. Als er am Morgen für die Herberge dankte und davonritt, war er ein anderer geworden. Er kümmerte sich um alles, was in Thüringen geschah, sah überall nach dem Rechten, milderte den Druck, der auf dem Volke lastete, und strafte widerspenstige Vasallen.

Die Ritterschaft murrte gegen ihren Herrn, dachte Pläne aus, ihn zu stürzen, und rottete sich schließlich in Wehr und Waffen zusammen, um das Vorhaben auszuführen. Der Landgraf zog ihnen aber mit einer Streitmacht entgegen, schlug sie und setzte sie gefangen. „Was soll ich mit euch machen?“ sagte er zu ihnen. „Töte ich euch, beschmutze ich meine Hände. Verwüste ich eure Güter, so schade ich meinem eigenen Land. Lasse ich euch die Unbotmäßigkeit mit Geld büßen, wäre ich ein Krämer. Also will ich euch Demut lehren!“

Er führte die Ritter zu einem Acker, auf dem ein Pflug stand. Sie mußten sich bis aufs Hemd ausziehen, sich vor den Pflug spannen und den Acker bearbeiten – immer vier Ritter eine Furche. Ludwig ging mit der Peitsche nebenher und trieb sie zu fleißiger Arbeit an. So pflügte er mit ihnen den ganzen Acker.

Danach wurde der Landgraf von allen Edeln im Lande gefürchtet, aber auch gehaßt und verwünscht. Die Ritter trachteten ihm heimlich nach dem Leben; daher trug er jetzt stets einen Panzer. Und so hart wie sein Gewand war auch sein Sinn geworden; wenn er jemand ergriff, der ein Unrecht verübt hatte, ließ er ihn kurzerhand vom Leben zum Tode befördern. Deshalb hieß er fortan der eiserne Landgraf.

Des eisernen Landgrafen Seele

Des eisernen Landgrafen Sohn Ludwig III. wollte gern wissen, wie es um die Seele seines Vaters im Jenseits stünde. Ein armer Ritter bei Hofe, der davon hörte, hatte einen Bruder, einen Geistlichen, der sich auf die Schwarze Kunst verstand. Diesen bat der Ritter, er möchte doch den Teufel um den Seelenzustand des Verstorbenen befragen.

Daraufhin zitierte der Nekromant mit seinen Sprüchen den Fürsten der Hölle und frug ihn, wo sich die Seele des ehemaligen Herrn befinde. „Ich will sie dir zeigen“, versprach der Böse, „wenn du mit mir fahren willst.“ Der Jünger der Schwarzen Kunst sagte unter dem Vorbehalt zu, daß ihm nichts geschehen dürfe.

„Ich schwöre dir beim Allerhöchsten“, entgegnete der Gottseibeiuns, „daß ich dich unversehrt hin- und zurückbringen werde.“

Der Geistliche mußte sich auf den Rücken des Teufels setzen, und so gelangten sie an die Pforte der Hölle. Dort räumte der Teufel mit einem Kumpan eine Art Feuerwerk beiseite, setzte sich, ergriff eine Posaune und blies so furchtbar hinein, daß Erde und Himmel dröhnten. Nach ungefähr einer Stunde schlugen aus dem Höllenpfuhl gewaltige Stichflammen in die Höhe; der Landgraf tauchte aus ihnen auf und sprach zu dem Geistlichen: „Hier siehst du mich Elenden, der ich dereinst dein Herr war! Ach, wäre ich nie geboren worden!“

„Mein Fürst“, sprach der Kleriker, „Euer Sohn hat mich hergesandt, damit ich ihm verkünden möchte, wie es um Euch steht und ob Euch auf irgendeine Art geholfen werden

könne." Ludwig entgegnete: „Du siehst meine Lage, und so wisse denn, daß meine Söhne meiner armen Seele helfen könnten, wenn sie die Kirchengüter wieder herausgäben, die ich ungerechterweise an mich gerissen habe." Der Geistliche gab zu bedenken: „Werden Eure Söhne mir auch glauben, wenn ich ihnen das ausrichte?" Da gab ihm der Landgraf ein Wahrzeichen, das nur er und seine Kinder kannten, und versank wieder in der Tiefe.

Der Teufel führte den Nekromanten zurück, der zwar sein Leben behalten hatte, aber so bleich und elend aussah, daß er kaum zu erkennen war. Er brachte Ludwig III. die Antwort, wobei er das Wahrzeichen vorwies. Aber der Seele des eisernen Landgrafen war damit nicht gedient; denn weder Ludwig noch die anderen Söhne dachten daran, die Kirchengüter wieder herauszugeben. Was sie besaßen, hielten sie fest, und mochte der Pfarrer die Leiden ihres Vaters im Fegefeuer auch noch so grauenvoll malen.

Der Hoftag zu Erfurt

Eine Zwietracht zwischen dem Erzbischof Konrad von Mainz und dem Landgrafen Ludwig III. wollte nicht enden. Kaiser Friedrich I. schickte deshalb den jungen deutschen König Heinrich nach Erfurt, wo der Streit geschlichtet werden sollte. Die feindlichen Parteien mußten vor dem König erscheinen und Rede und Antwort stehen.

Mit Nachdruck bestritt Ludwig die Behauptung des Erzbischofs, Ludwig der Bärtige, der Stammvater der Ludowinger, sei als mainzischer Statthalter nach Thüringen gekommen; vielmehr habe er diese Würde erst angenommen, als er längst im Lande ansässig gewesen sei. Dazu sprachen auch Graf Heinrich I. von Schwarzburg und der Schutzvogt der Stadt Erfurt, Graf Erwin II. von Gleichen; diese beiden hatten den alten Streit nach Kräften genährt, und auch jetzt ließen sie nichts unversucht, die lachenden Dritten zu sein.

Die hitzige Debatte, die im oberen Stockwerk des Hauses ausgetragen wurde, das der Probst der Marienkirche bewohnte, war in vollem Gange, als plötzlich die Tragbalken des Saales zu krachen anfingen. Man hatte jedoch keine Zeit, lange über die Ursachen des Ächzens und Berstens nachzudenken; denn schon wich der schwere Estrich des Fußbodens, und das Stockwerk brach mit solcher Wucht zusammen, daß es das ganze Haus durchschlug und die erlauchten Herrschaften mit sich in die Tiefe riß. Sie landeten in der Kloake, die sich unter dem Hause befand. Heinrich von Schwarzburg, „der Anstifter des ganzen Streites", wie ihn ein Reinhardsbrunner Mönch nennt, kam jämmerlich in der Jauche um, und auch Friedrich von Arinberg, Friedrich von Kirchberg, Gozmar von Ziegenhain, der Burggraf der Wartburg, Burkhardt von Wartberg, und ein Edler Beringer von Meldungen ersoffen in der stinkenden Brühe. Landgraf Ludwig wurde gerade noch rechtzeitig herausgezogen; der König und der Erzbischof waren nur dadurch vor dem Sturze bewahrt worden, daß sie in den Fensternischen saßen. Mit Leitern wurden sie aus ihrer nun sehr luftigen Höhe befreit. So kam es, daß der alte Streit auch auf dem Hoftag zu Erfurt nicht geschlichtet werden konnte.

Der Sängerkrieg auf der Wartburg

Ludwig der Eiserne hatte vier Söhne hinterlassen. Da Ludwig III., der Milde oder der Fromme genannt, kinderlos starb, fiel die Landgrafenwürde an Hermann, des eisernen Landgrafen dritten Sohn.

Hermann und seine Frau Sophia liebten den Gesang und die Dichtkunst. Im Jahre 1207 befanden sich gleich sechs Meistersinger an ihrem Hofe: Walter von der Vogelweide, damals schon weithin berühmt, Wolfram von Eschenbach, der bedeutendste von allen, Heinrich von Ofterdingen aus Österreich, der sich zeitweise in Eisenach seßhaft gemacht hatte, Johannes Biterolf, der als Diener der Landgräfin auf der Wartburg lebte, Reimar von Zwetzen, ein Thüringer, und Heinrich der Schreiber, der wie Biterolf als Bediensteter zum Hofe gehörte.

Alle sechs vereinigten sich, wie es damals Sitte war, zu poetischem Wettstreit. Einmal stellten sie sich die Aufgabe, das Lob edler und freigebiger Fürsten zu singen. Das Landgrafenpaar und der ganze Hofstaat hatten sich versammelt, zu hören, was die Sänger vortrugen, und zu sehen, wer den Sieg erränge.

Außer Heinrich von Ofterdingen sangen alle das Lob des Thüringer Landgrafen. Heinrich hingegen hob den Erzherzog Leopold von Österreich über alle anderen Fürsten. Das Wortgefecht wurde allmählich so hitzig und der Zwist endlich so ernst, daß die Sänger beschlossen, der Verlierer solle sich auf der Stelle vom Scharfrichter den Kopf abschlagen lassen.

Die fünf sangen unter Aufbietung all ihrer Kunst gegen Heinrich von Ofterdingen; sie waren neidisch auf seine Begabung und hätten ihn gern vom Hofe fortgehabt. Heinrich wehrte sich tapfer, verglich seinen Helden mit der Sonne, während er allen anderen Fürsten nur Sternenglanz zubilligte – aber die Übermacht war zu groß, die immer leidenschaftlicheren, derberen und angriffsfreudigeren Strophen seiner Gegner gewannen die Oberhand und verwirrten ihn schließlich. Da klagte Heinrich, man spiele in Thüringen mit falschen Würfeln, und sehnsüchtig rief er aus: „Ach, wäre doch Meister Klingsor aus Ungarn hier! Er ist gerecht, und er könnte bezeugen, daß ich wahr über Leopold sang!"

Das nannten die anderen Sänger eine Ausflucht. Sie bestanden darauf, daß Heinrich vor den Scharfrichter trete und sich unverzüglich köpfen lasse. Der Österreicher aber, nicht gesonnen, sein Leben auf der Wartburg auszuhauchen, rief den Schutz der Landgräfin an, und diese nahm ihn unter ihren Mantel, so daß ihm nichts geschah. Nun gut, meinten darauf die fünfe spöttisch, soll er Meister Klingsor herbringen. Es wird ja lange dauern, bis das geschieht!

Es wurde abgemacht, Heinrich solle innerhalb eines Jahres Klingsor herbeischaffen. Dem Urteilsspruch des weisen Ungarn wolle man sich fügen. Da nahm Heinrich Abschied von der Wartburg und reiste zu Herzog Leopold, der dafür sorgte, daß sein Sänger nach Ungarn zu Meister Klingsor gelangte.

Als Klingsor vernommen hatte, was auf der Wartburg geschehen war, tröstete er Heinrich und sagte: „Sorge dich nicht, ich will das Unglück schon von dir wenden. Ich werde mit dir fahren, mir die Lieder deiner Gegner anhören und dann entscheiden. Zuvor aber laß mich deine Dichtungen kennenlernen."

Heinrich setzte volles Vertrauen und alle Hoffnungen in Klingsor; war doch der ungarische Meister in allen sieben Künsten bewandert. Er galt nicht nur als der größte Sänger seines Landes, sondern war auch im Bergwesen erfahren, er besaß die Gabe der Weissagung und verstand sich auf die Zauberkunst. Heinrich von Ofterdingen sang ihm alle seine Lieder vor, und Klingsor lobte sie sehr.

Die beiden blieben zusammen, vertrieben sich die Zeit mit Gesprächen und Versuchen in der Dichtkunst, und wie im Fluge verging das Jahr, ohne daß der Ungar Anstalten zur Reise auf die Wartburg machte. Ofterdingen wurde unruhig, doch Klingsor beschwichtigte ihn. Als endlich der letzte Tag der Frist bevorstand, klagte Heinrich, nun müsse er als Wortbrüchiger landflüchtig bleiben und könne die Sangeskunst nicht mehr ausüben. Doch der Meister lächelte nur, gab seinem Gast von einem starken Wein zu trinken, worauf dieser in einen tiefen Schlaf fiel – und in einem Eisenacher Wirtshaus erwachte.

Heinrich hatte keine Zeit, sich zu wundern; denn die Kunde von seiner Rückkehr war schon auf die Wartburg gelangt, und die fünf Sänger kamen, begrüßten ihn und brachten Klingsor Geschenke. Alle zusammen gingen sie hinauf zur Landgrafenburg und wurden vom Fürsten herzlich empfangen.

Als Klingsor des Abends in seine Herberge zurückgekehrt war, blickte er lange versonnen zu den Sternen hinauf. Die Leute fragten ihn, was da oben Besonderes zu entdecken sei. Klingsor erwiderte: „Ich sehe, daß meinem Herrn, dem König von Ungarn, in dieser Nacht eine Tochter geboren wird. Sie wird Elisabeth heißen und des Landgrafen Sohn heiraten. Und ganz Thüringen wird die Tugend Elisabeths preisen!" Tags darauf eröffnete Klingsor auch dem Fürsten, was er in den Sternen gelesen hatte, und das Landgrafenpaar freute sich sehr. Es bewirtete Klingsor reichlich, auch seine

Dienerschaft, die plötzlich hereintrat und von seinem Reichtum kündete.

Nach dem Mahle ging Klingsor in das Ritterhaus der Burg, um die Sänger zu versöhnen. Im Beisein des Landgrafen und des ganzen Hofstaates sprach er lange in schönen Reden und legte dar: der Tag komme von der Sonne, und wenn die Sonne die Erde nicht beleuchte, so wäre kein Tag, und folglich könnten dann auch keine Sänger leben und ihre Begabung im Wettstreit messen. Auf solche Weise stimmte er alle heiter und versöhnlich, so daß sie Heinrich von Ofterdingen gelten ließen, damit der leidige Streit beigelegt werde.

Nur Wolfram von Eschenbach war mit diesem Ausgang nicht zufrieden. Er hatte am stärksten gegen Ofterdingen gesungen und beharrte auch jetzt im Gespräch mit Klingsor auf seiner Meinung. Soviel Mühe sich Klingsor auch gab, er konnte Wolfram nicht überwinden. Da trat der Ungar aus dem Ritterhaus und rief einen Geist an, der auch sogleich in der Gestalt eines Jünglings erschien. Klingsor ging mit ihm hinein und sagte: „Wolfram, ich muß mich ein wenig ausruhen; dieser Jüngling hier ist mein Diener und soll eine Weile für mich reden."

Da begannen Wolfram und der Geist, in schönen, begeisternden Worten gegeneinander zu sprechen und zu singen. Der Jüngling kannte alle Ereignisse seit Bestehen der Welt, und die Zuhörer staunten über seine Gelehrsamkeit. Wolfram hingegen sprach von den christlichen Mysterien, von Gottes Wort, das zu Fleisch geworden sei, und von dem Sakrament des Abendmahls. Als er schilderte, wie sich das Brot in den Leib Christi verwandele, konnte der Geist nicht mehr folgen und verstummte. Da sah Meister Klingsor, daß alle seine List nichts half. Er verließ mit dem Jüngling das Ritterhaus und ging hinunter nach Eisenach in seine Herberge, gab den Kampf jedoch noch nicht auf, sondern befahl dem Geist, zu prüfen, ob Wolfram so gelehrt sei wie er selbst.

Der Geist schlich sich in Wolframs Kammer und begann

von neuem mit ihm zu disputieren. Er fragte ihn nach der Natur des Himmels, nach dem Lauf der Sterne und nach vielen anderen Dingen, die den Menschen damals noch verborgen waren. Auf keine dieser Fragen konnte Wolfram, der fromme Sänger, eine Antwort geben. Da lachte der Geist und schrieb mit seinem Finger an die Mauer der Kammer: „Wolfram, du bist ein Laie!" Diese Worte blieben im Steine haften, und alle Welt kam, sie zu sehen. Das ärgerte den Wirt der Herberge, und er ließ das Stück Mauer herausbrechen und in die Hörsel werfen.

Nach all diesen Ereignissen verhandelten die Sänger untereinander vor dem Landgrafen, und sie einigten sich, den Streit nicht wieder aufzunehmen. Landgraf Hermann bat Meister Klingsor, auf der Wartburg zu bleiben, aber dieser konnte nicht vergessen, daß er von einem ungelehrten Manne überwunden worden war, und er zog, reich beschenkt, wieder nach Ungarn.

Elisabeth

Im Jahre 1211, als Landgraf Hermanns Sohn Ludwig elf Jahre alt war, vollendete Elisabeth, deren Geburt Klingsor geweissagt hatte, ihr viertes Lebensjahr. Da beschloß der Landgraf, eine Abordnung an den ungarischen Königshof zu senden und für seinen Sohn Ludwig um die kleine Prinzessin zu werben. Bewährte Gefolgsleute des Landgrafen, Männer und Frauen mit großen Verdiensten, traten die Reise an. Samt ihrem stattlichen Gefolge wurden sie vom ungarischen König Andreas und von all seinen Rittern und Dienern mit großen Ehren empfangen.

König Andreas zögerte, sich schon jetzt von seiner Tochter zu trennen, doch die Königin setzte ihm auseinander, wie nützlich die Verbindung mit dem Thüringer Landgrafenhause sein könne. Andreas ließ sich nun von seinen Räten genau über das Land Thüringen unterrichten, und besonders Klingsor war es, der begeistert von den Wäldern und ihrem Wild rings um die Wartburg, vom Fischreichtum der Thüringer Flüsse, von den Metallen und Salzen im Schoß der Berge und dem hohen Ansehen des Landgrafenpaares erzählte. Da gab der König seine Zustimmung zu der Werbung.

So wurde die junge Prinzessin der Abordnung des Landgrafen von Thüringen anvertraut. Mit der Braut reiste ein reicher Brautschatz auf die Wartburg, Gefäße aus Gold und Silber, erlesener Schmuck, Kleider und Stoffe in Menge, die edelsteingeschmückte Wiege des Kindes und tausend Mark reinen Goldes als Anzahlung auf den Ehevertrag. Mit vier Wagen war die Abordnung gekommen, mit dreizehn fuhr sie wieder zurück, reich beschenkt mit Pferden, Waffen und Schmuck.

Die Wartburg empfing die Königstochter als die künftige Herrin. Ein reiches Hochzeitsmahl wurde angerichtet und Elisabeth symbolisch dem jungen Herrn beigelegt. Von Stund an sorgte der Landgraf für die beste Erziehung des Mädchens, und alle schlossen das Kind aus Ungarn in ihr Herz.

Elisabeth wuchs zu einem Menschenkind heran, das empfindsam gegenüber den Ungerechtigkeiten des Lebens war und mit allen Leidenden litt. Das gab ihrem jungen Dasein einen Ernst und eine Frömmigkeit, wie sie sonst nur älteren Menschen vorbehalten sind. Früh trat auch der Schmerz an sie heran: Sie war erst sechs Jahre alt, als ihre Mutter eines gewaltsamen Todes starb. Dieser Schlag machte sie noch ernster, was der Landgräfin Sophia keineswegs zusagte, die sich eine fröhliche, stolze und selbstbewußte Schwiegertochter gewünscht hätte. Auch manch spöttische Bemerkung der Ritter und der Dienerschaft mußte Elisabeth jetzt hören: sie halte sich nicht wie eine Königstochter, sondern sei demütig wie ein Bauernkind.

Die Meinungen über Elisabeth teilten sich immer mehr. Einige Höflinge sagten, es wäre das beste, wenn der Landgraf sie wieder nach Ungarn zurückschicke; andere rieten, sie in ein Kloster zu stecken, wo sie sich sattbeten könne; doch gab es auch viele, die zu Elisabeth hielten, ihnen voran Walther von Vargila, der sie aus Ungarn nach Thüringen geführt hatte.

Zu jener Zeit hatte Landgraf Hermann einen seltsamen Traum. Er sah sich auf die Richtstätte zu Eisenach versetzt und gewahrte, daß alle Hingerichteten als Jungfrauen wiederauferstanden waren. Da sprach die heilige Katherina zu ihm: „An dieser Stelle baue uns ein Haus, in dem alle Jungfrauen wohnen können. Ist das Haus erbaut, so wollen wir dich zu uns nehmen.“ Sogleich verlegte Hermann die Richtstätte und ließ das St.-Katherinen-Kloster erbauen. Als das Kloster eingeweiht worden war, starb der Landgraf und wurde in ihm beigesetzt. Nun war sein Sohn Ludwig, obwohl noch sehr jung, Regent von Thüringen. Vermählen konnte er sich noch nicht, da Elisabeth, die für ihn bestimmt war, erst zwölf Jahre zählte. Die beiden lebten zusammen wie Bruder und Schwester, und Ludwig, später der Heilige genannt, kehrte niemals von einer Reise oder von der Jagd auf die Wartburg zurück, ohne dem Mädchen etwas mitzubringen, an dem sie Freude hatte. Er war der schönen braunen Ungarin von Herzen zugetan.

Jene, die es lieber gesehen hätten, wenn sich Ludwig anderweitig verheiratete, ließen nichts unversucht, Elisabeth in ein schlechtes Licht zu setzen. Da keimten in Walther von Vargila bange Befürchtungen. Er war kein Mann, der an Herzdrücken gestorben wäre, und so fragte er eines Tages auf einem Waldritt Ludwig rundheraus, ob es wahr sei, daß Elisabeth wieder nach Ungarn geschickt werden solle. Ludwig entgegnete: „Siehst du dort den Inselsberg? Wäre er ganz von Golde und mein, so wollt ich ihn doch lieber missen als Elisabeth, meine Braut.“ Darüber wurde Walther sehr froh, und er beeilte sich, die Worte des Landgrafen mit dessen Erlaubnis Elisabeth mitzuteilen.

Nach dem vierzehnten Geburtstag der ungarischen Königstochter wurde auf der Wartburg die Hochzeit ausgerichtet. Nun war Elisabeth vorerst gegen Anfeindungen geschützt, und in der innigen Liebe zwischen ihr und Ludwig blühte ihr selbstloses Wesen wie eine Blume auf.

Als eine schreckliche Hungersnot Thüringen heimsuchte, ging Elisabeth mit ihren Frauen täglich von der Wartburg hinunter nach Eisenach, wo sie unter die Bedürftigsten Lebensmittel verteilte. Sofort wurden die Stimmen der Mißgünstigen wieder laut. Sie hinterbrachten dem Landgrafen, seine Gattin verschwende sein Geld und mache sich gemein mit unsauberem, hungerndem und lungerndem Gesindel. Obwohl Ludwig Elisabeth von Herzen liebte, billigte er dennoch Verschwendung nicht, und als sie wieder einmal mit einem Korb Lebensmittel nach Eisenach hinunterging, trat er ihr in den Weg und fragte: „Was trägst du in dem Korb?“ Erschrocken antwortete Elisabeth: „Ach, Blumen!“ Der Landgraf rief: „Ich will sie sehen – zeig her!“ Er hob den Deckel, und siehe da, der Korb war voll roter Rosen. Beschämt ging der Landgraf von dannen, und wenn später wieder einmal Mißgünstige Elisabeth herabsetzen wollten, sagte er: „Laßt sie nur ihre Almosen austeilen, solange sie uns nicht gerade die Wartburg, Eisenach und die Neuenburg hinschenkt!“

Mit besonderer Liebe nahm sich Elisabeth der Kranken und Gebrechlichen an. Sie kannte keine Furcht vor Schmutz und Ansteckung. Einen armen, kranken Einsiedler, Eli mit Namen, der in einer Felshöhle nahe der Wartburg hauste, nahm sie zu sich und pflegte ihn. Nachdem sie ihn gebadet hatte, legte sie ihn in ihr Bett. Als Sophia, ihre Schwiegermutter, das erfuhr, wurde sie böse. Sie eilte ihrem von der Jagd zurückkehrenden Sohn entgegen und erzählte ihm, schwankend zwischen Zorn und Spott, Elisabeth habe sich während seiner Abwesenheit den alten Eli zum Ehegespons erwählt und ihn in ihr Bett genommen. Unwillig folgte Ludwig seiner Mutter, ging zum Bett der Landgräfin und riß die Decke herunter: im Bett lag Christus, wie er am Kreuze hing, auf dem Haupt die Dornenkrone. Das bewegte des Landgrafen Seele, und er sagte zu Elisabeth, sie solle ihre Kranken auch künftig so pflegen, wie sie es für richtig halte.

Ludwig zog mit den Kreuzzugfahrern in den Krieg, und indes schenkte Elisabeth ihrem dritten Kind das Leben, einer Tochter. Sie nannte sie nach ihrer Mutter Gertrud. Nicht lange danach kam die Nachricht von Ludwigs Tod. Damit begann für Elisabeth eine Zeit bitterer Prüfungen. Ludwigs Bruder Heinrich, mit Zunamen Raspe, wurde Thüringens Regent, da Ludwigs Sohn noch zu jung war. Raspe hegte seit langem Groll gegen die Freigebigkeit Elisabeths und auch gegen Konrad von Marburg, den Beichtvater der Landgräfin. Von dem argwöhnte er, er stifte sie zur Verschwendung an. Besonders warf er ihr vor, daß sie während der Hungersnot mit teurem Gelde in Eisenach ein Kranken- und Verpflegungshaus hatte einrichten lassen, daß sie, wenn es not tat, bedenkenlos die Vorratsspeicher öffnete und alles, was darin war, unter die Hungernden verteilte. Jetzt hielt Heinrich Raspe die Zeit für gekommen, gegen diese Verschwendung einzuschreiten. An einem Tage des Winters 1227 auf 1228 wies er Elisabeth samt ihren drei Kindern aus der Wartburg. Ob Elisabeths Mildtätigkeit gegen die Armen der einzige Grund für die unmenschliche Tat Raspes gewesen ist, weiß niemand mehr zu sagen.

Die bisherige Herrin Thüringens, Tochter eines Königs, war gezwungen, in Eisenach wie eine Bettlerin Obdach zu suchen. Auf Befehl des neuen Herrn wurde sie überall abgewiesen. Mit ihren Kindern teilte sie, selbst kaum zwanzig Jahre alt, das Los der Armen, denen sie bisher durch ihre Spenden das Leben etwas erleichtert hatte.

Elisabeths Muhme, die Äbtissin zu Kitzingen war, hörte von Raspes Schandtat und lud die junge Verwandte ein, zu ihr zu kommen. Elisabeths Oheim, Bischof Egbert, schickte ebenfalls Boten und brachte sie auf Schloß Botenstein, wo sie ungekränkt leben konnte.

Gefolgsleute ihres toten Gatten kehrten vom Kreuzzug

zurück, hörten vom Schicksal ihrer Herrin und schworen, ihr Gerechtigkeit zu verschaffen. Sie zogen nach Botenstein und baten sie, dem Sarg des Landgrafen nach Thüringen zu folgen. Die Treue der Männer ließ sie ja sagen.

Im Kloster Reinhardsbrunn wurden Ludwigs Gebeine bestattet. Viel Volk war gekommen, um den Feierlichkeiten beizuwohnen. Unter den Trauernden standen die beiden Feinde: Raspe und Elisabeth. Als die Zeremonie vorüber war, richtete Herr von Vargila offene Worte an Heinrich Raspe und klagte ihn schlechter Handlungen gegen Elisabeth und ihre Kinder an. Vargila drohte mit dem Zorn Gottes, wenn der Landgraf sein Benehmen nicht ändere, und da ging dieser in sich und gelobte, der Gattin seines Bruders Gerechtigkeit widerfahren zu lassen.

So geschah es auch. Elisabeth begehrte nicht, über Burgen, Städte und Dörfer zu herrschen, aber ihre Mitgift und den ihr zugesicherten Witwenteil beanspruchte sie. Das wurde ihr gewährt. Sie verließ Thüringen für immer und zog nach Marburg zu ihrem Beichtvater, der große Gewalt über sie besaß. Nach seinem Willen lebte sie asketisch, geißelte sich nach seinem Verlangen und tat alles, was er ihr aufgab, damit sie das ewige Seelenheil gewänne. Sie trat in den Orden des heiligen Franziskus ein, bezog in der Nähe von Marburg eine armselige Hütte, gründete von ihrer Mitgift ein Armenhaus und Hospital, besuchte und pflegte Kranke, unterstützte Notleidende, tröstete Gefangene und bestattete Gestorbene.

Je demütiger und aufopferungsvoller ihr Leben wurde, desto hochfahrender peinigte Konrad von Marburg sie seelisch und körperlich. Doch sie hatte nicht mehr die Kraft, sich zu wehren. Vergeblich rief ihr Vater sie nach Ungarn zurück. Am 19. November 1231 starb sie, erst vierundzwanzig Jahre alt.

Konrad von Marburg sammelte alles, was man Wunderbares über ihr Leben und Wirken erzählte, und der Papst in Rom sprach sie heilig. Mit der gleichen Grausamkeit, die

Konrad von Marburg gegen Elisabeth an den Tag legte, hatte er als päpstlicher Ketzerrichter viele andere Menschen verfolgt. So klagte er zwei Jahre später auch die Grafen von Seyn und Henneberg der Ketzerei an; deren Unschuld wurde erwiesen, und sie erschlugen ihn, sobald sie wieder auf freiem Fuße waren.

Der Mord von Creuzburg

Hermann II., der Sohn Ludwigs IV. und der heiligen Elisabeth, lebte bis zu seinem achtzehnten Lebensjahr auf dem Schlosse Creuzburg. Seine Kindheit war voll Trübsal: von dem treulosen Vormund Heinrich Raspe verlassen, von der Mutter, die der Klerus in seine Fesseln geschlagen hatte, nicht erzogen – so hatte er leben müssen, ohne daß sich Talente in ihm entfalten konnten.

Sein neunzehntes Lebensjahr erreichte Hermann nicht. Er starb durch Gift, das ihm die Edelfrau Berta von Seebach gegeben haben soll. Etliche Leute gaben die Schuld an dieser Untat Heinrich Raspe – er habe selber Herrscher von Thüringen bleiben wollen und deshalb den Leibeserben umbringen lassen. Andere wollten wissen, der Markgraf von Meißen habe die Tat angestiftet, ebenfalls aus dem Grunde, Thüringen zu erben, da ja Raspe keine Nachkommen besaß. Noch andere vermuteten, Berta von Seebach habe aus persönlichem Haß gehandelt.

Als Hermann schon im Todeskampfe lag, ordnete er an, daß seine Leiche nach Marburg gebracht und bei seiner Mutter begraben werde. Der Leichenzug war bereits unterwegs, da erfuhr Heinrich Raspe davon. Sofort befahl er, den Toten nach Reinhardsbrunn zu schaffen und ihn dort zu bestatten. Wie man sagte, hatte Raspe Furcht, Elisabeth, die doch so viele Wunder vollbracht hatte, würde ihren Sohn selbst aus dem Grabe heraus wieder zum Leben erwecken; also wurde Hermann in Reinhardsbrunn begraben.

Auch Berta von Seebach war bei den Trauerfeierlichkeiten zugegen. Als sie in das Kloster trat, begann Blut aus der Nase des Toten zu fließen. Herr von Vargila und die anderen Ritter sahen es und riefen: „Bringt die Übeltäterin hinweg, die uns den Landgrafen so abscheulich gemordet hat!" Darauf wurde die Mörderin aus dem Kloster geführt, beiseitegeschafft und getötet.

Wie Heinrich von Velsbach starb

Als 1247 Heinrich Raspe IV., der deutsche Gegenkönig des hohenstaufischen Kaisers Friedrich II., gestorben war, setzte der thüringische Erbfolgekrieg ein, der bis 1264 währte. Vier Parteien stritten sich um Thüringen, und nachdem zwei von ihnen aus dem Kampfe ausgeschieden waren, rauften Herzogin Sophie von Brabant und Markgraf Heinrich von Meißen um so heftiger um die Beute, die von den Ludowingern hinterlassen worden war. Wer sich heutzutage über die Vielzahl alter Burgen im Thüringer Land wundert – damals schossen sie wie Pilze aus dem Boden, von den kämpfenden Parteien in dem Bestreben errichtet, sich gegenseitig die Straßen zu sperren.

Die Stadt Eisenach stand auf der Seite Sophies. Der Eisenacher Bürgermeister, Heinrich von Velsbach, hatte den Einwohnern mit Beleg und überzeugender Rede nachgewiesen, daß Thüringen Sophies Sohne gehöre. Auch wußte er das Andenken an Sophies Mutter, die heilige Elisabeth, mit so warmen Worten wachzuhalten, daß es die Eisenacher für ihre Pflicht hielten, dem Kinde von Brabant das Erbe zu schützen.

Das war kein einfaches Unterfangen, denn der Markgraf von Meißen hatte bereits die Wartburg besetzt. Von dort aus ließ er mächtige Steine in die Stadt schleudern, um den Sinn der Eisenacher zu ändern. Die waren indessen nicht faul und bauten ihre Stadtbefestigungen immer dichter an die Wartburg heran, so daß sie bald wie mit einem steinernen Ringe umschlossen war. Auf diese Weise wurde die Besatzung der Wartburg auf kurze Ration gesetzt, was des Markgrafen Vasallen Schenk von Vargila zu dem Versuch veranlaßte, die Umklammerung von außen her zu sprengen. Bei dem wilden Getümmel mußten Bauern mit ihren Familien das Leben lassen – der Ring indessen blieb bestehen.

Da befahl der Markgraf einen verwegenen Handstreich aus der Wartburg heraus. In einer Winternacht zogen seine Leute mit Sturmleitern und Pechkränzen heimlich zum Ziegental hinab und dann wieder hinauf zum Mittelstein. Dessen Rückmauer galt allgemein als unbezwingbar, und deshalb war sie unbewacht. Aber der Markgraf hatte Kletterer mit ganz außergewöhnlichen Fähigkeiten ausgesucht, die wie Katzen hinaufklimmten, und ehe die in den Wehrgängen verstreute Besatzung wußte, was geschah, krachten schon die Streitkolben auf ihre Blechhauben. Wenig später züngelte das Feuer zum Dache hinaus.

In Eisenach ertönten die Alarmhörner. Die Bürger fuhren erschreckt aus ihrem Schlaf. Meister und Gesellen der Zünfte eilten an ihre Stellplätze, um der Besatzung des Mittelsteines Hilfe zu bringen. Das kümmerte die Leute des Markgrafen nicht weiter; sie zogen bis zur Mauer am Barfüßerkloster, wo ein paar Anhänger des Markgrafen wohnten. Die öffneten die Pforte in der Mauer und ließen die Eroberer herein. So gewann der Markgraf die Stadt, und Heinrich von Velsbach wurde in Ketten gelegt.

Am nächsten Tage schon katzbuckelten die Bürger vor dem Sieger. Da ließ der Markgraf den Bürgermeister vorführen. Er sagte zu ihm: „Was denkst du nun, welche Strafe dich erwartet?“

Heinrich von Velsbach antwortete: „Was ich tat, geschah im Glauben an das Recht, das auf meiner Seite ist.“ Er hoffe auf ein Urteil, das in ihm den ritterlichen Gegner achte, so wie er selbst immer ehrlich gekämpft habe.

Spöttisch fiel der Markgraf ihm ins Wort: „Ist das ehrli-

ches Kämpfen, wenn man die Untertanen gegen ihren Herrn aufwiegelt?“

Der Gefangene erklärte ruhig, sein Gewissen und das Erbrecht rechtfertigten sein Tun, Thüringen gehöre dem Kinde von Brabant.

Da war des Markgrafen Geduld zu Ende. Er befahl, den Gefangenen auf die Wartburg in sicheren Gewahrsam zu bringen. Dort redeten ihm die Wächter zu, seinen Sinn zu ändern und dem Markgrafen zu huldigen; andernfalls geschähe Schlimmes mit ihm. Doch Heinrich von Velsbach erwiderte: „Die Ordnung der Welt hängt am Recht. Nie werde ich mich dazu hergeben, Recht zu beugen.“

Wenig später führten die Wächter auf Befehl des Markgrafen den Gefangenen hinaus auf die Schanze. Dort war die Steinschleuder aufgestellt. Man sagte ihm, er selber solle als Wurfgeschoß benutzt werden, wenn er nicht im letzten Augenblick die Herrschaft des Markgrafen anerkenne.

Beim Anblick der Schleuder krampfte sich das Herz des

Bürgermeisters zusammen. Er blickte zu Boden, und man sah, welch ein Kampf in ihm tobte. Ein Wort von ihm, und der schandbare Tod würde ihm erspart bleiben. Aber dieses Wort kam nicht. Heinrich von Velsbach richtete seinen Blick auf und preßte die Lippen fest zusammen. Er war zum Sterben bereit.

Man schnürte ihn und legte ihn wie ein großes Scheit Holz auf die Schleuder. Als einer der Knechte sich anschickte, sie abzuschnellen, rief der Bürgermeister laut über die Schanze: „Und Thüringen gehört doch dem Kinde von Brabant!“ Da flog der Spannbolzen, der Schwungarm sauste und trieb den Unbeugsamen hoch in die Lüfte, seiner Stadt Eisenach entgegen.

V

Wie das Geschlecht derer von Hundt entstand

Schloßherrin von Altenstein war einst eine sehr sittenstrenge Edelfrau. Als eine ihrer Dienerinnen mit Drillingen niederkam, glaubte die Herrin, jene habe sich mit anderen Männern vergangen, und ließ sie wegen Ehebruchs hinrichten. Die Verurteilte beteuerte unablässig ihre Unschuld, aber die Edelfrau gewährte keine Gnade. Da verfluchte die Dienerin die Hartherzige und rief ihr von der Richtstätte entgegen: „Was ich an mir erfahre, das sollst auch du erleiden und statt mit drei mit dreizehn Kindern vor deinem Richter stehen!"

Bald darauf fühlte sich die Gräfin schwanger. In Abwesenheit ihres Gatten gebar sie dreizehn Knaben, die zwar sehr klein waren, aber gesund und lebenskräftig. Beim Anblick der dreizehn Neugeborenen erkannte die Dame, daß sie schweres Unrecht getan hatte. Doch da sie den Zorn ihres Gatten und das Urteil der Welt fürchtete, ließ sie dem einen Verbrechen ein zweites folgen: Sie befahl einer Dienerin, zwölf der Kinder heimlich ans Wasser zu tragen und sie zu ertränken. Das dreizehnte behielt sie.

Die Magd trug die zwölf Knaben in einem Korbe zum Wasser. Unterwegs begegnete ihr der unvermutet heimkehrende Ritter. Er fragte sie, was sie im Korbe trüge. „Junge Hunde, Herr!" stammelte das Mädchen. Der Schloßherr wollte sehen, ob vielleicht ein paar Hündchen zur Aufzucht taugten, und nahm den Deckel vom Korb. Er sah die Knaben und kam so hinter die Untat seiner Frau. Nachdem er die Magd zu tiefem Schweigen verpflichtet hatte, ließ er die Knaben in eine entlegene Mühle bringen, wo sie aufgezogen wurden.

Es vergingen zwölf Jahre. Die Gräfin wollte den Geburtstag ihres Sohnes festlich begehen. Da fragte sie der Graf: „Welche Strafe würde wohl eine Mutter verdienen, die ihr neugeborenes Kind ersäufen läßt?" Eisiger Schrecken durchfuhr die Herrin. Doch sie konnte sich nicht denken, daß ihre Tat entdeckt worden sei, und antwortete: „Was eine solche Frau mit Wasser verschuldet hat, das muß sie mit Feuer büßen!"

„So muß ich dich", sagte darauf der Graf, „nach deinen eigenen Worten zwölfmal verbrennen. Denn zwölf deiner Söhne hast du zum Ersäufen tragen lassen!" Da schrie die Dame auf und sank dem Ritter zu Füßen. Er ließ sie nicht hinrichten, sondern übergab sie einem Kloster, damit sie bereuen und büßen konnte.

Die zwölf Söhne holte der Graf von der Mühle ins Schloß, und sie begründeten das Geschlecht derer von Hundt.

Der heilige Esel von Schwarza

Graf Heinrich von Schwarzburg brachte vom Kreuzzug aus Palästina einen Esel mit. Es ist nicht bekannt, ob er das Tier als Lastträger benutzte oder es einfach aus Laune mit auf die Heimreise nahm.

Wieder zu Hause, übergab der Graf den Esel einem seiner Knechte in Schwarza. Der war ein Schelm und begann, aus dem Langohr bare Münze zu schlagen. Zunächst behauptete er, sein Esel stamme in gerader Linie von jener Eselin ab, auf welcher der Heiland am Palmsonntag in Jerusalem eingezogen sei. Da kamen die Einfaltspinsel unter den Einwohnern herbeigelaufen und standen vor dem Esel in stummer Ehrfurcht. Das hatte der Knecht erwartet. Er erzählte immer neue Geschichten über den Esel, dichtete ihm geheimnisvolle Kräfte an und gestattete schließlich den Kranken, ihn gegen eine geringe Gebühr zu berühren. Auch verkaufte er Haare von ihm, die gegen allerhand Krankheiten helfen sollten, und gepulverte Hufspäne gab er insonderheit gegen Hautausschlag ab.

Es sprach sich schnell herum, daß man vom heiligen Schwarzaer Esel Gesundheit haben könnte, und dazu wurde erzählt, daß Frau Alma nach Umschlägen mit Eselshaaren wieder gehen könne und Gevatter Bertram durch die Hufspäne von den Pickeln geheilt worden sei. Der Knecht sah sich bald einer Nachfrage gegenüber, die ihn zwang, heimlich Anleihen bei Pferden und Kühen zu machen; andernfalls wären Hufe und Fell des Esels im Handumdrehen verbraucht gewesen.

Wer nun meint, der Schwarzaer Pfarrer hätte den Betrug aufgedeckt, der täuscht sich. Der fromme Mann schwieg fein still: vermehrte sich durch den Esel doch der Ruhm seiner kleinen Kirche, und die Opfergaben der vielen Menschen, die zum Esel nach Schwarza kamen, waren eine unverhoffte Einnahmequelle, die doch offensichtlich der Himmel erschlossen hatte.

Die Blankenburger Bürger verfolgten die Schwarzaer Ereignisse aufmerksam und mit wachsendem Neid. Je mehr Zulauf der Esel erhielt, desto mehr wuchs ihre Mißgunst. Schließlich beantragten sie beim Grafen, er möge den Esel ihrem Ort zuweisen; die geringe Größe des Dörfchens Schwarza entspreche nicht der Bedeutung des Esels, und zum anderen sei es alter Blankenburger Brauch, im Umzug zum Palmsonntag einen hölzernen Esel mitzuführen – um wieviel schöner werde das Fest, wenn es mit einem richtigen begangen werden könne! Sie stellten dem Grafen auch vor, daß dann von weit und breit die Menschen nach Blankenburg wallfahren würden. Die Bäcker und Schneider, Gastwirte, Fleischer und Sattler könnten höhere Gewinne einheimsen und dem Grafen pünktlicher die Steuern zahlen, und außerdem sei Blankenburg entschlossen, dem Grafen eine Schenkung zu machen, wenn nur der Esel erst da wäre.

Graf Heinrich sah sich durch diesen Antrag in eine Zwickmühle versetzt. Ihn lockte die Blankenburger Schenkung, aber er wollte es auch mit den treuen Schwarzaern nicht verderben. So hielt er die Blankenburger schließlich mit dem Versprechen hin, eine Gelegenheit zur Überführung des Esels abzuwarten. Als sich diese Gelegenheit über Wochen und Monate hinweg nicht fand und in Schwarza der Handel üppiger denn je blühte, beschlossen die Blankenburger, zur Selbsthilfe zu greifen. Einer stachelte den andern auf, die Gastwirte stifteten Freibier, und insgeheim wurden schon die Spießeisen für den Überfall auf Schwarza geschmiedet.

Das heißt – die Blankenburger *glaubten*, den Feldzug insgeheim vorzubereiten; in Wirklichkeit war das, was sie im Schilde führten, den Schwarzaern längst zu Ohren gekommen. Sie schickten Lauscher und Horcher aus und wußten gewöhnlich schon nach einer Stunde, was in den Blankenburger Geheimsitzungen besprochen worden war. Den verwegensten Angriffsplänen wurde so die Spitze abgebrochen, weil sich die Schwarzaer darauf einrichteten und alles Nötige zur Verteidigung des Esels in die Wege leiteten.

Als eines Tages im März die Blankenburger in aller Frühe gegen Schwarza vorstießen, um das Dorf, das kaum erwacht sein konnte, im Handstreich zu überrumpeln, trafen sie zu ihrer grenzenlosen Überraschung auf wohlvorbereiteten Widerstand. Heugabeln und Dreschflegel starrten den Angreifern als geschlossene Wehr entgegen, so daß mancher von ihnen eine Gänsehaut bekam und bereute, den Kampf um den Esel begonnen zu haben.

Auf den Wiesen und Feldern, die nach dem Eselskrieg die „Streitau“ genannt wurden, standen sich die feindlichen Truppen gegenüber. Sie hatten ein großes Geschrei erhoben und drohten sich gegenseitig fürchterliche Tode an. Nichtsdestotrotz machte niemand von der Waffe Gebrauch; denn wer mochte sein Blut schon für einen Esel hingeben?

Der Zufall wollte es, daß ein Schellennarr vorüberkam, die Streithaufen gewahrte und sich nach der Ursache des Zwistes erkundigte. Als er die Geschichte von einer Frau erfahren hatte, trat er zwischen die Heere und schlug ihnen vor, die grausamen Mordwaffen abzulegen und den Streit lieber mit den landesüblichen Knütteln auszutragen. Das ließen sich die Kämpfer nicht zweimal sagen, und die beiden feindlichen Pfarrer, die mit ihren Kirchenfahnen ebenfalls auf das Schlachtfeld gezogen waren, hatten auch nichts dagegen einzuwenden. So wurde eine Pause abgemacht, während der die Mordwaffen nach hinten getragen und aus dem benachbarten Eichenwald Knüttel geholt wurden – jeder ungefähr so lang wie ein Arm und so dick wie zwei Finger. Daraufhin traten die Heere erneut in Schlachtordnung an und gingen jetzt ohne Zögern so aufeinander los, daß bald die ersten Krieger lang ausgestreckt liegenblieben.

Unter den Kampfhähnen war auch ein Blankenburger Schneider, dem selbst die Knüttel zu gefährlich waren. Er sagte sich: Wozu das ganze Dreschen, den Esel gewinnt man am besten durch List. Er schlich sich aus dem Kampfe und nach Schwarza hinein, fand auch richtig den Eselsstall und zerrte das heilige Tier eilends heraus. Während auf der Streitau der Kampf tobte, trieb er den Esel ohne Gnade über Stock und Stein, durch Wald und Gebüsch nach Blankenburg. Als die Mitbürger des Schneiders von der gelungenen Entführung hörten, brachen sie den Kampf ab und zogen sich auf ihre Stadt zurück. Von ihren Mauern herab verhöhnten sie die Schwarzaer, die einsehen mußten, daß sie vergeblich gekämpft hatten.

Blankenburg wurde von einem Siegesrausch erfaßt. Es sollte eine Dank- und Jubelfeier stattfinden und der Esel mit allen Ehren durch die Stadt geführt werden. Doch daraus wurde nichts. Der Esel hatte zwar die Reise von Palästina nach Thüringen ausgehalten, aber der Gewaltmarsch von Schwarza nach Blankenburg war ihm gar schlecht bekommen, und so lag er tot im Stall, als man ihn zum Umzug abholen wollte. Erst hatte man den Schneider als Volkshelden gefeiert, doch jetzt bekam er den Zorn der ganzen Stadt zu spüren. Man hätte ihn gerädert, wäre er nicht gerade noch rechtzeitig auf Nimmerwiedersehen aus Blankenburg verschwunden.

Den Siegern blieb nichts anderes übrig, als den Esel in Reliquien zu zerlegen, um die sie sich einen Tag und eine Nacht stritten. Manch einer, so heißt es, soll seine Verehrung für das heilige Tier so weit getrieben haben, daß er seinen Teil verspeiste, um für immer gegen Not und Krankheit geschützt zu sein. Wenn es nicht wahr wäre – wieso sollten die Blankenburger dann für so lange Zeit den Namen „Eselsfresser" getragen haben?

Königin Reinschweig

Königin Reinschweig lebte in der Mitte des zwölften Jahrhunderts in England und führte mit ihrem Gatten eine sehr glückliche Ehe. Die Geschichte weiß von einer Königin dieses Namens nichts. Doch das will nichts besagen. Vielleicht ist sie in keinem Geschichtsbuch erwähnt, weil sie aus einfachem Geschlecht stammte; der König erwählte sie aus dem Volke zu seiner Frau, weil ihre Tugend größer war als die aller adligen Geschlechtsgenossinnen.

Als der König gestorben war, tat Reinschweig alles, um seine Seele aus dem Fegefeuer zu erlösen, in dem sie ihrer Meinung nach schmachtete. Sie gab Almosen über Almosen und ließ viele Seelenmessen lesen. Eines Nachts hörte sie eine Stimme, die ihr zuflüsterte, des Königs Seele befinde sich in einem großen Berge, der eine Meile Wegs von Eisenach liege; darin werde sie zusammen mit vielen anderen Seelen gequält. Daraufhin zog Reinschweig mit ihren Dienerinnen nach Thüringen, baute in der Nähe jenes Berges eine Kirche, verrichtete viele gute Werke und erlöste so die Seele des Königs aus dem Fegefeuer.

Weil aus dem Berge immerzu das Jammern und Stöhnen der gequälten Seelen drang, nannte sie ihn Höre Sel Berg, und daher heißt er bis auf den heutigen Tag Hörselberg. Der Satan und die bösen Geister, denen Reinschweig des Königs Seele abrang, erschienen ihr oft des Nachts, und deshalb nannte sie das Dorf, das sie ebenfalls gründete, Satanas-Stätte. Später sagte man Satinstete und heute Sättelstedt.

Der Graf von Gleichen und seine zwei Frauen

Im Jahre 1227 unternahm Kaiser Friedrich II. eine Meerfahrt gegen die Sarazenen, um das heilige Grab und die Schätze des fernen Landes zu erobern. Da sich Landgraf Ludwig der Heilige von Thüringen dem Zug mit seiner Ritterschaft anschloß, mußte auch Graf Ernst von Gleichen seine Frau und seine beiden Kinder verlassen und am Kreuzzug teilnehmen.

Während des Krieges zeichnete sich Graf Ernst durch große Tapferkeit aus. Als Landgraf Ludwig am Fieber gestorben war, blieb Ernst im Heer des Kaisers und wurde nach Friedensschluß dazu ausersehen, den Schutz der befestigten Stadt Akkon zu gewährleisten. Eines Tages unternahm der Graf außerhalb der Befestigungen einen Streifzug und stieß, nur von zwei Dienern begleitet, auf eine Abteilung Araber. Nach kurzer Gegenwehr wurde er gefangengenommen, nach Alkair gebracht und dort an den Sultan verkauft. Nachdem er neun Jahre lang Sklavenarbeit verrichtet hatte, entbrannte des Sultans Tochter Melechsala in heißer Liebe zu ihm. Sie bot ihm, entgegen dem Willen ihres Vaters, die Befreiung an und bat, daß er sein Schicksal für immer mit dem ihren verbinde.

Obwohl Graf Ernst die Freiheit wie sonst nichts ersehnte

und der schönen Sarazenin auch von Herzen zugetan war, sagte er ihr, er könne ihr Anerbieten nicht annehmen, denn er habe zu Hause Frau und Kinder, die er liebe, und außerdem sei es ihm unmöglich, eine Frau anderen Glaubens zu heiraten – und noch dazu als zweite Gattin! Melechsala erwiderte darauf, ihre Liebe sei so groß, daß sie gern Christin werden wolle, und seiner Gattin auf der Burg in Thüringen gedenke sie keinesfalls den Mann und schon gar nicht den beiden Kindern den Vater zu nehmen; sie sehe auch nicht ein, warum sie nicht nach der morgenländischen Sitte handeln solle, die einem Manne mehrere Frauen gestatte.

Die Liebe zur Freiheit und die Hochherzigkeit der Sarazenin ließen den Grafen schließlich das Angebot annehmen. Bei Nacht und Nebel floh er mit Melechsala auf ein Schiff, das beide in sechswöchiger Fahrt nach Venedig brachte. Dort erfuhr der Graf von einem Thüringer Ritter, daß die Seinen zu Hause wohlauf waren und seine Rückkehr erwarteten. Da reiste Ernst nach Rom, offenbarte Papst Gregor IX. sein Schicksal, und die Sarazenin empfing die Taufe. Der Graf erhielt die päpstliche Erlaubnis, sich eine zweite Gemahlin antrauen zu lassen.

Ohne Säumen ging's nun nach Thüringen. Als sie noch zwei Tagesreisen vom Schlosse Gleichen entfernt waren, ritt Graf Ernst voraus, um seine Gattin auf das Kommende vorzubereiten. Sie empfing ihn in großer Liebe, und als sie erfuhr, welch harte Sklavenarbeit ihr Mann neun Jahre lang hatte verrichten müssen und wie die Sultanstochter ihm zur Freiheit verholfen hatte, willigte sie in Ernsts zweite Heirat und versprach, Melechsala eine gute Freundin zu sein.

Daraufhin zogen der Graf, seine Frau und viel Gefolge der Sarazenin entgegen und führten sie zur Burg. Die beiden Frauen gewannen sich herzlich lieb, und sie lebten mit Graf Ernst in größter Eintracht. Melechsala bekam keine Kinder und liebte desto mehr die Töchter und Söhne der anderen Frau, die auch ihr in Liebe zugetan waren. Und wie die beiden Frauen mit ihrem Gemahl ein Bett geteilt hatten, so teilten sie auch mit ihm ein Grab. Die Kinder ließen für alle drei einen Grabstein errichten, der später im Dom zu Erfurt aufgestellt wurde. Er zeigt Ernst von Gleichen, seine eine Frau zur Linken, die andere zur Rechten.

Woher die Fürsten von Reuß ihren Namen hatten

In einer alten Handschrift des Klosters Bosau ist die Geschichte aufgezeichnet, welche besagt, woher die Fürsten Reuß von Plauen, Gera und Weida ihren Namen hatten.

Als Kaiser Friedrich II. mit König Andreas von Ungarn, König Pribislaw von Böhmen, Erzherzog Leopold von Österreich und anderen Fürsten die Heerfahrt wider die Sarazenen unternahm, hat er auch einen Herrn von Gera oder Plauen bei sich gehabt, dessen Name nicht weiter angegeben wird. Dieser Herr wurde zusammen mit dem Grafen von Gleichen von den Sarazenen gefangengenommen. Nach zwölf Jahren kaufte ein Händler aus Rußland bei ihnen Sklaven ein, unter ihnen auch den Ritter aus Gera. Lange lebte er im russischen Reich; bei einem Tatareneinfall mußte er mit ins Feld ziehen, und als er sich nach tapferem Kampf gefangen gab, erregte er die Aufmerksamkeit des tatarischen Fürsten Hoccata, der ihn an seinen Hof rief und ihm die Freiheit schenkte.

Mit den Tataren zog der Ritter nach Westen. Als sie in Schlesien wieder umkehrten, nahm er seinen Vorteil wahr und machte sich davon. In seiner russischen Kleidung gelangte er an den Hof des Kaisers Friedrich. Hier blieb er eine Zeitlang und zeichnete sich durch seine Geschicklichkeit in ritterlichen Spielen aus, die damals in Deutschland noch nicht allgemein bekannt waren. Der Kaiser fand großen Gefallen an ihm, ließ ihn an seiner Tafel sitzen und von den Reisen und Schicksalen erzählen. Weil aber der Geraer Herr sich vor allen Hofleuten durch seine Länge auszeichnete, hieß ihn der Kaiser den langen Reußen, und dieser Name bürgerte sich so ein, daß er sich endlich selbst in seinen Briefen und Titeln „Heinrich von Gera der Reuße“ nannte.

Die Jungfrau mit dem Zopf

In Welschland lebte einst ein reicher Ritter, Graf Poppo geheißen. Männliche Schönheit und Tapferkeit erwarben ihm nach dem Tode seiner ersten Gemahlin die Liebe einer jungen Gräfin, die in heißer Leidenschaft zu ihm entbrannte. Auch Poppo war dieser Gräfin nicht abhold, doch frisch und lebendig lebte noch in seinem Herzen das Bild seiner jüngst verstorbenen Frau; es konnte auch durch die innigste Liebe einer anderen nicht daraus verdrängt werden.

Als nun die Gräfin nicht aufhörte, ihn mit ihrer Leidenschaft zu bedrängen, wußte er sich keinen anderen Rat, als seine Heimat zu verlassen. Er verkaufte seine Güter und reiste mit seinen beiden Söhnen nach Deutschland, um sich dort ansässig zu machen. Anfangs gefiel ihm kein Platz zum Bau einer Burg, und so zog er lange Zeit umher. Als er aber an die Stelle kam, darauf die Ruine Henneberg liegt, gefiel ihm die Gegend gar wohl, und er beschloß, hier zu bleiben und zu bauen. Als er so dastand und sich im Geiste die künftige Burg vorstellte, flogen drei Hennen aus einem Busche vor ihm auf, und sogleich nannte er den Berg „Henneberg“, wovon auch die Burg ihren Namen erhalten hat.

Während Graf Poppo seine Burg baute und ringsumher viel Land dazukaufte, quälte sich daheim die junge Gräfin in Liebe und Schmerz. Zuletzt machte auch sie sich auf nach Deutschland, um Poppo nahe zu sein. Kreuz und quer reiste sie mit ihren Schätzen, um den Geliebten zu finden, und endlich entdeckte sie seine Spur da, wo die Schleuße mit der Werra zusammenfließt. Die Luft aber war erfüllt von traurigem Sterbegeläut, und bange Ahnungen machten der

Gräfin das Herz schwer. Sie fragte einen vorüberziehenden Wanderer nach dem Grund der Trauer, und dieser antwortete: „Graf Poppo von Henneberg ist tot." Da war die Gräfin ihres Schmerzes nicht mehr mächtig, sie zerraufte sich die Haare, riß in wilder Verzweiflung einen ihrer langen Zöpfe aus und warf ihn in die Schleuße.

Als sie wieder ruhiger geworden war, beschloß sie, im Lande Poppos zu sterben und ihre Reichtümer zur Stärkung der Macht Hennebergs zu verwenden. Sie ließ die Stadt Themar mit Mauer und Türmen bewehren, Brücken über Werra und Hasel schlagen und noch andere Werke für die Grafschaft Henneberg verrichten. Gottwald, Poppos zweiter Sohn und Nachfolger, ehrte die Gräfin nach deren Tode, indem er sein Wappen mit einem neuen Helmzeichen – einer gekrönten Jungfrau mit einem starken und langen Haarzopf – schmückte. „Jungfer mit einem Zopfe" hieß deshalb bei den Bewohnern jener Gegend der Helmschmuck des Wappens, das sich am Gebäude des von Gottwald gestifteten Prämonstratenserklosters zu Veßra an der Schleuße befand.

So viel Kinder wie Tage im Jahr

Graf Hermann von Henneberg hatte eine Gemahlin, die eines seltsamen Todes starb. Das ging so zu: Im Jahre 1276 reiste die Gräfin nach Holland, um ihre Verwandten zu besuchen. Dort begegnete ihr eines Tages in Gräfenhaag eine arme Frau, die Zwillinge auf ihren Armen trug und noch einige andere Kinder bei sich hatte. Sie bat die Gräfin um ein Almosen, aber die sah stolz und hochmütig auf die Bettelnde herab und frug: „Sind die beiden Kinder, die Ihr auf den Armen tragt, die Eurigen?" – „Gewiß", antwortete die arme Frau, „beide sind an einem Tage geboren." Unwillig entgegnete die Gräfin: „Wie es nicht möglich ist, daß eine Frau so viel Kinder auf einmal haben kann, wie Tage im Jahr sind, so ist es auch nicht möglich, daß eine Frau zwei Kinder zugleich von einem Manne haben kann; Ihr seid eine Ehebrecherin, und eins dieser Kinder muß ein uneheliches sein."

Die arme Frau nahm sich den spitzen, bösartigen Vorwurf sehr zu Herzen, und mit einem Blick zum Himmel flehte sie Gott an, er möge dieser Gräfin seine gerechte Macht beweisen und es geschehen lassen, daß sie nach ihren eigenen Worten so viel Kinder auf einmal erhalte wie Tage im Jahr sind, damit sie erkennen möge, daß kein Ding der göttlichen Allmacht unmöglich und der böse Verdacht unbegründet sei.

Diese Verwünschung wurde erhört: Am Karfreitag desselben Jahres gebar die Gräfin dreihundertfünfundsechzig Kindlein auf einmal. Sie waren so groß wie kleine Krabben, und alle wurden vom Bischof Otto von Utrecht, dem Bruder der Gräfin, in ein Becken gelegt, mit Weihwasser besprengt und getauft. Die Knäblein erhielten alle den Namen Johannes, und die Mägdlein hießen Elisabeth. Doch alle Kinder starben alsbald nach der Taufe; die Mutter folgte ihnen, und Mutter und Kinder wurden im Bernhardinerkloster Latum, eine Stunde Wegs von Haag, begraben, wo man heute noch die Geschichte auf dem Grabstein lesen kann.

VI

Das eingemauerte Kind

Als droben auf dem Burgberg, an dessen Fuß Bad Liebenstein liegt, das alte Schloß erbaut wurde, herrschte noch jener schaurige Aberglaube, eine Veste könne durch ein lebendig eingemauertes Kind unüberwindlich gemacht werden. Der Ritter, der diese Burg gründete, war auch in diesem Aberglauben befangen; er kaufte von einer Landstreicherin deren kleine Tochter und befahl, sie in die Burg lebendig einzumauern. Als jedoch der Meister die äußere Mauer des kleinen Grabes dem Kinde bis an die Schulter aufgeführt hatte und das Mädchen jetzt in bittendem Tone zu ihm sprach: „Ach, Mann, laß mir doch nur ein kleines Löchlein zum Gucken", da erbebte ihm das Herz, er schleuderte den Hammer weit von sich und erklärte dem Bauherrn, keinen Schlag mehr an diesem Werke tun zu wollen.

Zornig befahl der Ritter dem Gesellen, die Arbeit zu vollenden; doch auch dieser warf erschüttert das Werkzeug beiseite. Nun kam die Reihe an den Lehrjungen, einen rüden, herzlosen Burschen. Der ließ sich durch die Bitte des Kindes nicht rühren. Und wie die Mauer höher und höher stieg, da rief das Kind der dabeistehenden Mutter zu: „Mutter, jetzt seh ich dich noch!" Dann aber trat es auf die Zehenspitzen und sagte: „Mutter, jetzt seh ich dich bald nicht mehr!" Und als der Junge den letzten Stein einsetzte, da hörte man nur noch dumpf die Stimme des Kindes: „Mutter, nun seh ich dich gar nicht mehr!"

Das schauerliche Werk war vollendet. Der Lehrjunge erhielt reichen Lohn von dem Bauherrn; wenige Tage darauf jedoch spülte die Werra die Leiche des herzlosen Burschen ans Ufer.

Die entmenschte Mutter aber hatte von Stund an weder Ruhe noch Rast und soll heute noch händeringend die Gemäuer der Burg als Gespenst umirren.

Der Farnsamen

Dem Farnsamen schrieb man in Thüringen die Kraft zu, diejenigen unsichtbar zu machen, die ihn in der Mitternachtsstunde auf den goldenen Sonntag oder in der Johannisnacht erlangen. In dieser Nacht kommt der Same zur völligen Reife, fällt dann ab und verschwindet plötzlich. Wer diesen Samen besitzt, hat auch Glück im Spiel und kann jeden Tag ein Freischütz werden, denn jeder Schuß, den ein solcher Mann tut, trifft mitten ins Ziel. Manche setzten schon Leib und Leben, ja das Heil ihrer Seelen daran, Farnsamen zu erlangen, und es schlug ihnen dennoch fehl; andere, die nicht danach suchten, die fanden und hatten ihn ohne Mühe und Gefahr.

So erging es einem Manne zu Berka. Sein Fohlen verlief sich im Walde, er suchte es lange und fand es nicht – erst nach Mitternacht ging er verdrießlich nach Hause und wußte nicht, daß er von ungefähr auf reifendes Farnkraut trat und vom Samen ihm etwas in die Schuhe fiel. Gegen Morgen erreichte er sein Gehöft, mochte sich nicht erst zu Bett legen, sondern setzte sich, um auszuruhen, auf den Lehnstuhl am Ofen. Seine Frau, seine Kinder, sein Gesinde traten nacheinander in die Stube, niemand bot ihm guten Morgen, niemand tat, als ob der Hausherr zugegen sei. Jetzt sagte er: „Ich habe das Fohlen nicht finden können." Alle erschraken vor der bekannten Stimme, und die Frau rief: „Mann, wo bist du denn?“ Der Mann erhob sich vom Stuhle, trat unter die Seinen und sagte: „Da bin ich ja; ich stehe ja vor dir, Frau“ – aber niemand gewahrte ihn. Da merkte er seine Unsichtbarkeit, aber sie wurde ihm lästig, und da ihn etwas im Schuh drückte, so zog er ihn vom Fuß und klopfte ihn aus, und da fiel der Wünschelsamen heraus und wurde alsbald unsichtbar, denn seine Findestunde war vorüber.

Der Finder aber war wieder sichtbar geworden und froh, die bedenkliche Gabe los zu sein; denn sein Fohlen wiederzufinden wäre ihm lieber gewesen als die Gabe des bösen Fol.

Salzungen und sein See

Dort, wo die südwestlichen Hänge des Thüringer Waldes und die nordöstlichen Vorberge der Rhön in der Talsohle fußen, liegt Salzungen mit seinem kleinen, aber tiefen See. Um die reichen Salzquellen, von denen das Städtchen seinen Namen hat, sollen bereits die Chatten und Hermunduren Krieg geführt haben.

In alten Zeiten wohnten drei Wasserjungfern im Salzunger See. Wenn im nahegelegenen Haunschen Hof eine Festlichkeit war, gingen sie hin und tanzten den Burgherren etwas vor. Sie waren von außerirdischer Schönheit, hatten grüne Haare und trugen lange, grüne Kleider, deren Schleppen immer naß waren und auch am Ofen nicht trockneten.

Die Wasserjungfern waren gar gern gesehen. Obwohl sie Angst hatten, sich bei der Rückkehr in den See zu verspäten, ließen sie sich einmal doch überreden, länger zu bleiben. Sie tanzten und tanzten, und alle hatten helle Freude an ihrer zarten Anmut. Als sie schließlich früh am Morgen in den See zurückkehrten, schlug das Wasser böse über ihnen zusammen, und es war so rot wie Blut. Man sah die Jungfern niemals wieder.

In der Tiefe des Sees steht das gläserne Schloß eines Nix oder Wassermannes. Der war in seiner Jugend ein stattlicher und hübscher Bursche, den die Mädchen auf dem Tanzboden wohl leiden mochten. In eins der jungen Dinger verliebte sich der Nix so sehr, daß das Feuer der Liebe selbst mit dem ganzen Salzunger See nicht hätte gelöscht werden können.

Die Angebetete des Wassermannes war eine Magd. Sie holte jeden Morgen vom Markte frisches Brot für ihre Herrschaft. Das hatte der Nix bald herausgefunden, und es verging kein Tag, da er nicht auf dem Markte erschien und seiner Liebsten zulächelte.

Doch davon wurde sein Liebesverlangen nicht gestillt. Deshalb vertrat er eines Morgens der Magd den Weg und bat sie um ein paar Worte unter vier Augen am Seeufer. Die Jungfer wich höflich aus und erzählte zu Hause ihrer Herrschaft, was vorgefallen war. Man bedachte, es könne der Jungfer Glück sein, wenn sie dem Anerbieten folge, und empfahl ihr, die Werbung nicht auszuschlagen.

Am dritten Morgen danach bat der Nix nicht mehr vergebens. Ihm zur Seite ging seine Geliebte mit hinüber zum See. Dort packte er sie unvermittelt und entschwand mit ihr in den Fluten. Keine Seele hatte es bemerkt, und so erfuhr auch niemand, wohin die Magd verschwunden war.

Ein Jahr danach badete der kleine Bruder der Entführten im See. Plötzlich fühlte er sich am Fuße gefaßt und in die Tiefe gezogen. Der Schreck raubte ihm die Besinnung. Als er wieder erwachte, sah er sich in einem gläsernen Palaste. Vor seinem weichen, mit rotem Samt ausgeschlagenen Lager saß seine längst totgeglaubte Schwester. Auf ihrem Schoße schlief ein wunderschönes Kind. Sie sprach ihrem Bruder freundlich zu, er solle sich nicht fürchten und ihr verzeihen, daß sie sich dem Nix anvermählt habe. Es gehe ihr gut, nur die Sehnsucht nach ihren Angehörigen plage sie; deshalb habe sie ihn auch herunterholen lassen, um endlich wieder einmal einen der Ihrigen sehen und sprechen zu können.

Sie erzählte nun, wie sie hierher gekommen war, daß sie

jeden Sonntag unerkannt zur Kirche gehe, und vieles andere mehr. Wie im Fluge verging die Zeit, und als eine Stunde verflossen war, ließ die Frau des Wassermannes ihren Bruder wieder aus dem See hinausbringen. Er verfiel in einen tiefen Schlaf, und als er erwachte, lag er, reich beschenkt, frisch und gesund am Ufer. Den Wassermann und seine Frau aber hat niemand wieder zu sehen bekommen.

Einst wurde Salzungen das „Silberstädtchen“ genannt. Zu jener Zeit war es, daß der Rat zusammenkam, um über eine hochwichtige Angelegenheit zu beschließen. Es nahte nämlich Kriegsvolk, und da war auch das silberne Glöckchen bedroht, das über dem Rathaus hing. Wie könnte es räuberischem Zugriff am besten entzogen werden? Darüber wollte der Rat befinden.

Der Zufall fügte es, daß just zu Beginn der Sitzung der Torschreiber die Ankunft eines weisen und hochgelehrten Mannes meldete. Man beschloß, ihn zur Sache zu hören. Der Fremde besann sich nicht lange und riet, die Glocke im See zu versenken; in den Fluten sei sie vor dem Kriegsvolk am sichersten. Das leuchtete den Ratsherren ein, und als Männer der Tat nahmen sie sofort die Glocke vom Turm, bestiegen einen Nachen und fuhren auf den See. Dort versenkten sie den kostbaren Besitz. Als sie wieder am Ufer waren, fiel ihnen ein, daß sie die Stelle nicht näher bezeichnet hatten, wo die Glocke nun auf dem Grunde ruhte. Es gab lange Gesichter. Doch einer der Ratsherren trat lächelnd hervor und sagte, das habe er beizeiten wohl erwogen und genau da, wo sie die Glocke in den See gesenkt hatten, ein Zeichen an den Kahn gemacht. Alle überzeugten sich von der Richtigkeit dieser Worte, und sie waren des Lobes voll über ihren umsichtigen Mitbürger, führten ihn ins Rathaus und wählten ihn zum Bürgermeister.

Der gelehrte Fremde hatte inzwischen – nach einem reichen Mahl auf Stadtkosten – die Reise fortgesetzt. Es soll kein anderer als Eulenspiegel gewesen sein.

Die Nixe der Unstrut

Die Unstrutnixe, so erzählte eine alte Frau, ist ein gar gutes und böses Ding. Sie hat lange, triefende Haare, die ihr bis auf die Fersen gehen. Ihre Augen sind klein und wäßrig, und wenn sie freundlich gesinnt ist, so blinzelt sie mit ihnen wie ein Erzschelm. Ihr Antlitz ist schön und einnehmend, doch blaß vom Wasser. Sie hat eine wohlgeformte Gestalt, ihr Kleid rauscht wie Seide, ist aber aus Stoffen gewebt, die auf der Erde nicht bekannt sind. Zuweilen steigt sie ans Ufer, aber nur in den Dämmerstunden, und lustwandelt auf und nieder. Trotz der Einsamkeit, die im Wasser herrscht, ist sie eitel; denn nicht selten lächelt sie wohlgefällig, wenn der glatte Spiegel der Unstrut ihr Bild zurückwirft, und in solchen Augenblicken beglückt sie die Menschen gern mit ihrer Gunst.

Eine arme Witwe brachte einst ihren Flachs an das Ufer der Unstrut zum Rösten und weinte dabei, weil ihr einziges Töchterchen erst vor ein paar Wochen ins Wasser gefallen und spurlos verschwunden war. „Ach, mein liebes Kind“, klagte die Frau, „nun liegst du im kalten Wasser begraben! Oder hat dich vielleicht die Nixe, von deiner Schönheit verführt, hinabgezogen in ihre dunkle Wohnung? Ach, könnte ich dich doch nur einmal noch sehen!“

Da wurden plötzlich die Wellen ruhiger, es tönte lieblich von allen Seiten, und aus den Fluten stieg die Nixe empor. Sie trat ans jenseitige Ufer, in ihren Armen das beweinte Kind. „Gute Nixe!“ bat die Witwe, „gib mir mein Töchterchen wieder, verlange mein Leben dafür!“ Die Nixe schwebte leichten Fußes über das Wasser und legte das Kind in die Arme der Mutter. Es war tot. „Hast du es getötet?“ fragte die Frau, um sogleich fortzufahren: „Aber nein, das kann nicht sein, so grausam bist du nicht, dein Gesicht ist freundlich und deine Augen nehmen Anteil an meinem Leid. Nicht wahr, meine Tochter ist ertrunken, und du konntest ihr keine Hilfe mehr bringen? Nun, da ich sie wiederhabe, will ich sie ehrlich begraben und das Grab mit schönen Blumen bepflanzen."

„Tue das, arme Mutter", sagte die Nixe, und im Ton ihrer Stimme lag tiefe Rührung. „Damit du das Grab stattlich herrichten kannst und nicht mehr so arm zu leben brauchst, bringe ich dir hier diese Perlen in goldener Schale; sie sind dein Eigentum, denn alle deine Tränen habe ich aufgefangen und sie in Perlen verwandelt." Mit diesen Worten verschwand die Nixe in den Wellen. Die Witwe bestattete ihre Tochter und gedachte zeitlebens der Güte der Wasserjungfer.

Zu jener Zeit spielten einmal in der Nähe der Unstrut einige Knaben. „Kommt", sagte einer, als sie des Tobens und Jagens müde waren, „wir wollen die Nixe steinigen. Dort, wo's am tiefsten ist, da wohnt sie!" Nun ging's mit lautem Geschrei in vollem Lauf zu der bezeichneten Stelle, und Steine auf Steine warfen sie in die Tiefe. Ausgelassen sangen sie dazu:

„Wassernixe, du mußt sterben
In dem tiefen Wasserloch.
Wassernixe, bist getroffen –
Wassernixe, lebst du noch?"

Doch nach jedem Wurf schäumten und brausten die Fluten ärger. Plötzlich stand die Wassernixe auf ihnen. Sie blickte zornig umher, packte den Anstifter am Schopfe und sprang mit ihm in die Tiefe hinab. Die übrigen Knaben zitterten und bebten und konnten vor Schreck nicht von der Stelle. Ein gellender Schrei aus dem Fluß sagte ihnen, daß die Nixe ihren Kameraden getötet hatte. Bald darauf färbte sich das Wasser rot.

Eulenspiegel in Ilversgehofen

Auf seinen Fahrten kam Eulenspiegel von Erfurt aus auch einmal nach Ilversgehofen. Da das Wetter sich verschlechtert hatte und Eulenspiegel keine Lust verspürte, bis auf die Haut naß zu werden, wandte er sich zu einem Gehöft, das etwas abseits vom Orte lag. Als er ans Tor kam, versperrte ihm eine hagere Frau mißtrauisch den Weg. Indem sie die Lippen von den gelben Stummelzähnen hob, fragte sie ihn mürrisch nach seinem Begehr.

„Gewährt einem Christenmenschen Schutz vor dem Wetter!“ bat Eulenspiegel. „Im Aussehen sind sich Christenmenschen und Spitzbuben oft gleich!“ erwiderte die Frau. „Wenn Ihr dort drüben im leeren Schweinestall das Wetter abwarten wollt, so habe ich nichts dagegen. Ins Haus aber kommt Ihr nicht hinein!“

Ist das eine grobe Raspel! dachte Eulenspiegel und überlegte, ob er sie mit Geld freundlicher machen sollte. Doch dann sagte er sich, daß jeder Dummkopf sich mit Geld Wohlwollen erkaufen kann, der Kluge aber die Menschen so zu behandeln weiß, wie sie ihm selbst entgegenkommen.

Obwohl Eulenspiegel entschlossen war, lieber im Schweinestall unterzukriechen als sich die Gastfreundschaft der Frau zu erbetteln oder zu erkaufen, blieb er noch am Tor stehen und begann mit der Bäuerin ein Gespräch. Auf seine Frage, ob denn der Bauer nicht zu Hause sei, ward ihm der Bescheid, daß er über Land gefahren war, um einen Ochsen zu kaufen, und bei dem Wetter komme er sicher erst morgen zurück. „Er ist nicht so gutmütig wie ich!“ fügte sie drohend hinzu. „Deshalb tut Ihr gut, bis morgen zu verschwinden. Es könnte Euch sonst schlecht ergehen.“ Damit ging sie ins Haus und schlug die Tür hinter sich zu.

Da es nun wie aus Eimern zu gießen anfing, verzog sich Eulenspiegel in den leeren Schweinestall, legte sich auf das Stroh, das in einer Ecke zusammengefegt war, und lauschte den gleichförmigen, pitschenden und patschenden Geräuschen des Regens. Darüber schlief er ein, und er erwachte erst wieder, als am nächsten Früh die Kühe brüllten und die Magd mit den Futtereimern klapperte.

Gähnend und sich reckend kroch er aus dem Stroh. Dabei überlegte er, welche Lektion er der Frau erteilen könnte, die ihn in dem engen Schweinestall hatte schlafen lassen. Lege ich ihr eine Blindschleiche ins Bett, oder würze ich ihre Milch mit einer Handvoll Schafbohnen? dachte er. Doch es war zu spät für einen solchen Streich: Drüben kam der Bauer mit dem Ochsen vom Hügel herab; er mußte noch in der Nacht aufgestanden sein.

Wie Eulenspiegel ihn kommen sah, hatte er plötzlich den rechten Einfall. Er nahm seinen Ranzen und ging dem Bauern rüstig entgegen. Als er vor ihm stand, breitete er die Arme aus und sagte:

„Bruder, ich sehe, du verachtest eine gute Mahlzeit ebensowenig wie ich! Deshalb will ich dir einen Rat geben: Geh dort in den Hof, da wirst du eine Frau finden, die sich über jeden Besuch freut. Wenn du mit deinem Ochsen auch zwei, drei Stunden oder gar einen ganzen Tag versäumst – es lohnt sich bestimmt!"

Der Bauer hatte diesen Worten aufmerksam gelauscht, und argwöhnisch fragte er: „Ihr wollt doch nicht etwa sagen, daß die Frau auf diesem Hof Euch ihre Gunst geschenkt hat?"

„Gerade das wollte ich sagen", erwiderte Eulenspiegel, und er erzählte, wie er gestern auf den Hof gekommen und liebevoll aufgenommen worden sei: Die Bäuerin hätte ihm ein Hähnchen gebacken, ihm Eierkuchen vorgesetzt, einer süßer als der andere, und sie hätte weder mit Rahm noch mit Früchten gegeizt.

Ob die Früchte etwa Pflaumen gewesen seien, fragte der Bauer wütend.

„Auch Pflaumen!" bestätigte Eulenspiegel. „Bruder, ich kann dir sagen, solche Pflaumen habe ich noch niemals gekostet. Sie machten mich ganz selig!"

Bei diesen Worten schwoll die Zornader auf der Stirn des Bauern so gewaltig, daß Eulenspiegel unwillkürlich einen Schritt zurückwich. Der Gefoppte fragte: „Nun sag bloß noch, die Frau hätte Euch auch in der Nacht bei sich behalten?“ Das bestätigte Eulenspiegel mit der Wonne eines Menschen, dessen Plan vortrefflich aufgeht. „Ja“, sagte er, „und die Daunen waren leicht wie eine Wolke, und der Überzug war weiß und duftend ...“

„Und er hatte ein rotes Muster ...?“

„Erraten, Bruder, erraten! Und das rote Muster ...“

Hier riß dem Bauern der Geduldsfaden. Er schlug mit der Peitsche wie wild auf den Ochsen ein, führte auch gegen Eulenspiegel einen Streich, dem dieser aber auswich, und stürzte dem Hof entgegen. Dort ließ er den Ochsen Ochsen sein, drang in das Haus ein und begann, als er vor seiner Frau stand, grimmig zu wüten. „Das ist fürs Hähnchen!“ schrie er und ließ die Peitsche auf der Frau tanzen. „Und das für die Eierkuchen! Und das für die Pflaumen!“

Eulenspiegel hörte im Weitergehen das Geschrei, und er fragte sich, ob er den Spaß nicht ein bißchen zu weit getrieben habe. Doch dann gedachte er der Grobheit und des Hochmuts der Bäuerin, und er fand, solche Eigenschaften dürften nicht straflos gelassen werden.

Der Nixe Fluch

Unterhalb Tiefurts, nahe den Dörfern Groß- und Kleinkromsdorf, trieb lange Zeit eine Nixe ihr heimliches Wesen.

Ein armer Edelmann, der als Knappe in den Diensten des Junkers von Kromsdorf stand, ging eines Abends an der Ilm entlang, betrübt und unzufrieden mit seinem Geschick. Auf einmal tönte ein leiser, süßer Gesang aus der Tiefe des Wassers herauf, dem der Jüngling, alsbald stehenbleibend, mit angehaltenem Atem lauschte.

Der Gesang verstummte, und aus dem Wasser erhob sich,

von einem leichten grünen Gewand umflossen, die Nixe des Flusses. Freundlich blickte sie den erstaunten Knappen an und fragte ihn nach dem Grund seiner Traurigkeit. Da sagte er ihr, wie arm er war; er müsse wohl zeitlebens dem Junker dienen und werde nie die Freiheit erleben können.

Die Nixe, die den Bericht des Knappen still angehört hatte, überreichte ihm einen Beutel, vollgefüllt mit Gold. Der Jüngling mußte ihr geloben, nie zu verraten, von wem der Schatz gekommen war, und auch über sein Gespräch mit der Nixe dürfe er kein Sterbenswörtchen je verlauten lassen. Freudig überrascht versprach er das.

Dem Herrn von Kromsdorf blieb nicht lange verborgen, daß sich seines Knappen äußere Umstände so auffallend verbessert hatten. Vergeblich suchte er zu ergründen, wie jener

zu seinem Reichtum gekommen war. Er drang immer ernstlicher und schließlich mit scharfen Drohungen in den Knappen, ihm die Wahrheit zu enthüllen. Der aber hielt getreulich sein Versprechen; selbst dann schwieg er, wenn der Junker die schimpflichsten Verdächtigungen ausstieß.

Schließlich wurde der Herr von Kromsdorf so wütend, daß er den Jüngling ins tiefste Burgverließ werfen und gräßlich foltern ließ. Nun erst, unter furchtbaren Qualen, gab er sterbend sein Geheimnis preis. Kaum war er verschieden, da erbebte das Schloß bis zum Grunde, und vor dem schlotternden Junker erschien die Nixe und kündete den baldigen Untergang des ganzen Geschlechts derer von Kromsdorf.

Der Fluch der Nixe ist dann auch in Erfüllung gegangen. Nach vierzig Tagen schon starb der unbarmherzige Junker eines geheimnisvollen Todes, und sein bis dahin so blühendes Geschlecht erlosch im dritten Gliede nach ihm.

Der Pfennigsee

Es war einmal ein junges Mädchen, das wohnte ganz allein an einem stillen, abgelegenen See bei Jena. Er lag, von bewaldeten Hügeln eingeschlossen, in einem Talkessel. Sein Wasser war lichtgrün und so klar, daß man bis auf den Grund sehen konnte. Am Ufer wuchsen Thymian und Nesselkraut, und auf den großen, goldgelben Blüten des Löwenzahns wiegten sich bunte Schmetterlinge und dicke Hummeln.

Hier lebte das Mädchen in einer Hütte, die es von seinen verstorbenen Eltern geerbt hatte. Die meiste Zeit des Tages verbrachte sie mit dem Sammeln von allerlei Heilkräutern, die sie dann in der Dämmerung zu den verschiedensten Tees und Salben mischte, um sie in den ersten Stunden des anderen Tages zu kranken Leuten zu tragen. Doch nahm sie für jeden Trank und jeden Rat stets nur einen Pfennig. Von dem wenigen Geld, das sie auf diese Weise verdiente, kaufte sie sich Kleider und Nahrung, und weil sie sehr bescheiden war, brauchte sie keine Not zu leiden.

Nun geschah es, daß eines Tages zwei Knechte zu dem Mädchen kamen und befahlen, sogleich mit ihnen zu kommen. Ihr Herr sei schwer erkrankt, das Mädchen solle ihm helfen. Käme es aber nicht gutwillig mit, würden sie Gewalt anwenden.

Das Mädchen hieß die Männer einen Augenblick warten, trat in die Hütte, kämmte sich das Haar, legte einen großen Wollschal um die Schultern und griff nach dem Korb, in dem die Kräuter lagen. Einen Augenblick besah es sich im Spiegel, schüttelte dann aber fast unwillig den Kopf über sich selbst und folgte den Männern zum Herrn.

Der lag in seiner großen, schweren Bettlade und glühte vor Fieber. Seine Augen waren verquollen, die Zähne schlugen in innerlichem Frost unaufhörlich aufeinander. Trotz allem aber hatte er noch so viel Kraft, eine alte Magd, die ihm etwas zu essen brachte, gar heftig auszuschelten, und nach einem Knecht, der die Stube fegen wollte, mit der Reitpeitsche zu schlagen und ihn anzubrüllen, er solle sich zum Teufel scheren.

Als das Mädchen eintrat, schrie der Herr: „Du sollst mich gesund machen, hörst du! Kannst du es nicht, dann mußt du sterben!"

Das Mädchen trat näher und schaute den Herrn lange an. Als sie aber seine Hände bemerkte, die schwer auf dem Kissen lagen und die der Tod schon gezeichnet hatte, schüttelte sie den Kopf und sagte:

„Ich kann Euch nicht mehr helfen; Ihr habt mich zu spät rufen lassen. Am Abend, wenn der letzte Sonnenstrahl über die Erde eilen wird, drückt Euch der Tod die Augen zu."

Da schrie der Herr, er wolle nicht sterben und er werde dem Tod schon eins auswischen. Die Knechte aber sollten das Mädchen packen und es im See ertränken. Denn sie sei – wahrhaftig! – eine Hexe.

Das Mädchen schwieg. Auch als die Knechte sie in die

Mitte nahmen und abführten, kam kein Wort über ihre Lippen. Nur den Herrn sah sie noch einmal an, daß dem vor Angst das Blut in den Adern stockte.

Dann stand das Mädchen ein letztes Mal an seinem See, den es so liebte und der ihm nun das Leben nehmen sollte. Das Wasser war warm, es lockte und strich liebkosend über ihre nackten Füße.

Und das Wasser flüsterte leise: „Komm, ich will dich in die Arme nehmen und dich wiegen, dich trösten und schützen und dir ein weiches, weiches Bett bereiten. Komm und fürchte dich nicht."

Da riß sich das Mädchen von den Knechten los und sprang freiwillig in das Wasser und ward von Stund an nicht mehr gesehen.

Als die Menschen erfuhren, daß man das Mädchen getötet hatte, huben sie ein lautes Wehklagen und Jammern an – war doch nun niemand mehr da, der ihnen helfen konnte. Der Herr aber starb in der Stunde, die das Mädchen genannt hatte.

Nicht lange danach kam ein altes Mütterchen, das schwer von der Gicht geplagt wurde, zum Häuschen am See. Es hatte noch nichts von dem traurigen Schicksal des Mädchens erfahren und wollte es um einen Tee bitten. Doch niemand war weit und breit zu sehen. Da setzte sich das Mütterchen auf einen Stein, der am Ufer lag, und wartete, und als sich noch immer nichts rührte, rief sie wieder und wieder den Namen des Mädchens. Da war es plötzlich, als käme eine Antwort aus der Tiefe des Wassers herauf: „Wirf einen Pfennig in den See und geh heim. Dort steht der Tee auf dem Tisch."

Verwundert tat das Mütterchen, wie ihm geheißen, nahm einen Pfennig, warf ihn ins Wasser, daß er wie ein leuchtender Silbertupfen auf dem Grund liegenblieb, und stapfte nach Hause.

Dort stand auch schon der Tee auf dem Tisch, das Mütterchen trank ihn und ward bald gesund.

Diese wundersame Kunde sprach sich schnell herum; bald kamen von überall her die Menschen zum See, warfen ihre Pfennige hinein und wünschten sich Hilfe. Da wurde den meisten geholfen. Nur die bösen Menschen mußten unverrichteterdinge von dannen ziehen.

Zuweilen kann es auch heute noch geschehen, daß ein junges Mädchen heimlich zum See eilt, um einen Pfennig hineinzuwerfen und sich allerlei Unausgesprochenes zu wünschen, ein wenig Glück, ein wenig Liebe – und, wahrhaftig, die Wünsche sollen fast immer in Erfüllung gehen.

Pumphut

In der Gegend um Pausa trieb sich vor langen Zeiten ein koboldähnlicher Bursche herum, aus dem die Leute gar nicht recht klug werden konnten; sie wußten nicht, ob er ein Mensch sei oder ein Hinzelmann. Immer jedoch erschien er als ein Mühlknappe und wurde wegen eines eigentümlich geformten Hütleins, das er zu tragen pflegte, von alt und jung der Pumphut genannt. Er war ungeheuer fleißig, hielt es aber in keiner Mühle lange aus, weil er es durch neckende oder täppische Streiche immer dahin brachte, daß man ihm Feierabend gab. Er konnte – das sagten alle, die ihn kannten – mehr als Brot essen und hatte schon manchen, der an ihn wollte, garstig ablaufen lassen. Meist aber trieb er bloß harmlosen Schabernack, wenn man ihn ruhig gewähren ließ.

Einst saß in einem Bauernhause zu Wallengrün die Familie, groß und klein, beim Mittagsmahle am Tisch, umschwärmt von einer ungeheuern Schar von Fliegen, als sich die Tür auftat und der Pumphut hereinsah. Er wurde freundlich willkommen geheißen und zum Essen eingeladen. Das ließ er sich nicht zweimal sagen, sondern war rasch dabei. Gleich als ihm die gastliche Bäuerin einen dicken Kloß auf den Teller gelegt hatte, ereignete sich ein Spaß; denn wie Pumphut besagten

Kloß zerteilen wollte, zeigte der sich von solcher Härte, daß er unter dem Messer Pumphuts hinwegschlüpfte, wie eine Kanonenkugel durch die Stubentür schlug, auch noch durch die Stalltür sauste und sich auf das Horn eines scheckigen Ochsen spießte. Alle sperrten vor Verwunderung Maul und Nasen auf. Pumphut aber nahm sich ruhig einen Kloß nach dem andern und verzehrte sie mit großem Wohlbehagen.

Da ihn die Fliegen bei diesem angenehmen Tun aufs äußerste belästigten, so brummte er über deren große Menge gegen seine Wirte und riet, daß man doch das Ungeziefer zur Tür hinausjagen solle. „Ja, wenn es sich hinausjagen ließe und draußen bliebe", ward ihm erwidert, „was hilft aber das Hinausjagen?" – „Nun", entgegnete Pumphut, „so solltet ihr sie doch wenigstens so lange an einem besonderen Platz bleiben lassen, bis das liebe Essen verzehrt ist, daß man Ruhe hätte vor den zudringlichen Bestien." Alles lachte, und der Hausvater sagte: „Tue Er das doch, Pumphut, bringe Er doch die Fliegen auf einen Platz, er ist ja ein Hexenmeister!"

Der Pumphut legte sein Hütlein auf eine besondere Stelle, gebot den Fliegen, sich hineinzubegeben, und zum Erstaunen aller schwärmten alle Fliegen wie ein Bienenschwarm in den Hut, so daß er voll und übervoll wurde und sie über dem Rand noch wimmelnd aufeinanderkrochen. Pumphut aber wischte sich den etwas großen und breiten Mund, bedankte sich fein, nahm den Hut samt den Fliegen, trug sie zur Türe hinaus und schüttelte sie draußen in die Milchtöpfe, worauf er laut lachend von dannen ging.

Pumphut wanderte als echter Mühlknappe, wenn es ihm in einer Mühle nicht mehr gefiel, dem Wasser nach. Da kam er zu einer Mühle, die Burkhardsmühle genannt, wo er eine ziemliche Zahl Leute versammelt fand, denn es war ein neues Mühlrad erbaut, das sollte nach Müllerbrauch feierlich gehoben werden. Darüber freute sich Pumphut, denn daß es bei solchen Gelegenheiten nicht vollauf zu essen und zu trinken geben würde, wäre gegen alles Herkommen gewesen. Auf gastlichen Empfang ganz sicher rechnend, trat der wandernde Klapperbursch keck in die Stube, sprach seinen Handwerksgruß und Spruch und blinzelte nach den großen Kuchen hin und den Würsten und was sonst zum Schmaus bereits aufgeschüsselt war und vor Augen stand. Der Meister aber, der Pumphut nicht kannte – sonst hätte er wohl anders getan –, ließ ihm ein Stückchen Brot reichen und ein Gläschen Branntwein einschenken, wie er das zu tun gewohnt war, wenn fechtende Müllerburschen das Handwerk grüßten. Der Pumphut aß sein Brot, leerte sein Gläschen und fragte den Meister, warum er so viele Leute bei sich habe. „Das Rad wird gehoben", sagte der Müller kurz, und „So!" sagte der Pumphut noch kürzer und ging aus der Stube ohne großen Dank.

Nun ward die Arbeit des Radhebens begonnen, aber wer beschreibt des Müllers Schreck und Ärger, als sich herausstellte, daß die Welle viel zu kurz war und die Zapfen nicht bis dahin reichten, wohin sie doch reichen mußten. Der Müller und der Zimmermann und der Schmied schworen zu dritt Stein und Bein, daß vorher alles genau abgemessen worden sei und richtig gepaßt habe, und nun schien die ganze Arbeit vergebens.

Da fiel einem der Gäste ein, daß der fremde Knappe am Ende der Pumphut möge gewesen sein, der geheimnisvolle Hexenmeister, der aus Ärger, daß man ihn so karg abgespeist, dem Müller solchen Schabernack spiele.

Man stimmte bei, und einige gingen fort, den Pumphut womöglich einzuholen und zurückzubringen.

Bald sahen sie ihn auch ganz langsam seines Wegs dahinschlendern und riefen ihm mit lauter Stimme nach. Wer aber tat, als hörte er nicht, war der Pumphut. Nun liefen sie, ihn einzuholen, noch schneller, mußten aber rennen, bis sie schwitzten und außer Atem waren, denn der Pumphut, obschon er ganz langsam ging wie ein erzfauler Gesell, blieb doch vor den Nachfolgenden immer in gleicher Entfernung.

Endlich ließ er sich einholen, hörte die Einladung, zur Mühle zurückzukehren, höhnisch an und zeigte keine Lust, Folge zu leisten. Nur anhaltendes Bitten bewog ihn endlich, mit umzukehren. In der Mühle ungleich freundlicher als zuvor begrüßt, führte Pumphut gleich den Beweis, daß er mehr könne als Brot essen, denn er aß nun auch Braten, Schinken, Wurst und Kuchen in erstaunlicher Menge und trank dazu nicht minder erstaunlich. Als er satt war, ging er hinaus zum Rade, das erhoben mit seiner kurzen Welle und nicht ausreichenden Zapfen zwischen dem Gestelle stand. Er kletterte auf das Brett, nahm sein Hütlein ab, klopfte damit an die eine Seite des Gestells, dann an die andere, und da rückten die Seiten ganz sanft der Welle näher und nahmen die Zapfen auf. Alles jubelte Beifall, und der Pumphut ging seines Weges, ohne ein Wort zu sagen.

Der Schlangenkoch

Am großen Wartberge quillt ein frischer Quell zutage, der heißt der Silberborn; bei dem hütete einst am Johannistag der Schmerbacher Hirte und rastete in der Mittagsstunde an der Quelle. Da trat ein Mann in fremder Tracht aus dem Walde auf die sonnige Halde und grüßte den Hirten, ja er gesellte sich zu ihm und legte seine Tasche neben den Quell.

Unter des Mannes Gepäck befand sich auch ein kupfernes Kesselchen von uralter Form, wie es die Wasserträgerinnen in Venedig auf den Schultern tragen. Der Fremde bat den Hirten, ihm Feuer zu schlagen, er wolle sich eine Suppe zum Mittag bereiten. Gern war der Hirte behilflich und entzündete ein kleines Feuer, während der Fremde sich vom Haselnußstrauch eine Gabel schnitt, ein Tuch auf den Rasen breitete, mit der geschnittenen Wünschelrute Kreise zog und dann auf einem Pfeifchen in seltsamer Weise pfiff.

Da kamen aus allen Büschen und Felsklüften Schlangen

herbei und zuletzt ein großer Lindwurm, die zischten greulich und ringelten sich. Dann stieg von einem Ulmenbaum eine silberweiße Schlange nieder, das war der Otterkönig, und der kroch auf das Tuch und legte darauf das goldene Krönlein, das er trug. Flugs sprang der Venezianer, denn ein solcher war der Mann, hinzu, schlug das Tuch zusammen, nahm das Krönlein an sich und tötete die weiße Schlange. Auch den Lindwurm tötete er und spießte ihn an einen Baum, dann pfiff er noch einmal, da krochen die andern Schlangen wieder von dannen.

Den Otterkönig, es kann auch die Otterkönigin gewesen sein, zerstückelte der Venezianer und warf die Stücke in das Kesselchen, das der Hirte indes mit Wasser aus dem Silberborn gefüllt und über das Feuer gehängt hatte. Da nun die Stücke der silberweißen Schlange gargekocht waren und der Venezianer auch eine Handvoll Salz daran getan hatte, zog er zwei hölzerne Löffel hervor, bot dem Hirten einen davon und lud ihn ein, an diesem Mahle teilzunehmen.

Es schwammen prächtige Fettaugen auf der Brühe – gleichwohl war dem Hirten seltsam zumute, und er empfand keinen Appetit nach Schlangensuppe. Doch Zureden hilft, sagt das Sprichwort, und endlich kostete der Hirte einen Löffel voll, und der schmeckte gar so übel nicht. „Iß auch Fleisch!" sprach der Venezianer, „es schmeckt wie Aal" – aber dazu konnte der Hirte sich nicht überwinden. Er war ohnehin schon ganz verwirrt, denn kaum hatte er den Löffel voll Otterkönigssuppe hinunter, da sah er rings Wald und Blumen in wunderbarem Glanze schimmern, und gegenüber gewahrte er eine offene Grotte, in der es von Gold und Silber und Edelsteinen nur so glitzerte und glänzte, funkelte und flammte. Diese Grotte war das Geißbeinsloch. Beide gingen hinein und nahmen, so viel sie wollten. Gleich darauf verschwand die Höhle, und der Hirte sah sie nicht wieder.

Als der Venezianer schied, sprach er zum Hirten: „Da du von der Suppe gegessen hast, konntest du einmal in die

Schätzehöhle eintreten. Hättest du auch vom Fleische gegessen, so fändest du sie alle Tage offen! So lebe wohl. Da hast du noch ein Wunschtüchlein von venezianischer Seide. Wenn du das um den Kopf bindest, kannst du dich dahin wünschen, wo du willst – wünsche dich doch einmal zu mir nach Venedig.“ Das tat nach einiger Zeit der Hirte und fand dort seinen Schlangenkoch als einen Nobile, der ihn gastfrei aufnahm und köstlich bewirtete.

Der Otterkönig

An einem schönen Sommertag fuhr ein Mühlknecht einen mit Mehl beladenen Karren nach Queienfeld, denn dort hatten sie keine Mühle. Unterwegs, es war gerade Mittag, kam er an einem Bach vorbei. Da sah er aus dem Dickicht den Otterkönig kommen. Der war schneeweiß und trug eine goldene Krone auf dem Kopf. Er legte die Krone am Ufer ins Gras und stieg dann zum Bad ins Wasser.

Der Mühlknecht fuhr weiter; aber jedesmal, wenn er gegen Mittag dort vorbeikam, sah er auch den Otterkönig wieder. Zuletzt wollte der Mühlknecht doch gern die Krone haben. Darum legte er eines Tages seinen weißen Kittel an der Stelle ins Gras, wo der Otterkönig immer seine Krone ablegte, und wartete dann. Nach einer Weile kam der Otterkönig, legte seine Krone –richtig! – auf den Kittel des Mühlknechts und stieg ins Wasser. Da lief der Mühlknecht herbei, schlug den Kittel zusammen, tat ihn auf den Karren und fuhr fort.

Als er ein gutes Stück gefahren war, stieg der Otterkönig aus dem Bad. Weil er seine Krone nicht fand, schnellte er hinter dem Wagen drein. Er schlang sich um die Pferde, kroch auf den Wagen und fuhr mit offenem Maul zischend auf den Knecht los; aber der gab die Krone nicht heraus. Da pfiff der Otterkönig gellend, und sofort kamen die Schlangen der ganzen Gegend an. Sie krochen auf den Wagen, wühlten auf ihm herum und zerbissen alle Säcke, so daß das ganze Mehl auf die Erde fiel.

Als der Mühlknecht sah, daß die Ottern ihm seine Ladung verdarben und wohl auch bald über ihn herfallen würden, nahm er die Krone, die er unter dem Kittel versteckt hatte, und warf sie zur Erde. Da setzte sie der Otterkönig gleich wieder auf, kroch davon und alle anderen Schlangen hinter ihm her – in ein paar Augenblicken waren sie alle wieder weg. Das Mehl aber war verdorben.

Die Teufelsmahten

Hinter der Burg Liebenstein im Grunde liegt ein Acker, der „Teufelsmahten“ genannt wird. Von dem wird erzählt:

Die Ritter begnadigten einst einen Missetäter unter der Bedingung, daß er binnen vierundzwanzig Stunden den auf diesem Acker stehenden Hafer abmähe. Der Verbrecher fing zeitig an. Als jedoch die bestimmte Frist beinahe abgelaufen war und er die Unmöglichkeit, fertig zu werden, einsah, rief er in seiner Herzensangst den Teufel zu Hilfe. Der ließ sich auch nicht lange bitten, erschien, nahm die Sense, und ritsch! ratsch! lag mit einigen Dutzend Hieben der Hafer auf dem Acker. Der Verbrecher lachte vor Freude hell auf. Er hatte sich aber verrechnet; denn als Lohn für seine Arbeit faßte der Teufel ihn am Kragen und ab ging’s mit ihm durch die Lüfte. Da aber, wo der Teufel gemäht hat, sieht man noch heute die Hiebe auf dem Acker.

In Trusen erzählen die Leute die Entstehung der Teufelsmahten auf die folgende Weise:

Vor uralten Zeiten hatte zu Schlürfsteinbach einmal einer sein Leben verwirkt und sollte ohne weitere Umstände gehenkt werden. Da bat der Verbrecher um Erbarmen und Gnade. Die Schlürfsteinbacher aber waren alle so erbittert, daß sie nichts davon wissen wollten. Endlich versprachen sie, ihm das Leben zu schenken, wenn er jenen Teil der Flur in einem Tag abmähe, eine Arbeit, die selbst zehn rüstige Männer in der festgesetzten Zeit kaum vollenden konnten. Als nun die Steinbacher zu ihrem Verdruß bemerkten, daß der Kerl schon mittags zur Hälfte fertig war, traten sie zusammen und besprachen sich, wie sie ihm die andere Hälfte der Arbeit gründlich verleiden könnten. Auf Vorschlag eines tückischen Gesellen gaben sie ihm eine so starke Purganz in den Vespertrunk, daß auch die stärkste Natur davon überwältigt worden wäre. Bald spürte der arme Sünder die Wirkung, und die Steinbacher lachten sich ins Fäustchen, als der Mann jeden Augenblick die Sense niederlegen und beiseite gehen mußte. Doch er erkannte bald den ihm gespielten Streich, machte das Gesäß ganz frei und setzte seine Arbeit eilig fort, ohne sich darum zu kümmern, was hinten vorging. So vollendete er zum Ärger der Schlürfsteinbacher pünktlich das Werk. Die Sensenhiebe aber sind bis auf den heutigen Tag als Wahrzeichen jener Hinterlist zu sehen.

Die Brotteroder Kuhherde ist weg

Am Fuße des Inselsberges haben die Venezianer auch einmal nach Gold und Silber gegraben. Das war vor langer Zeit, einige hundert Jahre sind seitdem verflossen. Manchen ihrer ledernen Säcke schleppten die kleinen Kerle voll edlen Erzen heim. Sie taten niemandem etwas zuleide, wurden aber bitterböse, wenn man in ihrer Nähe fluchte oder ihnen gar einen Schabernack antun wollte. Sie kannten viele geheime Künste, und noch manches Venezianerstückchen wird in unseren Bergen erzählt.

So hütete einmal der Hirte von Brotterode droben an der Käsberger Kuhhald. Die Hitze war groß, und da der Hirt Mittag machen wollte, trieb er die Herde über die Halde nach dem nächsten Brunnen und lagerte sich dort mit seinem Knechte und dem Hütejungen, ohne zu wissen, daß die

Erzmännchen, wie man die Venezianer hier nannte, in der Nähe arbeiteten.

Kaum hatte der Hirt seine Trinkmulle gefüllt und Käs, Brot und Messer aus dem Kober getan, da erhob sich plötzlich ein so furchtbarer Sturm, daß man meinte, der ganze Wald stürze über- und durcheinander. Der Wirbelwind überschüttete die Männer und ihr Trinkwasser so mit Sand, daß der Hirte gallig wurde und sein Messer in die Sandwolke schleuderte. Dabei fluchte er: „Da soll doch ein Kreuzdonnerwetter hineinfahren!“

Hierauf ließ der Sturm zwar sofort nach – aber an Essen und Trinken war nun nicht mehr zu denken: Der Hirte und seine Gefährten fühlten sich mit einem Male so müde, daß sie kein Glied mehr rühren konnten und auf der Stelle einschliefen.

Als sie erwachten, machten alle drei große Augen. Keiner wußte, wo er war. Käs und Brot und der Hund, alles war noch an seiner früheren Stelle, auch das Messer des Hirten steckte nicht weit von ihnen im Rasen, und die Herde weidete munter in der Nähe. Nur der Born fehlte, und die Landschaft ringsum war ganz anders als bei Brotterode – eine große Ebene, und in weiter Ferne sah man eine Stadt mit vielen hohen Türmen. Der Hirte blickte bald den Knecht, bald wieder den Jungen an, und die machten es ebenso, aber keiner der drei wagte auch nur ein Wort zu sprechen.

Endlich trieb der Durst den Hirten auf die Beine; er nahm seine Mulle und ging nach Wasser. Kaum war er aber einige hundert Schritt weit gekommen, als ihm auch schon drei kleine Kerle, die er sofort als Erzmännchen erkannte, entgegentraten. Auf sein Befragen erfuhr er von ihnen, daß die Stadt Venedig heiße und daß er wegen seines Fluchens und Messerwerfens nach dem Lande Italien versetzt worden sei. „Weißt du auch“, sagte einer der Venezianer, „daß sie dich in deiner Heimat schon seit acht Tagen vergebens suchen und nunmehr glauben, du hättest dich samt der Herde auf und davon gemacht? Denn so lange ist es her, daß du eingeschlafen bist. Wir aber sind jetzt gekommen, um dir zu sagen, daß deine Strafzeit zu Ende ist. Doch wage es nie wieder, Venediger durch Fluchen und dergleichen bei der Arbeit zu stören! Deine Kühe sind gut in Stand und haben vollauf Milch, da sie während der acht Tage nicht gemolken worden sind. Nun geh zurück zum Knechte und dem Jungen; legt euch nieder, und bald sollt ihr unbemerkt und ohne Schaden wieder in die Heimat versetzt sein!“

Der Hirte tat, wie ihm befohlen war. Als die drei erwachten, lagen sie mit ihrer Herde auf der Käsberger Kuhhald. Die Brotteroder aber trauten ihren Augen nicht, als sie gegen Abend das vertraute Geläute wieder vernahmen. Der halbe Ort eilte dem Hirten entgegen, und das Fragen, wo er gewesen sei, wollte kein Ende nehmen, bis er ihnen das Venezianerstückchen erzählte.

Der Freischützenschuß

In den Zeiten des Dreißigjährigen Krieges lebte in Ohrdruf ein Jüngling, der verdächtigt wurde, ein großes, schweres Verbrechen begangen zu haben. Er wurde also angeklagt und in ein Gefängnis gebracht. Da nun kein Mittel ihn zum Geständnis einer Tat bewog, die er nicht begangen hatte, er aber auch die Richter nicht von seiner Unschuld überzeugen konnte, so meinten die endlich, Tortur anwenden zu müssen, um das verstockte Herz des Sünders zur Reue und zum Bekenntnis zu bewegen. Und so mußte der Angeklagte im Turm auf dem Kohltor, wo die Folterkammer war, große Qualen erdulden. Anfangs hatte der Jüngling Kraft und Stärke genug, die furchtbaren Schmerzen zu ertragen, aber mit der Zeit schwand seine Kraft, und er sprach zuletzt das unwahre Geständnis aus, daß er schuldig sei und das Verbrechen getan habe.

An einem frühen Morgen zogen viele Einwohner der Stadt und viele Fremde aus der Umgegend vor das Waldtor,

wo zu jener Zeit die Gerichtsstätte war, und bildeten dort einen großen Kreis. Ein Geistlicher in seinem Ornat, der Rat der Stadt Ohrdruf, sitzend auf den Richterstühlen, der Scharfrichter mit dem Schwerte in der Hand und der Sünder im Sterbekleid standen inmitten des Kreises. Als der Geistliche mit dem Sünder gebetet hatte und das Todesurteil ausgesprochen war und der Stab eben gebrochen werden sollte, da kam ein Reiter in purpurrotem Mantel vom Markte her durch die Waldgasse und durchs Tor herangesprengt und rief: „Gnade! Gnade!“ Er drang in den Kreis und sprach den Verurteilten vor den Richtern frei.

Alle Umstehenden staunten, und auch die Richter wußten nicht, was sie dazu sagen sollten. Der Reiter beteuerte nochmals feierlich, der Jüngling sei unschuldig. Zum Zeichen dessen wolle er hier in einen Stein schießen und dadurch den Schuldigen töten. Er ritt alsbald zur westlichen Seite des Waldtores und schrieb auf den Sandstein, der die Wölbung des Tores trägt, einige geheimnisvolle Zeichen. Dann schoß er sein Gewehr gegen den Stein ab. Drei Blutstropfen entquollen sofort der Stelle, wo die Kugel getroffen hatte, und versickerten sogleich in den Stein. Darauf verschwand der Reiter durchs Tor und die Waldgasse ebenso schnell, wie er gekommen war.

Am nämlichen Tage und zur selben Stunde, als das vor der Stadt Ohrdruf am Waldtor geschah, lag vor dem Dorfe Mühlberg – an dem Wege, der nach Ohrdruf führt – ein Mensch schwimmend im Blute und in seinen letzten Zukkungen. Er hatte einen Schuß mitten ins Herz erhalten, aber kein Gewehr lag neben ihm, und kein Flüchtling war zu sehen, der den Schuß hätte getan haben können, ja man hatte nicht einmal einen Schuß im nahen Dorfe gehört. Der Erschossene war ein Bürger aus Ohrdruf.

Die drei blutfarbenen Flecken am Waldtor zu Ohrdruf wurden von den Bürgern der Stadt der Freischützenschuß genannt. Im Jahre 1833 wurde zur Erweiterung der Straße das Tor abgebrochen, und jener Stein ist verlorengegangen.

Das gläserne Geschoß

Auf dem Schneekopf findet der Wanderer den Jägerstein. Die Schrift darauf ist verwittert, man kann sie nicht mehr entziffern. Auch das Jägerhorn ist kaum noch sichtbar. Mit diesem Stein hat es eine besondere Bewandtnis.

Valentin Grahner aus Gräfenroda war einst der beste Thüringer Förster. Weder im Hegen noch im Jagen gab es einen, der ihm überlegen war. Sein Können paarte sich jedoch mit übermäßigem Stolz und einem kranken Ehrgeiz.

Als im Alter die Hände des Försters zittrig wurden und auch die einst so scharfen Augen nachließen, konnte er sich damit nicht abfinden. Der Gedanke, abtreten und einem anderen seinen Platz räumen zu müssen, machte ihn böse.

Inzwischen war sein Vetter Kaspar Greiner als Gehilfe zu ihm gekommen, und als Kaspar gleich beim ersten Wettschießen die drei Blätter eines an die Mauer gehefteten Kleeblattes vom Stiele schoß, war es mit Valentin Grahners Beherrschung vorbei. Er konnte es einfach nicht ertragen, daß ein anderer ihm den Rang ablief, daß ein anderer die Anerkennung des Fürsten einheimste, die bisher nur ihm gegolten hatte. Grimmig verließ er das Fest, trieb sich in den darauffolgenden Wochen in den Schenken herum und wandte sich schließlich an ein altes, verrufenes Weib, das von allen Leuten wegen seines bösen Blicks gefürchtet war. Bei ihr erhielt er eine geheime Lehre, die dazu dienen sollte, ihm sein altes Können und damit den alten Ruhm zurückzugeben.

Nachdem der Alte von dem Weibe alle notwendigen Unterweisungen erhalten hatte, befahl er seinem Vetter, für den Fürsten den Sechzehnender zu schießen, der im Walde um den Schneekopf hauste. Der junge Forstmann faßte diesen Auftrag als hohe Auszeichnung auf und dankte seinem Oheim aus vollem Herzen. Hinter der ruppigen Schale meines Meisters steckt ein guter Kern, dachte Kaspar und machte sich daran, den Hirsch zu erlegen. Doch sooft er das mächtige Tier auch vor der Büchse hatte – es wollte und wollte nicht gelingen, es niederzustrecken. Einmal versagte das Schloß, ein andermal ging der Schuß vorbei, obwohl Kaspar sorgfältig gezielt hatte, und ein drittes Mal verhüllte plötzlich Nebel das Tier, obwohl das Wetter alles andere als neblig war.

Kam Kaspar nach solch einem Pirschgang niedergeschlagen in die Försterei, konnte sich der Oheim nicht genug wundern, daß es dem Neffen nicht gelang, den Auftrag auszuführen. Der Verwunderung folgten dann spitze Reden, die immer stachliger wurden. Vor allem Volk die Kleeblätter herunterzuholen und vor dem Fürsten zu protzen, darauf verstehe sich Kaspar offenbar, aber einen Hirsch weidgerecht zu erlegen, dazu sei er wohl außerstande, he?

Diese Stichelei machte Kaspar ganz krank. Schon begann er an sich selbst zu zweifeln und im Branntwein Vergessen zu suchen. Mit einem Forstknecht, den es an keiner Stelle lange hielt, wanderte er von Schenke zu Schenke. Dem erzählte er auch, wie es ihm ergangen war. „Da ist ein Zauber dabei“, behauptete der Forstknecht. Er riet Kaspar, zur Glashütte zu gehen und eine Kugel aus reinem Glas zu gießen. Wenn er die auf den Hirsch abschieße, verfehle er das Ziel auf gar keinen Fall; denn Glas widerstehe allen Zauberkunststückchen und enthülle selbst die abgefeimtesten Künste.

Obwohl Kaspar den Worten des Zechkumpans nicht recht glaubte, tat er, wie ihm empfohlen worden war. Ihm schien, daß sein Leben so nicht weitergehen könne, und er war entschlossen, alles zu tun, um wieder Vertrauen zu sich selbst zu gewinnen. Da er mit dem Glasmeister schon oft beim Branntwein zusammengesessen hatte, ließ der ihn in die Hütte, und er konnte die Kugel gießen.

Anderntags erklomm Kaspar den Anstand in der Fichtenschonung, und kaum saß er oben, brach auch schon der Hirsch durchs Gehölz. Kraftvoll und stolz trat er auf die Lichtung und begann zu äsen. Ruhig legte der Forstgehilfe die Büchse an, zielte, schoß – und das Tier brach zusammen.

In freudigen Sprüngen eilte Kaspar auf die Lichtung. Doch als er vor der Beute stand, sah er mit Entsetzen, daß es gar kein Hirsch war – der eigene Oheim lag da in seinem Blute, in den Tod gegangen durch seine eigene Verblendung, erschossen, weil er sich der Schwarzen Kunst verschrieben hatte, um den natürlichen Lauf der Dinge zu ändern.

Im Kirchenbuch zu Gräfenroda ist bestätigt worden, was wohl auch der verwitterte Stein auf dem Schneekopf ausgesagt haben mag: „Anno 1690, am 16. September, ist der Fürstl. Sächs. Forst-Knecht Herr Johann Valentin Grahner abends nach 4 Uhr von seinem Vetter Kaspar Greiner, der ein Jäger-Bursch war, in Verblendung einer Hirschgestalt, an den Schlaf durch den Kopf geschossen worden, da Knall und Fall eins gewesen."

Riesen an der Schwarza

Wenn man den Wirrbach, der bald über bemooste Schieferblöcke rauscht, bald klare Wasserbecken bildet, überschritten hat, steht man am Fuße der mächtigen Hünenkoppe. Auf ihrem Gipfel eröffnet sich eine herrliche Aussicht. Tief unten sieht man der Schwarza grünliche Flut, zu beiden Seiten von steilen Bergwänden eingeschlossen, die bald von Buchen- und Tannenwäldern begrünt, bald mit schroffen Felszinnen bewehrt sind. Man erblickt den Greifenstein und die Rudolstädter Heidecksburg, das Saaletal tut sich auf, und am fernen Horizont ragt die Leuchtenburg. Die Hünen oder Riesen, von denen die Sage berichtet, konnten sich keinen besseren Wohnort wählen.

Einstmals sah eine Hünenprinzessin unten im Tal einen Akkersmann, der hinter dem Pfluge daherschritt. Von der Bergeshöhe erscheinen die Menschen im Tale gar klein, fast wie ein Ameisenvölkchen, und wie winzig mußte der Bauer erst einer Riesin vorkommen! Neugierig stieg sie hinab – sie brauchte nur ein paar Schritte dazu –, nahm den Bauer samt Pflug und Ochsen in die Schürze und trug ihm zum Berge hinan.

„Sieh, Mutter", sprach sie mit kindlicher Freude, „was ich da für ein schönes Spielzeug gefunden habe!"

„Kind", belehrte die Mutter sie, „trage die niedlichen Geschöpfe wieder hinunter, sie sind überaus nützlich, denn sie durchwühlen die Erde und streuen gelben Sand hinein, daraus wachsen zarte Grashalme und die geben dann das Korn, aus dessen Mehl wir unser Brot backen."

Die Prinzessin streichelte und hätschelte den vor Schreck und Staunen halb toten Ackersmann und trug ihn samt seinem Gespann vorsichtig wieder ins Tal hinab.

Die auf den Bergen der Schwarza lebenden Riesen hatten sich eine Kegelbahn erbaut. Ein Junge aus Dittersdorf, der mit seinem Vater Birkenreiser schnitt, erblickte sie. Jeder der beiden verfolgte seinen besonderen Weg, die besten Reiser zu finden; da erblickte der fleißige Junge auf einmal hinter dichtem Gebüsch einen Felsen, der weit offen stand. Es war das Tor zu einer Riesenhalle, und darinnen stand alles Gerät, das zu einem Haushalt gehört, aber es war aus purem Golde. Kies bedeckte den Boden, und die Steinchen waren ebenfalls aus Gold wie auch die Felswände, von denen die Halle umschlossen war.

Die Riesen, die sich in dem Saal aufhielten, schienen den kleinen Erdenwurm gar nicht zu bemerken. Aus ihrer Halle heraus dehnte sich über das Schwarzatal hinüber nach dem Böhlscheiber Berge eine Kegelbahn, wo goldene Türmchen als Kegel standen, die goldenen Kugeln aber rollten wie Monde auf der spiegelglatten Tenne, die aus blankem Stahl geschmiedet war.

Geblendet von all der Herrlichkeit und weil er allein nicht zu den riesigen Gestalten zu treten wagte, stahl sich der Knabe wieder hinaus und eilte zu seinem Vater. Um auch ihm die Riesen zu zeigen, zog er ihn durch Busch und Gestrüpp – aber weder Halle noch Kegelbahn waren wieder zu finden.

Bestrafte Raubritter

Nicht weit von Stadtilm erhebt sich der Singerberg. Auf ihm stand in früheren Zeiten ein Schloß, das ein alter Ritter mit seiner Haushälterin in stiller Abgeschiedenheit von der übrigen Welt bewohnte. Man erzählte allerlei über ihn in der Umgegend, namentlich, daß er viele Schätze und Reichtümer in seiner Burg aufgehäuft habe. Seine Nachbarn auf den umliegenden Burgen waren durch ihr wüstes Leben verarmt, und die Räubereien, die sie verübten, brachten nur kärglichen Unterhalt. Deshalb sprachen sie fleißig bei dem Ritter auf dem Singerberg vor und wurden ihm durch ihre Besuche nicht wenig lästig. Zuletzt ließ der alte Burgherr sie unverhohlen seinen Unmut merken, und darüber wurden sie ihm so böse, daß sie beschlossen, ihn gemeinsam zu überfallen, seine Schätze zu rauben und die unter sich zu verteilen. Eines Nachts drangen sie in das Schloß ein, brachten den Alten und sein Hofgesinde mit Ausnahme der Schließerin, die ihnen Speise und Trank aus Küche und Keller herbeischaffen mußte, schonungslos um und zechten und schlemmten Tag und Nacht hindurch. Einer der Räuber, der mit dem erschlagenen Ritter nahe verwandt war, gab vor, der Alte sei plötzlich gestorben, und nahm als Erbe von der Burg Besitz. Geld und Gut war aber bald vertan, der Mangel stellte sich wieder ein, und die sauberen Gesellen kehrten zurück zu ihrem alten Gewerbe, dem Straßenraub.

Eines Tages griffen sie eine vornehme Frau mit ihren Töchtern und Zofen auf, brachten sie in das Schloß auf dem Singerberg, zwangen sie, an wüsten Gelagen teilzunehmen und scheuten sich auch nicht vor der Entehrung der Frauen. Zum Glück für die Gefangenen wurden die Räuber aber bald unter sich uneinig, da ein jeder die schönste Jungfrau für sich begehrte. Der Streit wurde endlich dahin geschlichtet, daß derjenige, welcher beim nächsten Raubzug den reichsten Fang tun würde, auch die Schönste als Beutelohn erhalten sollte, und nach der Größe der Beute gedachten sie die übrigen Jungfrauen ihrer Schönheit nach unter sich zu verteilen.

Die Räuber zogen aus und legten sich hinter Gebüsch und Dickicht. Doch kein Kaufmannszug erschien, kein mit Wein oder Waren beladener Wagen, nur ein Zug Erfurter Mönche kam aus dem Kloster Paulinzella, auf einer Betfahrt begriffen, des Wegs daher. Über sie stürzten die Wegelagerer her, zogen sie aus und nahmen einen der Mönche zur Kurzweil mit auf ihre Burg. Der Gefangene aber war Martin Luther.

Ehe sie mit ihm den Berg hinaufritten, erblickten sie in der Ferne einen Wagenzug. Dem ritten sie sofort entgegen und ließen nur einen ihrer Spießgesellen bei dem gefangenen Mönch zurück. Weil aber der Wächter vor Müdigkeit und Trunkenheit bald auf dem Rasen einschlief, konnte Luther entfliehen. Er eilte hinauf ins Schloß, das ihm als der Räuber Nest noch nicht bekannt war, um dort Schirm und Schutz zu suchen. Oben auf der Mauer stand die gefangene Dame und rief ihm zu: „Fliehe, du kommst in eine Räuberburg!“ Luther kehrte um, fiel aber in die Hände der heimkehrenden Ritter und wurde in die Burg gebracht.

Hier stellte er sich nun ganz vergnügt, machte gute Miene zum bösen Spiel, nahm teil am Gelage, sang Trinklieder mit den zechenden Räubern und wartete darauf, daß sie in den tiefen Schlaf der Trunkenheit fielen. Als es soweit war, nahm er der alten Schließerin, die auch schlafend dalag, die Schlüssel ab und entkam mit den gefangenen Frauen glücklich aus der Burg.

Bald erwachte einer der Ritter und entdeckte, daß der Mönch und die Frauen entflohen waren. Er weckte seine Kumpane, und wenig später schwangen sie sich auf ihre Pferde, um die Flüchtigen auf der Landstraße wieder einzuholen. Klüglich waren diese aber auf einem anderen Wege davongeeilt und hatten sich im Walde bei Paulinzella verborgen. Die alte Schließerin jedoch, der Ritter Rache und Strafe fürchtend, erhängte sich im Burgtor.

Müde und ermattet standen endlich die Raubgesellen von ihrer vergeblichen Verfolgung ab und ritten nach der Burg zurück. Aber wie staunten sie, als sie das Schloß auf dem Singerberg nicht wiederfanden. Luther hatte auf der Flucht das Lied „Allein Gott in der Höh sei Ehr“ gesungen und dabei das Raubnest tief in die Erde hinein verwünscht.

Noch waren die Keller mit den Weinvorräten den Räubern geblieben. Sie gingen also hinein und setzten darin zechend und schmausend ihr gewohntes Leben fort. Als aber Luther Rauch aufsteigen sah, verfluchte er den Ort noch einmal, so daß auch die Keller mit ihren Insassen in die Tiefe des Berges versanken.

Nach vielen Jahren hütete ein Schäfer auf dem Berg seine Herde und spielte zufällig das einstmals von Luther gesungene Lied auf der Flöte. Da sah er plötzlich eine Schlüsselblume aus der Erde emporwachsen und eine Burg sich erheben. Da die alte Haushälterin noch an ihrem Strick im Tor hing, wagte er nicht, das Schloß zu betreten. Endlich faßte er sich doch ein Herz, ging hinein und fand überall Totenstille. Er nahm, was er forttragen konnte, und als er wieder zum Tor hinausschritt, sanken Mauern und Türme in den Berg zurück.

Fleißig trieb der Schäfer seine Herde immer wieder auf den Singerberg, aber das Schloß zeigte sich ihm nicht wieder, bis er endlich unversehens jenes Lied wieder auf seiner Flöte blies. Nun merkte er, wie der Zauber zu lösen war, und er trat in das Schloß, stieg in die Keller hinab und fand das ganze Gelage der Zechbrüder in der Stellung, als ob sie immer noch äßen und tränken. Erschrocken trat er ein wenig zurück, da aber keine der Gestalten sich bewegte, wagte er sich näher und gewahrte, daß sie alle in Stein verwandelt waren. Er trank köstlichen Wein aus den Fässern und wiederholte seine Besuche im verwünschten Schloß noch oft. Sein Geheimnis aber lüftete er erst auf dem Totenbett.

Die Wunderblume

Ein Bergmann aus der Ruhl ging einmal am Goldenen Sonntag am Markberg spazieren. Da gewahrte er eine wunderschöne Blume, wie ihm noch niemals eine zu Gesicht gekommen war. Er ging hin, pflückte sie und steckte sie an seine Bergmannsmütze. Kaum hatte er das getan, da war auch schon die ganze Gegend verändert. Ein herrliches, glänzendes Schloß mit weit geöffneten Toren stand vor ihm; er schaute hinein und erblickte darin viele schöne Gegenstände. Ohne langes Besinnen trat der Bergmann in das leuchtende Bauwerk, ging durch einige Gänge, die von warmem Licht erfüllt waren, und kam schließlich in einen reich geschmückten Saal, in dessen Mitte hinter einem kostbaren Tische ein altes, graues Männchen saß und aus einem Kasten Goldstücke auf die Tischplatte zählte. Das Männchen nickte dem Bergmann freundlich zu, wies auf das Geld und sagte: „Nimm dir, soviel du willst; aber vergiß den Schlüssel nicht!" Der Bergmann füllte sich zuerst die Taschen, dann nahm er seine Mütze ab und tat auch da Goldstücke hinein. Bei dieser Arbeit aber fiel die Blume von der Mütze herab. Er achtete nicht darauf und ließ sie unbekümmert am Boden liegen. Als er sich zum Gehen wandte, warnte das Männchen noch einmal: „Vergiß den Schlüssel nicht!" Doch der Bergmann hatte dafür kein Ohr, seine Gedanken waren ganz mit dem Schatz beschäftigt, den er bei sich trug. Als er am Ausgang war, sah er, daß das Männchen hinter ihm hergetrippelt kam. Es schnitt allerlei Grimassen und gab sonderbare Zeichen, und am Ende wiederholte es noch einmal die Worte:

„Vergiß den Schlüssel nicht!"

Doch wieder war die Warnung dem Bergmann unverständlich. Er trat froh aus dem Schloß, aber als er seinen Fuß auf den Erdboden setzte, war alles wieder verschwunden, das Zauberschloß und auch der Schatz. Der Bergmann aber stand an derselben Stelle, an der er die Blume gepflückt hatte. Leise hörte er die Stimme des Männchens: „Hättest du die Blume nicht vergessen – denn das war der Schlüssel –, hättest du jederzeit wiederkommen und dir noch viele Schätze holen können!"

Wer nun denkt, daß sich der Bergmann wegen des verlorenen Schatzes gegrämt hätte, der irrt. Er pfiff ein Lied und wanderte weiter; denn auf seine arbeitsgewohnten Hände schien ihm mehr Verlaß zu sein als auf den Blumenzauber.

Der Kornfuhrmann im Singerberg

Vor langer Zeit fuhr ein Mann aus Möhrenbach mit seinem einspännigen Karren auf die Deube, um Frucht einzukaufen und in seinen Ort zu bringen, wo es daran mangelte. Nachdem er seinen Wagen beladen und die Frucht bezahlt hatte, machte er sich sogleich wieder auf den Heimweg, obwohl es bereits zu dämmern anfing. Er wollte in Cottendorf übernachten, um am folgenden Morgen wieder zu Hause zu sein.

Er war aber noch nicht lange gefahren, da wurde es auf einmal so finster, daß er den Weg nicht mehr sah; er irrte nach rechts, und er irrte nach links, und schließlich wußte er überhaupt nicht mehr, wo er war. Auf einmal erblickte er ein großes, hell erleuchtetes Gebäude. Ohne sich lange zu besinnen, fuhr er darauf zu und klopfte bei seiner Ankunft ans Tor. Ein altes Männchen mit schneeweißem Haupt und langem, weißem Bart öffnete und fragte den Fuhrmann nach seinem Begehr.

Der Fuhrmann sagte: „Ich habe mich in der Dunkelheit verirrt und bin mit meinem Wagen vom Wege abgekommen. Ist's möglich, daß ich hier bei euch mit meinem Geschirr übernachte?"

Das Männchen antwortete: „Gewiß ist das möglich. Fahre nur herein!"

Der Mann aus Möhrenbach tat, wie ihm geheißen war. Das Männlein geleitete ihn auf einen großen Hof, half ihm ausspannen, das Pferd in den Stall bringen und füttern, und ihn selbst führte er in eine hell erleuchtete Stube. Da fand der Fuhrmann Speise und Trank und eine gute Streu für das Nachtlager. Nachdem er sein Abendbrot verzehrt hatte, legte er sich hin und schlief ein.

Er erwachte, als es gerade Tag werden wollte, stand auf und eilte, sein Pferd zu füttern. Das Männchen war wieder zur Stelle, ihm bei der Fütterung zu helfen. Als sie in den Stall traten, fraß der Gaul schon sein Morgenfutter, und auch für den Fuhrmann stand ein kräftiges Frühstück bereit.

Er ließ es sich gut schmecken; dann fragte er nach seiner Schuldigkeit und wollte bezahlen. Das Männchen jedoch verbat sich das und sagte: „Irrende beherberge und bewirte ich umsonst." Unter tausend Danksagungen führte der Fuhrmann sein Pferd aus dem Stall, um es anzuspannen und nach Hause zurückzukehren. Das Männlein öffnete das Tor und wünschte ihm Glück auf den Weg. Dabei fragte er, ob auf der Erde noch die Sterne, die Sonne und der Mond zu sehen seien, und als der Fuhrmann bejahte, seufzte das Männchen ein lautes Ach! und verschwand; das Tor aber schlug mit einem furchtbaren Getöse zu. Der Fuhrmann schaute sich erschrocken um, und er staunte nicht wenig, als das große Gebäude verschwunden war und er sich mit seinem Karren vor dem ihm wohlbekannten Singerberg befand.

Nachdem er sich von seinem Schrecken und Staunen einigermaßen erholt hatte, fuhr er nach Cottendorf und von da sofort weiter nach Gräfinau und Angstedt. In beiden Orten zeigen sich seinen Blicken seltsame Veränderungen, und er weiß nicht, was er davon halten soll. Auch in Gehren wird er zu seiner Verwunderung ganz andere Häuser gewahr als die, die er in seinem Gedächtnis hat, und er begegnet Leuten, die er nicht kennt.

Als er nun mit seinem Geschirr nach Möhrenbach, seinem Heimatort, kommt und in das Tor seines Hauses einfahren will, sieht er an dessen Stelle ein ganz anderes Haus, auch andere Leute wohnen darin und verwehren ihm die Einfahrt. Der Mann weiß vor Staunen und Verwunderung nicht, was er denken und sagen soll. Inzwischen ist seine Ankunft im Dorfe bekanntgeworden, und die Leute kommen, den Fuhrmann zu sehen. Niemand kennt ihn, und auch er sieht nur fremde Gesichter. Er nennt seinen Namen, aber selbst die ältesten Leute wissen sich seiner nicht zu erinnern. Endlich schlägt man in einem alten Kirchenbuch des Ortes nach, und da findet sich vor hundert Jahren sein Name mit der Bemerkung eingetragen, daß dieser Mann mit seinem Geschirr zum Fruchteinkauf von Möhrenbach weggefahren, aber nicht wiedergekommen sei. Als nun der Fuhrmann sein Erlebnis erzählt, wird allen klar, daß er mit seinem Pferde hundert Jahre im Singerberg verschlafen hat.

Die Gemeinde nahm ihn zwar als den Ihrigen auf, aber bald wurde der Mann in seinem überaus hohen Alter zu seinen Vätern versammelt.

Der silberne Nagel

Zu der Zeit, da der Bergbau um Oberhof zu erliegen drohte, soll dort folgende Geschichte geschehen sein.

In der Holzgasse lebte ein Steiger. Er war jung, kräftig und fleißig, aber sehr arm. Nur ein schmales Bett, einen Tisch, einen Schemel und eine schwere Truhe nannte er sein eigen. In der Truhe bewahrte er sein Handwerkszeug auf, das er über alles wert hielt. „Mein Handwerkszeug kann mir Brot und Tod geben", pflegte er zu sagen, und diese Worte waren sehr klug.

Da es nun für alle Männer kein Geheimnis mehr war, daß in den bekannten Erzgängen kaum noch silberhaltiges Gestein gefunden wurde, nahm der Steiger in seinen freien Stunden die Hacke zur Hand und streifte unermüdlich in den Wäldern umher, um nach neuen Silberadern zu suchen. Oft überraschte ihn dabei die Nacht, oft bedrohten ihn wilde Tiere, aber er ließ nicht ab zu suchen und zu forschen. Die Erde birgt Silber genug, dachte er, und Silber ist Arbeit für viele. So suchte er weiter, unermüdlich und zäh.

Eines Tages begab er sich in die Gegend des Kopfberges, der als höchster Berg weithin das Land beherrscht. Es war ein milder, sonniger Frühlingstag, aber an den schattigen Berghängen, in Felsspalten und unter Steinblöcken schimmerten noch die letzten Spuren des Schnees hervor.

Der Steiger hackte das Erdreich von den Felsen ab und untersuchte das Gestein. Aber er fand nicht, was er suchte.

Da stand plötzlich eine weißgekleidete Jungfrau vor ihm

und lächelte ihn an. „Weshalb bist du so traurig?“ fragte sie leise.

Der Steiger verwunderte sich sehr, und dann klagte er ihr sein Leid. „Bald werden viele Menschen hier Hunger leiden müssen“, schloß er, „und doch glaube ich, daß noch viel Silber in den Bergen liegt. Wenn ich es nur finden könnte!“

Die Jungfrau sagte freundlich: „Ich kann dir wohl helfen. Aber du mußt mir versprechen, daß du mich zu deiner Frau nehmen und mich nie daran erinnern willst, daß ich ein Berggeist gewesen bin.“

Der Steiger betrachtete sie, und da sie ihm gut gefiel, er auch des vergeblichen Suchens müde geworden war, gab er ihr sein Wort.

Nun nahm sie ihn an der Hand und führte ihn zum Kopfberg. Dort zog sie einen langen, silbernen Nagel aus ihrem Gewand, schlug ihn tief in die Erde und befahl dem Steiger, hier am anderen Tag zu graben. Sie aber würde ihn in genau vier Wochen dort erwarten, wo er sie heute getroffen habe. Bis dahin solle er die Hochzeit richten.

Am anderen Tage schürfte der Steiger an der Stelle, die ihm der silberne Nagel bezeichnet, und fand wahrhaftig einen Silbergang von solcher Stärke, wie er ihn in seinem Leben noch nicht gesehen hatte.

Voller Freude eilte er nach Oberhof zurück und gab seinen Fund bekannt. Nun wurde am Kopfberg ein neuer, großer Erzgang geschlagen, und die drohende Not war fürs erste abgewendet. Der Steiger aber wurde durch den Fund reich und berühmt.

Doch er vergaß die Jungfrau nicht. Heimlich, damit die Leute nicht unnötig darüber schwatzen sollten, richtete er die Hochzeit, und am vereinbarten Tag holte er seine Braut an jener Stelle ab, wo sie ihm zuerst begegnet war. Sie fuhren von dort gleich zur Kirche, und der Pfarrer vermählte sie einander.

Am Abend saßen sie zusammen in der Wohnstube des

neuen Hauses, das der Steiger sich gekauft hatte. Die junge Frau schaute fröhlich zu den Kerzen hin, die ruhig und stetig brannten, und sie war so schön, daß der Steiger leise sagte: „Es ist ein großes Glück über uns gekommen!"

Und die junge Frau setzte hinzu: „Es wird immer bei uns bleiben, wenn du dein Versprechen nicht vergißt!"

Er vergaß es nicht. Niemals erinnerte er sie daran, daß sie einst ein Berggeist gewesen war. Sie gebar ihm zwei schöne Kinder, einen Knaben und ein Mädchen, und das Glück war ihnen und der ganzen Stadt hold.

Aber ein Mensch vermag nicht über seinen Schatten zu springen, und der Steiger, der zuweilen sehr heftig und jäh-

zornig sein konnte, ärgerte sich eines Abends über seine Frau, weil sie das Essen versalzen hatte. „Nicht einmal kochen kannst du“, rief er, „nun ja, woher soll ein Berggeist auch kochen können!“

Kaum aber hatte er das gesagt, da war die Frau verschwunden und mit ihr der kleine Knabe. Nur das Mädchen saß noch am Tisch und weinte vor Angst und Schrecken.

Der Steiger eilte in den Wald zum Kopfberg, um seine Frau zu suchen. Aber er fand sie nicht wieder. Er suchte die ganze Nacht; als er todmüde und traurig am anderen Morgen zur Silbergrube kam, da war diese ebenfalls verschwunden.

Nun war die Not groß in Oberhof. Bald zog der Hunger ein, die Frauen weinten in den Nächten, und die Männer wollten schier verzagen.

Am traurigsten war der Steiger. Er siechte langsam dahin, und kaum sprach er noch ein Wort mit den Nachbarn. Die Tochter hatte er zu einer guten alten Muhme gebracht, die sich liebevoll um das Kind kümmerte. Er selbst aber suchte Tag und Nacht in den Wäldern nach seiner Frau.

Da, als er schon alle Hoffnung aufgegeben hatte, sie jemals wiederzusehen, stand sie eines Abends vor ihm. Sie trug wieder jenes lange, weiße Gewand, in dem sie ihm damals begegnet war, lächelte ihn traurig an und sagte leise:

„Unser Glück ist durch deine Schuld vergangen. Aber auch das Glück vieler anderer Menschen hast du zerstört. Wenn du es ihnen wiedergeben willst, so folge mir in den Berg. Alsdann wird jener große Silbergang den Menschen wieder offen sein. Für unsere Tochter aber laß mich sorgen. Sie wird schön und tüchtig werden und von unserem Unglück nichts ahnen. Wenn du also ein Herz hast, so komm.“

Sie streckte ihm die Hand entgegen, die der Steiger sogleich ergriff. Alsbald waren beide verschwunden.

Am anderen Tag fanden die Oberhofer den Eingang wieder, und von nun an brauchten sie keine Not mehr zu leiden.

Das Mädchen blieb gut und schön und ward die Frau eines braven Mannes. Den Steiger aber sah man niemals wieder.

Dort, wo die Bergfrau damals den silbernen Nagel in die Erde schlug, ist heute eine kahle Stelle, auf der nichts wächst, weder Baum noch Strauch. Man nennt sie heute noch den silbernen Nagel.

Das Hexengold von der steynen Heyde

Unterhalb des Rennsteiges entspringt die Quelle der Schwarza, des „schwarzen Baches", wie man ihn früher hieß. Sein Wasser führte einst goldhaltiges Gestein, und in den schmalen, langgezogenen Bergtälern hatten sich Goldwäscher angesiedelt, „mancherlei fremd Volk", wie es in alten Chroniken heißt, das alltäglich am Wasser stand und das lose Geröll in hölzernen Rinnen auffing, es siebte und „wusch", bis das schwere Gold am Grunde des Gefäßes sitzenblieb, indes das rinnende Wasser den leichteren Kies fortschwemmte.

„Fremd Volk" – es waren meist Süddeutsche und Franken, die, den Flüssen und dann den Quellbächen folgend, bis hoch in den Thüringer Wald hinaufgekommen waren. Aber auch Venezianer waren darunter, die sogar die ersten Goldsucher im Thüringer Wald gewesen sein sollen.

So hauste auch am schwarzen Bach ein alter, gelbgesichtiger Venezianer mit seiner schönen, schwarzäugigen Tochter in einer Holzhütte. Es hieß, hinter den grau verwitterten und halb verfallenen Holzstämmen seiner Behausung häufe er Reichtümer, besonders Goldklumpen, die er nicht allein aus Kies und Geröll des Baches gewaschen habe. Er wurde viel in den Bergen gesehen, wo er in Felsenhöhlen herumkroch und mit seinem Hammer die Steinwände abklopfte. Mancher begegnete ihm, wenn er dann mit schwerhängendem Ranzen, der sichtlich Steine barg, vom Walde her kam.

Neid und Mißgunst flüsterten bald unter den Goldwäschern. Warum auch verriet ihnen der Alte nicht, woher er das Gold holte? Gab es doch gewiß genug davon für alle in den weiten Bergwäldern – was verbarg er also geizig sein Wissen, das ihnen ihr hartes Leben hätte erleichtern können!

Dazu kam der heimliche Groll der Weiber gegen die schöne Tochter des Venezianers, die sich die Füße und Hände nicht naß und schmutzig zu machen brauchte und ein seidenes Kopftuch trug, flammend rot über dem schwarzen Haar, und goldene Ringe in den Ohren! Die Frauen stachelten den Zorn der Männer an. So kam der alte Venezianer eines Tages nicht heim vom Wald. Er lag erschlagen unter den schwarzen Tannen am Weg zum Bachgrund, in dem seine Hütte stand. Seinen Ranzen hatten die Mörder geraubt.

Nun hauste die Tochter allein in der Hütte. Sie wich scheu den jungen Kerlen aus und verschloß auch vor den neugierigen Weibern ihre Tür. Am liebsten wäre sie auf und davon, heraus aus den finsteren Bergen, in denen sie sich als Kind einer heiteren Landschaft nie recht wohl gefühlt hatte. Aber wie sollte sie ihr Gut fortbringen, das der Vater mühselig genug zusammengetragen und am Ende sein Leben dafür gelassen hatte? Die Pochwerke in den tieferen Tälern hätten ihr die Goldsteine wohl abgenommen, aber wie sollte sie die schwere Ware hinbringen? Dazu hätte sie manchen Gang tun müssen – und sie fühlte sich belauert auf Schritt und Tritt. Konnte es ihr da nicht ergehen wie dem Vater, wenn sie mit vollem Ranzen den einsamen Weg talwärts wanderte? So blieb sie einstweilen still für sich hausend in ihrer Hütte.

Die jungen Burschen, verärgert über den scheinbaren Hochmut des Mädchens, sahen sie bald nicht mehr mit liebevoll werbenden Blicken an, sondern finster und böse. Auch das Weibervolk war gekränkt und enttäuscht, hatte es doch gehofft, daß bei der reichen Fremden jetzt auch öfter etwas für sie abfallen würde, wie sich das bei guter Freundschaft gehört! Aber das landfremde Mädchen verschmähte ihre Gesellschaft.

So hatten bald fast alle Leute im oberen Tal des schwarzen Baches einen mehr oder minder heimlichen Zorn auf die Tochter des alten Goldsuchers. In dieser Zeit war ein heißer und trockener Sommer. Das Wasser der Wildbäche floß spärlicher als je einmal in all den letzten Jahren, so daß auch die Schwarza wenig Wasser führte und damit nur Geringes an Kies und Geröll mitbrachte: Da war schlecht Gold waschen, und die Not der Wäldler wurde immer drückender. Aller Zorn über die geringe Ausbeute wandte sich gegen die „Welsche". Sie war schuld, daß die Goldquelle versiegt war! Sie, die „welsche Hexe" ... Niemand wußte, wer es zuerst gesagt hatte, dies schlimme Wort. Doch auf einmal war es in aller Munde, wisperte und flüsterte das Tal entlang durch alle Hütten. Bis es laut wurde. Fort muß sie, die Hexe! Dann wird es auch wieder Wasser geben und Goldkörner!

Ein Haufe besessener Menschen brach die leichte Brettertür der Venezianerhütte auf und drang wild schreiend in den kleinen Raum. Das Mädchen flüchtete entsetzt in die dunkelste Ecke. Kamen sie, um auch sie zu erschlagen? Aber nein, sie brüllten nur: „Fort mit dir, Hexe!" Und sie trieben sie aus der Hütte, jagten sie unter Flüchen und Verwünschungen das Tal hinauf in den Wald. Erst als das Mädchen der tobenden Menge aus den Augen geriet und sich im tiefsten Dickicht verbarg, ließen sie von ihr ab. Sie waren sicher, daß die wilden Tiere, die damals noch im Bergwald hausten, Bär und Wolf und Luchs, die Teufelsdirne zerreißen würden. Dieser Wunsch ging zwar nicht in Erfüllung, aber sie waren die Hexe los. Sie kamen auch über die Notzeit hinweg, indem sie das Erbe des alten Goldsuchers antraten, die Hütte niederrissen und den Boden durchwühlten, bis sie die Goldsteine gefunden hatten. Freilich waren es nicht so viele, wie sie gedacht hatten, doch halfen sie ihnen immerhin über die schlimme Zeit hinweg, bis Berg und Bach wieder freigebiger wurden.

Die „Hexe“ aber irrte durch den Wald, immer bergauf, bis sie den Kamm des Gebirges erreichte. Dort stand sie, erschöpft, auf dem schmalen Höhenweg, hörte Laute menschlichen Lebens aus den jenseitigen Gründen und ging ihnen nach. Die Dunkelheit überfiel sie. Als der Mond heraufkam und ein wenig blasses Licht durch das dichte Gezweig der Tannen und Buchen sickern ließ, gewahrte sie die schmale Öffnung einer Höhle und kroch hinein, um hier den Morgen abzuwarten.

Vor Erschöpfung schlief sie auch ein. Als sie erwachte, war schon die Sonne aufgegangen, sie schien mit ihren schrägen Morgenstrahlen in die düstere Schlafkammer der Vertriebenen. Und wohin die Sonnenstrahlen auch trafen, da blitzten die Wände funkelnd auf, und das Goldsucherkind wußte sofort: Hier zog sich goldhaltiges Quarzgestein durch den grauen Schiefer!

So freudig erschroccken das Mädchen im ersten Augenblick war, so bitter kam ihr zugleich zum Bewußtsein, wie wenig ihr der wunderbare Fund nützte, hier in der Wildnis, wo sie vor Hunger umkommen würde, wenn sie nicht bald zu Menschen fand. Also mußte sie weiter versuchen, in bewohnte Gegenden zu gelangen. Vorsichtig Umschau haltend, kroch sie aus der Höhle heraus. Nichts Gefährliches ließ sich blicken, still und feierlich schön stand der Morgenwald, und hoch oben in den Wipfeln sangen die Vögel. Und da – klang aus dem Talgrund nicht das Geräusch eines Pochwerkes?

Den Lauten nach schlüpfte das Mädchen nun eilig durch Buschwerk und Fallholz im Schatten des Hochwaldes. Da und dort brach sie junge Zweige ab, um sich den Weg zu zeichnen. Bald hörte sie auch Hundegebell und Menschenstimmen. Plötzlich endete der dichte Wald, freie Schläge lagen davor, und dann sah sie Hütten und auch stattliche Häuser.

An der ersten Hütte hielt die Venezianerin an, klopfte zaghaft und bat die alte Frau, die daraufhin aus der Tür trat, um einen Becher Wasser und um einen Bissen Brot. Die runzlige Hand der Alten reichte ihr das Gewünschte. Auch durfte das Mädchen sich das wirre Haar strählen; sie flocht es zu schwarzen, glänzend schweren Zöpfen, wusch sich Gesicht und Arme an einem schmalrinnenden Bach hinter der Hütte und saß noch eine Weile in der warmen Morgensonne bei der alten Frau auf der Türschwelle. Sie erfuhr dabei, daß hier Bergbau betrieben wurde, aber das goldhaltige Gestein verlöre sich leider immer mehr, und wilde, unterirdische Wasser seien schon da und dort in die Stollen gedrungen.

Zum Dank gab sie der freundlichen Alten eine Münze aus purem Golde, die sie aus einem Brustbeutelchen nahm. Dann strich sie sich den Rock glatt und machte sich auf den Weg zum Bergmeister. Der saß gerade mit seiner Frau bei der Morgensuppe, als das fremde Mädchen hereintrat. Er knurrte zwischen zwei Löffeln, was sie vorzubringen habe. Das schmale, dunkle Gesicht des Mädchens blieb gleichmäßig ruhig bei der barschen Frage des großen Herrn, der Blick frei und voll Sicherheit. „Allein möcht ich mit dem Herrn reden." Als die Bergmeisterin, den Kopf im Nacken, zornig hinausgefegt war, lehnte er sich zurück, daß der schwere Stuhl ächzte, und fragte: „Nun, was gibt's?" Je weiter nun das Mädchen in ihrem Bericht kam, desto mehr hellte sich das Gesicht des Bergmeisters auf. Denn nichts weiter wollte sie für ihren Goldfund als Heimatrecht und Arbeit. Warum nicht? Die Augen des Mannes streiften wohlgefällig die straffe, junge Gestalt, das schöne, ebenmäßige Gesicht. Die Jungfer war ja gewiß ehrlicher Leute Kind? Ja, das war sie, nur abgekommen von den Ihren und verirrt im dichten Wald, als Wegelagerer den Handelszug überfielen ... Nun gut, sollte sie bleiben – der Pakt war geschlossen zwischen dem Herrn und ihr. Beides sollte sie in seinem Hause finden, Heimatstatt und Arbeit.

Sie fand auch alles, hatte sie doch Gold gebracht – und

was tut man nicht alles um Gold! Sogar die anfangs abweisende Miene und das hochmütige Gebaren der Hausfrau gegen die Fremde, Hergelaufene, wandelte sich in lächelnde Freundlichkeit und liebliches Getön, denn die neue Grube zeigte sich ertragreicher als je eine. Die junge Venezianerin blühte auf in der Wärme, mit der sie umgeben wurde. Am meisten aber öffnete sie ihr Herz dem Sohn des Bergmeisters, der mit brennender Leidenschaft um sie warb.

Doch das Glück der Venezianerin, eine Heimat gefunden zu haben, sollte nur von kurzer Dauer sein. Beim Bergfest saßen unter Bergknappen von der steynen Heyde ein paar junge Kerle in der Schenke, die von jenseits des Rennsteiges herübergekommen waren: Goldwäscher aus dem Schwarzatal. Die rissen die Augen nicht schlecht auf, als sie die Schwieger des Bergmeisters in feinem tuchenem Gewand, fast wie ein Fräulein gekleidet, mit ihrem Verlobten erblickten. „In aller Welt“, riefen sie, „das ist doch die Hexe vom schwarzen Bach!“ Sie flüsterten, berichteten dann den neugierig aufhorchenden einheimischen Gräbern von ihrem verhexten Bach und von der Vertreibung der Hexe. Gewiß hatte sie sich mit ihrer teuflischen Kunst vor Wolf und Bär durch den wilden Wald herübergerettet und den Bergmeister samt Weib und Sohn geblendet, daß diese die Fremde bei sich aufnahmen.

Das Gerücht flüsterte, wisperte, ging weiter um unter den Bergleuten, bis es endlich zu Ohren der Bergmeisterin kam. Die entsetzte sich über die Maßen. Eine Hexe zur Schwieger? Niemals! Sie überfiel ihren Eheherrn mit Anklagen und wütenden Forderungen. Fortjagen die Teufelin, die sie alle umgarnte – oder besser noch: verbrennen! Der Bergmeister, ein Mann mit Verstand, wenn auch im Glauben seiner Zeit befangen, war nicht so rasch mit seinem Urteil. „Nichts ist bewiesen – und immerhin hat sie uns Gold gebracht, viel Gold …“ „Hexengold!“ schrie die Frau. Oh, sie hatte es gefühlt von Anfang an, und alles in ihr hatte sich der Fremden widersetzt. Zum Unglück für die Beschuldigte begann die

Ausbeute der neuen Grube plötzlich nachzulassen und gab am Ende gar nichts mehr her. Immer stieß man nur auf taubes Gestein. Sie war erschöpft. Das konnte nur die Venezianerin bewerkstelligt haben, die schon den schwarzen Bach verhext hatte. Brennen mußte sie, die Teufelsdirne!

Selbst der Bergmeister vermochte nun nichts mehr gegen den Willen derer zu tun, die die Hexe brennen sehen wollten. So wurde sie in den Keller des Bergmeisterhauses gesperrt. Freiwillige Wachen standen vor der dicken Bohlentür. Aber die Luke hatten sie vergessen, die schmale Luftluke, die, von Brennesseln überwuchert, unsichtbar geworden war. Durch sie hätte ein entschlossener Gefangener leicht das Freie erreichen können. Doch das Mädchen wußte nichts von der Öffnung; verzweifelt lag sie im stockdunklen Gelaß auf der kellerfeuchten Streu. Kein Gott wird ihr helfen und kein Mensch. Doch auf einmal ist irgendwo an der Kellerwand ein leises Rascheln, und eine Flüsterstimme ruft den Namen der Gefangenen. Sie fährt auf, geht mit lautlosen Schritten der Stimme nach – es ist die Stimme ihres Liebsten. Seine Hände tasten suchend durch die schmale Öffnung der Luke nach den ihren. Das Unkraut hat er hinweggerafft, so daß ein matter Schimmer der sternhellen Nacht nun auch in die schwarze Finsternis des Kellers dringt.

„Komm“, flüstert der Mann, und das Mädchen hebt sich, von seinen Händen gehalten und gezogen, kriecht und windet sich durch die enge Luke, liegt einen Augenblick, das Gesicht an die Brust des Mannes gepreßt, läßt sich emporziehen, steht taumelnd im Freien.

Sie kriechen, schleichen, laufen – und stehen dann endlich mit stoßendem Atem im bergenden Tannendickicht. Nach kurzer Rast setzen sie ihre Flucht fort. Der Keller im Bergmeisterhaus war leer, als man die Hexe holen wollte, um sie im Morgengrauen zu verbrennen. Auch der Sohn des Bergmeisters blieb verschwunden – genauso wie das Gold im neuen Stollen. Aus dem reichen Goldgräberort wurde wieder ein armseliges Walddorf, dessen Bewohner sich kümmerlich von dem nährten, was sie mühsam dem Wald abrangen.

Die Silberquelle

In Heinrichs lebte ein armer Leineweber, ein rechtschaffener, tüchtiger Mann; aber so sauer er sich's auch werden ließ und so fleißig er auch schaffte, die Not saß ständig mit an seinem Tisch. Denn da, wo es nicht viel zu brechen und zu beißen gibt, sind ihrer meist viele, die brechen und beißen wollen.

Im Weberhäuschen schrien neun Mäulchen nach Brot, und wie oft wußten die Eltern nicht, wo sie Kreuzer und Batzen dafür hernehmen sollten. War doch das Korn sündhaft teuer, dieweil ein Krieg viel Bauernland verwüstet hatte und oft genug ganze Gehöfte und volle Scheunen in Flammen aufgegangen waren. Dafür stand die grobe Leinewand niedrig im Preis, weil sie zur Zeit nicht sehr begehrt war, da gerade das einfache Volk, das sie sonst kaufte, all sein Geld für des Leibes Nahrung hingeben mußte. Trotzdem war der arme Weber oft mit einem Ballen Leinwand unterwegs, in der Hoffnung, vielleicht doch einmal ein Stück davon um bare Münze zu verhandeln oder auch um einen Laib Brot.

Nun war er wieder einmal lange Wege gewandert und hatte doch vom frühen Morgen bis zum Mittag noch keinen Käufer gefunden. Auf dem Herrengut im Weidental wär er beinah noch von den Hunden angefallen worden, hätte er sich nicht noch rasch in einem leeren Schäferkarren verstekken können. Zum Glück hatte der Herr die Hunde bald zurückgepfiffen, da er zur Jagd reiten wollte, und der Weber konnte sich darauf eilig zur Landstraße davonstehlen.

Nun war es Mittag, der Weg war staubig und die Luft so heiß, daß dem Armen schier der Gaumen dörrte vor Durst. So wandte er sich von der sonnenglühenden Landstraße ab und ging bergwärts, wo er eine Quelle wußte. Müd und matt von seiner langen Wanderung ließ er sich, nachdem er am kühlen Born getrunken hatte, ein wenig zur Ruhe nieder.

Wie er nun so in Gedanken verloren in das hell sprudelnde Wasser schaut, sieht er es plötzlich silbern funkeln auf dem Grunde der Quelle. Er greift hinein und hält einen Brocken puren Silbers in der Hand. Noch vermag er es nicht zu glauben und meint, er träume. Aber es ist ja heller Tag, er sieht deutlich Tal und Berge, und der Silberklumpen liegt kalt und schwer in seiner Hand. Da begreift er, daß nun für ihn alle Not ein Ende hat und daß seine Kinder sich bald satt essen dürfen, denn das Silber wird sich leichter verkaufen als seine Leinwand.

Sogleich barg er das Silber in der Tasche seines Kittels, lud sich seinen Ballen Leinwand auf die Schulter und ging eilend den Weg zur Stadt. Dort suchte er den reichen Goldschmied auf und legte ihm seinen Silberbrocken auf den Tisch. Der Mann war baß erstaunt über die Größe des Stükkes. Er wog das glänzende Metall und sagte: „Fünfzig Taler sollst du dafür haben – aber du mußt mir auch den Fundort zeigen, damit ich weiß, daß du es nicht unehrlich erworben hast. Tust du es nicht, so muß ich dich vor ein hochnotpeinliches Gericht bringen.“

Fünfzig Taler auf der Hand oder das hohe Gericht – da gab es keine Wahl. Der Weber führte den listigen Goldschmied zur Silberquelle. Und siehe, als er sich darüberbeugte und mit dem Finger zeigte, wo sein Fund gelegen hatte, sprang abermals mit dem stark quellenden Wasser ein Klumpen Silber in seine Hand. Daß dem Armen auch dieses gehörte, war nicht abzustreiten, und das wollte auch der schlaue Bürger gar nicht. Er dachte: Laß es ihm – wo einmal sich Silber zeigt, da gibt es auch mehr, ich werde es schon herausholen! Dem Weber aber gab er sich wiederum recht biedermännisch und ehrlich und bezahlte auch dieses Stück Silber mit guten Talern – das Geld wird sich mir reichlich verzinsen, lachte er in sich hinein, und der Weber dankte ihm voll treuherziger Freude, ehe er ging. Noch heut in der Nacht, sagte sich der Goldschmied, will ich graben und den Schatz heben, damit keinem einfältigen Weberkerl mehr das reine Silber in die Hände springt!

Im Silberquell aber wohnte schon seit tausend Jahren eine verwunschene Jungfer. Sie mußte den Silberschatz unter dem Born für den Berggeist hüten, bis sie einst erlöst sein würde. Sie hatte dem armen Weber die zwei Silberklumpen aus Mitleid mit seinem Elend zugeworfen; doch als nun der reiche Goldschmied kam und in seiner Gier, noch reicher zu werden, zu graben begann, da ließ sie den Silberschatz immer tiefer in den Berg versinken, und kein einziges Bröcklein davon gab die Quelle mehr her. Dafür sprudelte ihr Wasser immer stärker und wilder und überschüttete den Goldschmied mit eiskalten Fluten, so daß er aufhören mußte zu graben und wütend davonging. Die Wichtel des Gebirges aber schütteten die aufgewühlte Erde wieder in die Grube, und der Silberborn floß bald klar und frisch wie vorher.

Lange Jahre danach baute ein Hirte einen Tränktrog für seine Herde an der Silberquelle. Er war ein guter Mensch und half jedem, der zu ihm kam, mit seinem Wissen um die Heilkraft der Kräuter, die er an den Wiesenhängen und Waldrändern sammelte. Er gab Ratschläge und heilende Tränke meist nur um ein Dankwort. So blieb auch der Hirte sein Lebtag arm.

Die verwunschene Jungfer im Silberborn aber wußte wohl um seine Armut wie auch um seine Güte. Auf einmal lagen jeden Tag, da er seine Herde zur Tränke führte, auf dem Rand des Troges sieben Silberpfennige. Er ahnte, wer sie für ihn hingelegt hatte, nahm sie mit und half davon so manchem Armen, dem es durch Mißwachs oder Viehsterben nicht möglich war, seinen Zins an den gnädigen Herrn für sein Pachtland zu entrichten.

Als der Hirte alt wurde, erkrankte er schwer, so daß ein anderer seine Herde hüten mußte. Das war ein wüster junger

Bursch, der roh und grob mit den Tieren war und gewiß auch keinem Menschen etwas Gutes getan hatte. Der Kranke bat ihn, von der Tränke die sieben Silberpfennige mitzubringen. Der Bursche sagte, das wollte er besorgen. Bei sich dachte er: Da kannst du lange warten; was ich finde, ist mein. Er suchte am Abend eifrig auf und um den Tränktrog nach dem Gelde, fand aber nicht einen Pfennig. In seiner Wut darüber warf er große Steine in den Brunnen und schimpfte lästerlich auf die Quellenjungfer, nannte sie geizige Hexe und falsches Wasserweib. Da ward er im Augenblick von unsichtbarer Hand geohrfeigt, daß ihm Hören und Sehen verging und er davonrannte und schier den Hang hinunterpurzelte. Er traute sich nachher auch nie mehr, seine Herde an die Silberquelle zur Tränke zu führen.

Auch der alte Hirte kam nie mehr an den Brunnen, er starb an seiner Krankheit, und niemals hat die verwunschene Jungfer seitdem wieder einen Menschen beschenkt. Der Born warf kein Bröcklein Silber mehr aus und heißt doch bis heute noch die Silberquelle.

Die verwünschten Bergwerke

In der Nähe von Wilhelmsdorf wurde einst reicher Bergbau betrieben. Grube reihte sich an Grube, und viele Bergleute bezogen daraus reichen Lohn und Unterhalt.

Unter diesen Bergleuten war ein junger Knappe, dessen Mutter hart an der Gicht daniederlag. Der Sohn pflegte sie aufopferungsvoll, kochte ihr Suppe, wenn sie Hunger spürte, trug sie auf seinen Armen, wohin sie verlangte, und wich, wenn er von seiner Schicht kam, ihr nicht von der Seite.

Eines Morgens will er nach seiner Grube gehen, da sagt die Mutter: „Wenn du Zeit hast, so trage mich doch hinaus in den Garten zur lieben Sonne, damit ich noch einmal die schönen Blumen sehe und den blauen Gotteshimmel, ehe sich meine Augen für immer schließen."

Der Bergmann besann sich nicht lange, nahm die kranke Mutter auf den Arm und trug sie hinaus. Er bereitete ihr ein weiches Lager und bettete sie darauf. Dann lief er rasch zur Arbeit, kam aber trotzdem zu spät. Zornig fuhr ihn der Steiger an, aber der junge Knappe war sich keiner Schuld bewußt und sagte, er habe Kindespflicht erfüllen müssen. Bei dieser Gegenrede geriet der Steiger in noch größere Wut. Er stieß den jungen Bergmann hinunter in den tiefen Schacht, aus dem der Arme tot und zerschmettert herausgebracht wurde. Wie der Wind verbreitete sich die Nachricht von dieser Freveltat, so daß bald die ganze Knappschaft trauernd um die Leiche stand, denn alle hatten den Toten gerngehabt.

Da trat plötzlich die alte Mutter in den Kreis der Trauernden. Die Kunde vom Tode ihres Sohnes hatte auch sie rasch erreicht, Verzweiflung hatte ihre Kräfte so gestählt, daß sie keine Schmerzen mehr empfand. Sie schaute auf des Sohnes blutige Leiche, auf den Schacht, in den er hinabgestürzt war, und dann richtete sie ihre zusammengesunkene Gestalt in die Höhe, nahm eine Bürste, die dalag, schleuderte sie in die Tiefe hinab und rief:

„Hu! Hu!
Teufe du,
schleuß dich zu!
So viel Haare,
so viel Jahre;
so von oben, so von unten,
alle Zeit und alle Stunden,
hart gebunden,
fest gebunden,
tu dich zu,
Teufe du!“

„Tu dich zu!“ ächzte sie noch einmal und brach tot an der Leiche ihres Sohnes zusammen. Zugetan hatten sich für immer ihre Augen, und zugetan war aber auch das Bergwerk;

denn der Fluch der Mutter ging von Stund an in Erfüllung, Gewässer traten in die Schächte und hinderten jeden weiteren Abbau.

Noch sind die Öffnungen der Gruben vorhanden. Im Wachthügel, ganz am äußersten Ende des Bergwerks, soll ein Hirsch aus gediegenem Golde stehen, doch niemand wagte die Gänge wieder zu betreten; denn noch wirkt die Bürste, die von der Mutter des Knappen in die Tiefe geschleudert wurde.

Jetzt wohnt die Wassernixe in den ertrunkenen Schächten. Zur Mittagszeit bleicht sie im früheren Bergwerksgelände ihre Wäsche. Das Weißzeug der Nixe ist von seltener Schönheit, und jedes Stück ist rot gerändert.

Auch in Reichmannsdorf ist ein Bergwerk verwünscht worden. Schon im zwölften Jahrhundert war dort der Bergbau, namentlich am Goldberg, in hohem Schwange. In Goldgewändern prunkten Männer und Frauen einher, mit goldenen Kugeln schoben sie nach goldenen Kegeln. Aus dem Reichmannsdorfer Bergsegen wurde auch die St.-Johannis-Kirche in Saalfeld erbaut. Ein bis zwei Meilen rund um Reichmannsdorf breiteten sich hundertzweiundzwanzig Gold- und Silbergruben aus. Einst fand man dort einen Goldklumpen, der war viertausend Gulden wert.

Als einmal ein Herzog von Sachsen das Bergwerk besuchte, wurde er auf einen goldenen Stuhl gesetzt, und ein junger Bergknappe fuhr mit ihm in den reichsten Schacht und zeigte ihm drunten die ganze Pracht und Herrlichkeit. Der Herzog belohnte seinen Begleiter sehr reich, und dieser prunkte mit dem empfangenen Golde. Da erwachte Verdacht gegen ihn, daß er das Bergwerk bestohlen habe. Er wurde verhaftet, und durch die Folter preßte man ihm das Geständnis eines Verbrechens ab, dessen er nicht schuldig war. Dann wurde er hinausgeführt und als Dieb gehenkt. Seine alte Mutter aber in ihrer Verzweiflung füllte ein Maß mit Mohn, ging zur reichsten Grube, schüttete allen Mohn hinab und verwünschte das ganze Bergwerk. „So viel Körner Mohn jetzt hinabfallen, so viel Jahre soll das Reichmannsdorfer Bergwerk verwünscht und verflucht sein!" rief sie aus und stürzte sich selbst hinab in die Tiefe.

Von Stund an war es zu Ende mit dem Bergsegen. Die Stollen und Schächte brachen ein und kamen zum Erliegen. Der einst so reiche Ort verarmte.

Die weiße Jungfer im Burgberg

Am Burgberg bei Brotterode, auf dem alte Leute noch die Überreste einer Burg gesehen haben, zeigt sich alle sieben Jahre eine weiße Jungfer. Sie kommt aus einem Felsen hervor, in dem ein Schatz verzaubert ist, den die Jungfrau bis zu ihrer Erlösung hüten muß, und geht den Berg hinab bis in die Nähe der Gärten des Ortes. Ihr weißes Kleid ist mit einem roten Band geschmückt, und ein Hündchen begleitet sie auf ihrem Weg, das eine Schelle am Halsband hat. Leise spricht sie die Worte vor sich hin:

„Ein Knäblein von sieben Jahren
mit weißen Haaren
kann mich erretten."

Man erzählt diese Sage auch so:

In dem alten Schloß auf dem Burgberg wohnte eine Gräfin, die stolz und heftigen Gemüts war. Sie hatte eine Zofe, die ihr jeden Morgen die langen Haare kämmen mußte. Dieser Zofe ging jeder Wunsch, den sie lebhaft und mit Nachdruck aussprach, sogleich in Erfüllung. Nun geschah es eines Morgens, daß sie das Haar ihrer Herrin ein wenig zupfte und rupfte, worüber die in Zorn und Unmut geriet. Sie schalt die Dienerin mit bösen und harten Worten, welche die Zofe so erbitterten, daß sie mit dem Fuße aufstampfte und dabei heftig den Wunsch aussprach: „Ich wollte, das ganze Schloß versänke in der Erde und nähme

Euch mit hinab!“ Sofort sank die Burg in die Tiefe mit allem, was darin war, und seitdem sind Herrin und Dienerin im Berge eingeschlossen. Der Zofe aber war noch ein Wunsch vergönnt, und so wünschte sie, von Zeit zu Zeit einmal hinauf ins Licht der Welt gehen zu dürfen. Auch dieses Wunsches Erfüllung ist ihr zuteil geworden. Und so darf sie sich alle sieben Jahre sehen lassen und selber all das erblikken, was auf der Oberwelt geschieht.

Der Alte vom Walde

In den Spinnstuben der thüringischen und fränkischen Bergbauern am Rennsteig wurde viel von ihm erzählt; und unter den Waldleuten lebte lange der Glaube an diesen Herrn der Berge, einen mächtigen Waldgeist, der Böses strafte und Gutes lohnte.

So soll es einst geschehen sein, daß in stürmischer Winternacht ein elender alter Mann, um milde Gabe bittend, in den Hütten der Gebirgler einkehrte. Bis in den Mühlhof gelangte er, trotz des sonst bissigen Hundes, der sich aber winselnd vor dem Bettler verkrochen hatte. Dieser Hof war der stattlichste des Ortes, wie seine Besitzerin die geizigste und härteste Witwe war. Sie hatte ihren Wohlstand zumeist ihren bösen Eigenschaften zu verdanken, und an ihm hingen genug Tränen und der Schweiß der Ärmsten.

Der Alte bat um ein Brot, denn es duftete im ganzen Haus danach, weil man eben erst frisch gebacken hatte. „Was willst du“, keifte die Frau außer sich, „ein Brot – ein ganzes Brot! Bist du ein Narr – oder hältst du mich dafür? Hab selber nichts als alte Krusten, und die sind hart wie Stein. Geht nur weiter, beim Nachbarn haben sie gebacken, von dorther kommt der Brotgeruch!“

Da richtete sich der armselige, gebückte Greis auf, stand erschreckend gewaltig mit flammenden Augen vor der entsetzten Frau, und seine Stimme dröhnte wie Donnerrollen.

„Brot, hart wie Stein, hast du – gut, so soll es sein!“ Und war verschwunden. Als nun die Geizige in ihre Vorratskammer kam, lagen Steine dort anstatt der frischen Brote. Und sooft sie neue buk, waren sie, sobald sie aus dem Ofen kamen, hart wie Stein. Sie wäre verhungert, hätte sie nicht da und dort sich ein Stückchen Brot erbettelt, denn nur das von ihr Erbettelte blieb genießbar für sie. So mußte die Alte bei manchem Armen, den sie früher ihre Härte hatte fühlen lassen, um ein Ränftlein Brot bitten, und so blieb es bis an ihr Ende.

Ein andermal ist der Mächtige des Berglandes in einem gar armen Häuslein eingekehrt. Dort saß der Bauer mit den Seinen am Tisch vor einer Schüssel dampfenden Haferbreis. Davon sollten viele kleine Mäulchen satt werden und auch etliche große. Doch als der Alte vom Walde eintrat, elend und gebrechlich, vom Frost geschüttelt und mit hungrigen Blicken nach dem Brei, da schob die Frau ihm Sitzschemel und Holzlöffel zu, und der Bauer sagte: „Setzt Euch. Wo neune satt werden, langt's auch für zehn.“

So aß der Bettler mit ihnen aus der Schüssel. Als er aufstand, um zu gehen, saß die älteste Tochter schon wieder fleißig am Spinnrad. Sie sah die nackte, frierende Brust unter dem zerrissenen Hemd des alten Mannes und nahm ihr wollenes Tuch von den Schultern und legte es ihm behutsam um den Hals. Er sagte dem Mädchen leise Dank und strich im Vorbeigehen leicht über das Flachsbündel an ihrem Spinnrad.

Von da an ist der Flachs nie alle geworden, das fleißige Mädchen mochte noch so viel spinnen, und so feinen Faden spann niemand im ganzen Bergland wie sie. Ebenso wurde die irdene Schüssel, aus der der Bettler gegessen hatte, niemals leer, als bis alle satt hatten, mochte am Anfang auch noch so wenig darin gewesen sein. Und der einfachste Brei wurde in ihr köstlich und wohlschmeckend und so nahrhaft, daß der arme Bauer samt seinen Kindern nie mehr zu hungern brauchte.

Auch einer jungen, gelähmten Frau ist Wunderbares geschehen. Zu ihr kam der Alte und zeigte seine bloßen, in Holzschuhen steckenden Füße. Sie schienen schon halb erfroren, und er bat um Strümpfe. Aber der Mann der Kranken, verbittert durch sein Geschick, ein gelähmtes Weib und nichts als Not im Hause zu haben, knurrte zornig, daß sie selbst nichts hätten als Krankheit und Elend, und ging aus der Stube. Die Gelähmte aber winkte heimlich dem Bettler und hieß ihn, ihr die weichen Wollsocken von den Füßen zu ziehen; sie spüre ja doch nichts davon, sagte sie weinend, und brauche sie wohl nimmer zum Gehen – aber ihm würde ihre Wärme wohltun.

Der Alte tat, wie die Frau ihn geheißen hatte, und ließ dabei einen Herzschlag lang seine Hände auf den toten Füßen der Lahmen ruhen. Am nächsten Morgen aber konnte sie auf einmal stehen, konnte gehen und laufen so viel und so weit sie Lust hatte.

Das Maienfest

In dem südthüringischen Flecken Hirschbach rüsteten sich Burschen und Mädchen für den Maien. Die Häuser wurden geschmückt, die Straßen und Plätze gekehrt, Kleider und Blusen gewaschen und geplättet, und es lag so viel Sonnenschein, Blütenduft und Vogelsang in der Luft, daß die Mädchen wie von selbst zu singen begannen. Die Burschen hielten wohl dazu die zweite Stimme oder stampften mit den Füßen den Takt, und gar manches Scherzwort wagte sich hervor, über das man sonst recht erstaunt gewesen wäre. Es war heute alles heiter und leicht, die böse Laune hatte sich in den fernsten Winkel verkrochen.

Nur aus dem kleinen Rathaus war sie noch nicht verschwunden. Saß da doch der Vogt am Tisch und schnitt ein finsteres Gesicht; nicht einmal der Wein, den er reichlich trank, konnte ihn erheitern. Zuweilen ließ er die Faust schwer auf den Tisch sausen, schimpfte mit unflätigen Worten vor sich hin und versank erneut in Nachdenken. Endlich aber stand er auf, stieß den Stuhl beiseite und befahl seinem Knecht, die Ratsväter herbeizurufen.

Als die Männer um den Tisch versammelt saßen, blickte er sie der Reihe nach aus seinen kleinen Augen böse an, stützte sich mit den Armen schwer auf den Tisch und sagte:

„Ihr rüstet euch, den Mai zu feiern. Das ist ein gottloses Fest, und ich verbiete, daß ein Maibaum errichtet wird. Das Volk ist zu ausgelassen an diesem Tag, es vergißt zu leicht, was es der Obrigkeit schuldet. Nützlicher wäre es wahrhaftig für euch, zu schaffen und zu arbeiten, damit ihr die Abgaben pünktlich zahlen könntet! Ich untersage das Fest. Wer es aber wagen sollte, sich gegen mein Verbot zu stellen, dem drohen Prügel und Kerker!"

Dann stampfte er davon.

Die Ratsväter wußten nicht, was sie tun sollten. Sie ließen den Befehl des Vogtes im ganzen Flecken verkünden und verkrochen sich in ihre Stuben. Denn wohl war ihnen nicht zumute.

Gar bald hatte es sich herumgesprochen, daß der Maien nicht gefeiert werden sollte; doch ließen die Burschen und Mädchen nicht so schnell die Köpfe sinken wie die Alten. Sie steckten vielmehr die Köpfe zusammen, und es dauerte nicht lange, da schwang sich ein fröhliches Lachen über die Häuser, daß die Alten sich ansahen und sich zunickten, ja, sich heimlich zuflüsterten: „Laßt nur, sie werden's schon machen!"

Die Mädchen kehrten, wischten und putzten weiter, die Burschen aber wanderten am späten Nachmittag, mit allerlei Bündeln und Taschen versehen, dem nahen Walde zu. Hier schlugen sie die höchste Tanne, schälten den Stamm und schmückten die Krone mit Bändern, Schnupftüchern, mit Weinflaschen, Würsten und Schinken. Dann brachen sie Birkengrün und legten es neben den Baum ins kühle Moos.

Als dann der Abend kam, wanderten sie zu ihrem Flecken zurück.

Indes kam die Zeit heran, da der Vogt, wie jeden Abend, zum Wirtshaus ging, um den Schlaftrunk zu nehmen. Der Wirt war ein schlauer Kerl, der bei den Reichen wohl seinen Vorteil zu wahren wußte, aber sonst auch gern ein Auge zudrückte und sich mit den Burschen gut verstand. Als sie zu ihm ins Wirtshaus traten und leise mit ihm zu flüstern begannen, lachte er und verprach ihnen, sein Bestes zu tun.

Nun polterte der Vogt herein. Der Wirt schenkte ihm so fleißig das Glas voll, daß er bald nicht mehr fest auf dem Stuhl sitzen konnte und wie ein Rohr im Winde hin- und herschwankte.

„Sie werden nicht f . . fei . . feiern ...“, lallte er, und der Wirt nickte bestätigend, schenkte noch einmal ein und lachte vor sich hin.

Gegen Mitternacht öffnete sich plötzlich die Tür, und eine weißgekleidete Frau erschien auf der Schwelle. Sie trug eine Blütenkrone auf dem Haupt, das Gesicht aber war bedeckt von einem feingesponnenen Schleier, so daß ihre Züge nicht zu erkennen waren. Sie trat zum Vogt, faßte ihn am Arm und befahl ihm, ihr zu folgen. Andernfalls würde sie den Kobolden befehlen, ihn ihr nachzutreiben.

Der Vogt wackelte mit dem Kopf. Er verstand nichts mehr. Der Wein machte seine Glieder schwer und schläfrig, er hatte den Wunsch, sich zur Erde sinken zu lassen und zu schlafen. Da sprangen plötzlich viele bucklige, schrecklich anzusehende Wesen herein. Sie packten den Vogt, schütteten ihm einen Humpen Wein über den Kopf, schlugen ihn mit dürren Birkenruten auf den Rücken, stachen ihn mit feinen Nadeln in die Waden und zerrten ihn mit sich. Wohl schrie der Vogt Zeter und Mordio, aber einer der Kobolde schob ihm ein Stück Speck in den Mund, da war er gleich still, weil er kauen mußte, er wäre sonst am Speck erstickt.

Sie kamen zum Markt. Da stand der Maienbaum, den die Burschen im Schutz der Dunkelheit aufgestellt hatten. Als der Vogt ihn sah, wollte er zu toben beginnen, aber die Maifrau hieß ihn schweigen und sagte zu ihm: „Ich habe mit den Kobolden den Maibaum errichtet, und wenn du morgen das alte Fest des ersten Maien stören willst, werden dich die Kobolde holen, und es wird dir schlecht ergehen. Zeigt ihm, wie ihr es treiben könnt!"

Die Kobolde hoben ihn auf und trugen ihn davon. Wohin? Erst zum Mühlenbach. Sie warfen ihn ins Wasser, zogen ihn heraus, stießen ihn wieder hinein, bis der Vogt um Gnade flehte und versprach, sich ganz ihren Wünschen zu fügen. Da nahmen sie ihn wieder auf und schleppten ihn zu einem großen Heuschober, der mitten auf dem Feld stand. Dort legten sie ihn nieder, deckten ihn bis zur Nasenspitze mit Heu zu und gingen zufrieden ins Dorf zurück.

Dort angekommen, warfen die Kobolde die Masken ab, die Maifrau lüftete den Schleier, und nun lachten sich Burschen und Mädchen an, sie faßten sich an den Händen und tanzten im Mondschein um den Maibaum, und es wollte des Scherzens und Singens kein Ende nehmen.

Dann brach der Morgen an. Die Maikönigin, gefolgt von vielen geschmückten Kindern und dem Laubbischof, schritt durch die Gassen, und die Menschen jubelten ihr zu, zuletzt aber kam der Wilde Mann, der ganz in Moos eingewickelt war und der seine Späße mit den Zuschauern trieb. Um den Maibaum wurde getanzt und gelacht, und alle freuten sich des Frühlings und der Sonne.Und sie freuten sich, daß sie den Vogt doch überlistet hatten.

Der wachte erst auf, als die Sonne schon hoch am Himmel stand. Mühsam rappelte er sich hoch, wischte sich den Schlaf aus den Augen, klopfte sich das Heu aus den Kleidern und eilte zum Dorf. Als er dort ankam und die fröhlichen Menschen um den Maibaum tanzen sah, wollte er wieder zu toben beginnen, aber dann erinnerte er sich an die Nacht, und er schwieg fein still. Doch hatte ihn ein kleiner Junge gesehen. Der zeigte nun auf den Vogt, der wie eine Vogelscheuche mitten auf der Gasse stand, und gleich brach ein solches Gelächter aus, daß der Vogt Reißaus nahm und sich in seinem Haus einschloß. Dort trank er Wein, bis er taumelnd auf sein Bett sank und der Schlaf ihn mit seiner schweren Decke zudeckte.

So geschehen im Jahre 1657.

VII

Friedrich Rotbart auf dem Kyffhäuser

Von diesem Kaiser sind viele Sagen im Schwange. Er soll noch nicht tot sein, sondern bis zum Jüngsten Tage leben, und es soll auch kein rechter Kaiser mehr nach ihm aufkommen. Bis dahin sitzt er verborgen in dem Berg Kyffhäuser, und wenn er hervorkommt, wird er sein Schild an einen dürren Baum hängen; davon wird der Baum grünen und eine bessere Zeit werden.

Zuweilen redet Friedrich Rotbart mit den Leuten, die in den Berg kommen, zuweilen läßt er sich auch auswärts sehen. Gewöhnlich sitzt er auf der Bank an dem runden steinernen Tisch, hält den Kopf in die Hände gestützt und schläft. Er nickt mit dem Kopf und zwinkert mit den Augen, und der Bart ist ihm so stark gewachsen, daß er mitten durch den steinernen Tisch geht.

Ein Schäfer, der auf dem Kyffhäuser seine Herde hütete, pfiff einst ein Lied, das dem Kaiser sehr gefiel. Durch einen Zwerg ließ er den Schäfer zu sich führen, und er fragte: „Fliegen die Raben noch um den Berg?“ Der Schäfer bejahte. Da sagte der Kaiser: „Nun muß ich wieder hundert Jahre schlafen!“

Um die Reformationszeit erzählte der Chronist Johann von Winterthur die Sage so:

Kaiser Friedrich wird in aller Herrschermacht wiederkehren, den verderbten Zustand der Kirche überwinden und sie reformieren. Wenn er wieder erweckt und zur Höhe seines Ruhmes emporgestiegen ist, wird er das arme Mädchen mit dem reichen Manne verheiraten, und dem armen Manne wird er die reiche Frau geben. Die Nonnen werden Männer und die Mönche Frauen erhalten, und allen Enterbten wird das Geraubte zurückerstattet werden. Der Kaiser wird allen Menschen die volle Gerechtigkeit verschaffen. Die römischen Geistlichen wird er schrecklich verfolgen, daß sie ihre Haarkränze und Tonsuren, wenn sie sonst keine Bedeckung haben, mit Kuhmist verbergen, um nicht als Geistliche kenntlich zu sein. Die Mönche, die den Kaiser einst auf Betreiben des Papstes abgesetzt haben, wird er aus dem Lande jagen.

Wenn Barbarossa das Reich errichtet hat, sammelt er ein großes Heer zum Kreuzzug. Auf dem Ölberg wird Barbarossa dann sein Kaisertum niederlegen.

Der Bauer von Gehofen

Ein Bauer aus Gehofen galt einst als der pfiffigste Kerl weit und breit. Er verstand es, hornalte Gockel als Brathähnchen an den Mann zu bringen, dem Fleischer Schwindelpreise abzuluchsen, kurz: Gewinn aus allem zu schlagen, was er anfaßte.

Eines Tages brachte dieser Bauer eine Fuhre Korn nach Nordhausen zum Markt. Auf dem Wege rechnete und rechnete er, welcher Gewinn zu erzielen sei.

Zwar taugte das Korn nicht viel, aber er wollte schon den vollen Marktpreis dafür bekommen – wenn nicht noch etwas mehr!

Während er so nachsann, zupfte mit einemmal jemand an seinem Hosenband. Er blickte nieder und gewahrte ein bärtiges Männchen, das mit hoher Stimme guten Tag wünschte und sich erbot, das Korn zu kaufen, und zwar zum gleichen Preise, der in Nordhausen üblich sei. Der Bauer dachte einen Augenblick nach, rechnete aus, daß er ein ganzes Sück Weg sparen würde, und gab dann sein Einverständnis. Seine Freude über den guten Handel versteckte er hinter einem gleichgültigen Gesicht.

Das Männchen sagte, das Korn müsse zu seiner Burg im Kyffhäuser gefahren werden. Der Bauer war's zufrieden, und als sie am Kyffhäuser ankamen, schüttete das Männchen mit ungeahnter Kraft Sack um Sack durch ein Mauerloch in ein geheimes Gewölbe.

Danach lud der Kleine den Bauern ein, mit ihm hinunter in die Halle zu steigen. Sie war von Fackeln erleuchtet, und an ihren Wänden standen Truhen, gefüllt mit Gold und Edelsteinen.

„Nimm dir davon, was dir zusteht!“ sagte das Männchen. „Aber nimm dir genausoviel, wie du in Nordhausen bekommen hättest! Laß dir nicht einfallen, mehr zu nehmen!“

Der Bauer setzte ein treuherziges Gesicht auf und langte zu. Da das Männchen nicht auf ihn achtgab, sondern sich am andern Ende der Halle zu schaffen machte, sah der Bauer keinen Grund, mit dem Nehmen aufzuhören. In seinen Gedanken fand er auch sofort Rechtfertigung für seine Maßlosigkeit. Erst dachte er: Der Kornpreis ist gewiß im Steigen begriffen, also ist es recht, wenn ich etwas mehr nehme. Sodann: Schließlich bin ich doch auch den Berg heraufgefahren, um das Korn abzuliefern; das kostet auch ein paar Dukaten. So fand er immer neue Gründe, sich die Taschen ordentlich vollzusacken. Schließlich ging beim besten Willen nichts mehr hinein; er richtete sich auf, ging steifbeinig zum Männchen und sagte: „So, jetzt habe ich den Preis für das Korn.“ Auf die Frage, ob er auch gewiß nur das ihm Zustehende genommen habe, nickte er mit dem frömmsten Gesicht.

Als er die Treppe hinaufging, hörte er plötzlich eine leise, feine Stimme sagen:

Hast du mich belogen,
So hast du dich betrogen.

Diese Stimme beunruhigte ihn, und er beeilte sich, zu seinem Gespann zu kommen. Er hatte plötzlich Angst, das Männchen könne den Betrug merken und ihm den Schatz wieder wegnehmen. Unbarmherzig trieb er die Pferde zur Eile an, so daß der Wagen wie toll den Berg hinunterpolterte.

Im nächsten Dorf gönnte er sich und den Pferden eine Pause. Er bestellte ein gutes Essen für sich und Futter für die Tiere. Als der Wirt hinausgegangen war, die Bestellung auszuführen, gelüstete ihn danach, seinen Schatz anzusehen und sich an ihm zu freuen. Er zog eine Handvoll Gold aus der Tasche – aber entsetzt fuhr er zurück: Es war kein Gold mehr, sondern schmutziges, wertloses Blei!

Ohne sich um Essen und Pferde zu kümmern, stürzte der Bauer hinaus und lief, geschüttelt von Habgier, den gleichen Weg zurück, den er gekommen war. Vor der Burg stand das Männchen, als ob es den Bauern erwartet hätte. Der entschuldigte sich nun tausendmal, weinte und bettelte gar und beschwor das Männchen, ihm doch den gerechtesten und bescheidensten Preis für das Korn zu zahlen. Der Kleine entgegnete darauf gar nichts. Statt dessen erklang die Stimme, diesmal aber lauter und deutlicher:

Hast du mich belogen,
So hast du dich betrogen!

Gleich darauf wurde der Bauer von unsichtbaren Kräften gepackt und unsanft herumgewirbelt. Dabei erhielt er Ohrfeige um Ohrfeige. So wurde er den Berg hinuntergetrieben. In jämmerlicher Verfassung langte er wieder im Wirtshause an. Er ließ das bestellte Essen stehen, setzte sich auf seinen Wagen und fuhr wie ein geprügelter Hund nach Hause.

Als er, auf seinem Hof angekommen, sofort zu Bett

wollte, bekam es seine Frau mit der Angst zu tun. „Bist du krank?“ fragte sie besorgt. „Ach wo!“ erwiderte er unfreundlich. „Ich habe mich nur im Kornpreis geirrt!“ Mit diesen Worten zog er sich die Bettdecke über die Ohren, und wie man hört, soll er seitdem ein ehrlicher Mensch gewesen sein.

Der Taufwein

In Tilleda wohnte ein guter, immer frohgelaunter Mann, der sehr arm war. Als seine Frau und er ihr achtes Kind taufen ließen, war der Landwein, der den Gästen vorgesetzt worden war, bald ausgetrunken. Die Gäste hatten aber noch Durst, und so sagte der Mann spaßend zu seiner ältesten Tochter: „Geh, hole uns noch Wein aus dem Keller!“

„Aus welchem Keller denn?“ fragte das Mädchen verwundert.

„Je nun“, antwortete der lustige Vater, „aus dem großen Weinkeller der alten Ritter auf dem Kyffhäuser!“

Das Mädchen in seiner Einfalt nimmt den Eimer und geht hinauf auf den Kyffhäuser. Sie findet den verfallenen Eingang eines großen Kellers, der von einer alten Schaffnerin bewacht wird. Die fragte freundlich: „Gewiß willst du Wein holen aus dem Ritterkeller?“

„Ja“, antwortet das Mädchen. „Aber Geld habe ich nicht.“

„Du sollst den Wein umsonst haben, und er wird euch besser schmecken als alle, die ihr bisher getrunken habt. Komm nur mit!“

Beide gingen durch einen halb verschütteten Gang und kamen in ein geräumiges Kellergewölbe. Das Mädchen konnte die Fässer nicht zählen, so viele standen an den Wänden. Die Schaffnerin nahm den Eimer, zapfte ihn voll und sagte zum Mädchen: „Bring ihn nun geschwind deinem Vater, damit die Gäste nicht mehr länger durstig sind. Sage aber außer deinem Vater niemand ein Wort, woher du den Wein hast. Auch dürft ihr den Wein nicht verkaufen. Wenn du das alles beachtest, kannst du wieder einen Eimer voll holen, wenn ihr ein Fest in der Familie habt."

Das Mädchen machte alles so, wie es die Schaffnerin gesagt hatte. Den Gästen schmeckte der Wein vortrefflich, und sie wunderten sich, daß es im Keller ihres Gastgebers so etwas Gutes gab. Als bei einer bald darauffolgenden Geburtstagsfeier wieder der herrliche Wein ausgeschenkt wurde, dachten die Leute: Woher er nur kommt! Ein Gastwirt überlegte: Solchen Wein könntest du zehnfach verdünnen und doch noch teuer verkaufen. Als das Mädchen wieder mit dem Eimer hinausging, schlich er ihr heimlich nach, und nach einiger Zeit sah er sie aus dem Kellerausgang kommen.

Am nächsten Abend schob der Gastwirt einen Karren den Berg hinauf. Auf der Karre hatte er seine größte Weintonne befestigt. Er kam an die Stelle, wo das Mädchen gestern den Berg verlassen hatte, und da wurde es plötzlich stockfinster um ihn. Der Wind fing an zu heulen, warf ihn hin und her und schließlich in eine steinerne Gruft.

Die Uhr von Tilleda schlug zwölf, als der Gastwirt aus seiner Betäubung erwachte. Da trat ein Mönch auf ihn zu, nahm ihn und trug ihn eine hohe Treppe hinauf. Er schloß eine Tür auf und legte ihn ins Freie. Dabei drückte er ihm etwas Geld in die Hand. Mühsam schleppte sich der Wirt nach Hause. Nach drei Tagen starb er. Das Geld war genau der Betrag, den seine Beerdigung kostete.

Der Rabenschütze

Ein munterer Bergaer Hirtenbube, der einstmals auf dem Kyffhäuserberg seine Schafe hütete, traf unterhalb der Trümmer des Erfurter Tores der Burg ein Männlein an, das da auf einem Felsblock saß und herzzerreißend weinte. Mitleidig fragte der Knabe: „Was fehlt dir denn, Kleiner?" Das Männchen seufzte: „Ach, der Kaiser Rotbart hat mich heraufgeschickt, um nachzusehen, ob die garstigen Raben noch immer um den Turm fliegen. Solange die nicht verschwunden sind, kann er nicht heraus aus seinem unterirdischen Schloß. Und siehst du, da fliegt noch immer ein großer Schwarm herum!“

„Na, wenn's weiter nichts ist!“ rief da der Junge. „Ich habe ja meine Schlappschleuder mit! Paß mal auf, wie ich die schwarzen Gesellen auf den Schwung bringe!“ Er suchte sich flugs die Tasche voll Kieselsteine und schleuderte dann drauflos, so daß in kurzer Zeit dreiundfünfzig Raben tot den Boden bedeckten. Darüber freute sich das Männchen sehr; es klatschte vergnügt in seine winzigen Hände. „Schnell noch ein paar Kieselsteine!“ rief ihm der Hirtenjunge zu. Soviel der Kleine aber auch suchte, es waren keine Steine mehr zu finden. Sie suchten beide, doch umsonst.

Da hieß der Zwerg den Jungen die erlegten Raben zusammenlesen, um sie zum Kaiser in den Berg zu tragen. Der Hirte tat, wie ihm geheißen, und folgte willig und beherzt seinem kleinen Führer durch einen langen, dunklen Gang in den Berg hinein. Es dauerte nicht lange, bis sie vor Kaiser Rotbart standen. „Nun, wie ist's mit den Raben?“ fragte der den Zwerg mit dröhnender Stimme. „Ach, Herr“, entgegnete der Kleine, „der Junge hier hat dreiundfünfzig Stück erlegt, doch fliegen immer noch welche um den Turm.“ Keck fiel der Hirte ein: „Wenn ich nur noch mehr Kieselsteine gehabt hätte – kein einziger wäre davongekommen!“ Wohlgefällig betrachtete Rotbart den Knaben. Er sagte zu ihm: „Da, füll dir deinen Ranzen mit Kieselsteinen und scheuche die verwünschte Rabenbrut davon!“
Der Bube sackte sich sogleich sein Ränzlein tüchtig mit Steinen voll, wurde vom Zwerg wieder aus dem Berg geführt und trat nun flugs den Heimweg hinunter nach Berga an; denn es war inzwischen Abend geworden und die Raben waren nicht mehr zu erkennen. Um seine verschwundene Herde sorgte er sich nicht; die hatte sicherlich ohne ihn den Heimweg gefunden.

Als er bei einbrechender Nacht ins Dorf kam, begegnete

ihm ein hübsches Mädchen von etwa zwanzig Jahren, das ihm seltsam bekannt vorkam. Er fragte sie nach ihrem Namen. „Ich bin die Schäfer-Änne“, sagte sie. „Die Schäfer-Änne?“ rief bestürzt der Knabe, und hastig fuhr er fort: „Hast du noch Geschwister?“ Kummervoll antwortete das Mädchen: „Einen Bruder hab ich noch gehabt; der aber ist seit fünfzehn Jahren verschollen. Er hatte damals die Herde nach dem Kyffhäuser getrieben. Die Herde kehrte wohl am Abend zurück, aber mein Bruder nicht.“

Da fiel der Bube der nun schon so groß gewordenen Schwester um den Hals und erzählte ihr, wie es ihm ergangen war. Und wie freuten sich erst die Eltern, daß sie ihren Sohn wiederhatten! Ihre Augen wurden größer und größer,

als er die Kieselsteine aus seinem Ranzen auf den Tisch schüttete – denn alle waren von purem Golde.

Fortan ist der Hirtenbube alljährlich am Himmelfahrtstag mit seiner Schlappschleuder nach dem Kyffhäuser gezogen und hat da der Raben noch gar viele erlegt. Sie sind aber trotzdem nicht alle geworden.

Bergentrückung

In Tilleda, dicht am Fuße des Kyffhäusers, wo eine der alten Kaiserpfalzen der Güldnen Aue stand, lebte ein armes, braves Brautpaar, das wollte Hochzeit machen; es mangelte ihm aber an Küchengeschirr, da es noch einige Gäste geladen hatte. Und der Vater des Mädchens sprach, halb im Scherz: „Geht doch auf den Kyffhäuser hinauf und borgt euch von der Prinzessin, was ihr braucht."

Das Pärchen ging hinauf, und droben wartete schon die Prinzessin; sie zeigte ihnen viele schöne Sachen und gab ihnen Hausrat, soviel sie wollten, und sie trugen schwer daran, als sie wieder hinunter nach Tilleda wanderten.

Doch seltsam kam ihnen alles vor. Der Weg war noch der alte, aber wo des Brautvaters Hütte gestanden hatte, da lag jetzt ein großer Ackerhof. Sie sahen auch lauter fremde Gesichter, veränderte Tracht und verwunderten sich darüber, wie sich die Menschen über sie verwunderten. Da sie gar niemand kannten, so suchten sie den Pastor auf, der war ihnen aber auch fremd, doch fragte er freundlich: „Wer seid ihr denn, ihr guten alten Leute? Woher kommt ihr denn?" – „Vom Kyffhäuser kommen wir", antworteten die jungen Liebenden, und es dünkte ihnen wunderseltsam, daß der Pfarrer sie alte Leute nannte. „Wir sind vor zwei Stunden hinaufgegangen." Und sie sagten ihre Namen. Der Pfarrer schüttelte den Kopf und schlug im Kirchenbuch nach, und dort fand er ihre Namen; sie waren zweihundert Jahre in den Berg entrückt gewesen. Da ließen diese Uralten sich einsegnen, setzten sich auf den Kirchhof, auf die Gräber, und weinten, denn auf Erden hatten sie keine Stätte. Und da fielen ihre Leiber in Asche.

Ähnliches trug sich zu mit Peter Klaus, dem Ziegenhirten von Sittendorf. Der stieg einer Ziege nach, die von der Herde weg sich ins Gemäuer verkrochen hatte. Endlich fand er sie, Hafer fressend, der durch ein Loch ins Gewölbe fiel, und über sich hörte er Pferdegestampf. Hernach hat er sich weiter umgesehen und ist zu Rittern gekommen, die Kegel spielten, und er hat sie aufsetzen müssen und hat aus einer Kanne voll Wein, die niemals leer wurde, trinken dürfen, bis ihm der Schlaf kam.

Als er wieder aufwachte, lag er draußen in der Ruine, unter hohem Gras und unter Bäumen, die er vorher nicht gesehen hatte. Klaus pfiff seinem Hund – es kam kein Hund; er sah sich nach den Ziegen um, und da waren keine Ziegen mehr da. Verdrießlich ging er in sein Dorf hinab.

Am Hirtenhaus, das fast verfallen war, lag ein magerer Hund, der knurrte ihn garstig an, und ein Junge schrie: „Heda, was will der alte Lump?“ Er fragte einige Leute, die sahen ihn von der Seite an, ganz neugierig, gaben aber keinen Bescheid. „Wo wohnt Kurt Steffen?“ fragte er endlich. „Ho, Alter!“ rief ein Mütterchen, „der wohnt schon seit zwölf Jahren nicht mehr hier, der ist nach Oldisleben unter der Sachsenburg gezogen!“ – „Und der Velten Steier?“ – „O je!“ schrie eine andere. „Der liegt schon fünfzehn Jahre auf dem Kirchhof.“

Jetzt ward Klaus eines jungen Weibes ansichtig, die trug auf dem Arm ein Kind und führte an der Hand ein vierjähriges Mädchen, und alle drei Gesicher glichen Klausens Frau. Da fragte Klaus diese: „Wie heißt Ihr und Euer Vater?“ – „Marie!“ antwortete die junge Frau, „und mein Vater hieß Klaus, Gott habe ihn selig! Er ist vor zwanzig Jahren auf den Kyffhäuser gegangen: Hund und Herde kamen ohne ihn ins Dorf, er kam nimmer wieder, und wir fanden ihn nicht, ob wir auch Tag und Nacht nach ihm suchten.“ – „Ach Gott!“ seufzte Peter Klaus, „meine Tochter, meine liebe Marie! Ich bin es ja. Kennst du deinen Vater nicht mehr? So hätte ich zwanzig Jahre droben mit Kaiser Friedrich verträumt? Und es dünkt mich doch nur ein paar Stunden!“

Einem andern Hirten, der Schweine am Kyffhäuser hütete, verlief sich auch ein Stück seiner Herde, wie jenem die Ziege. Erst nach drei Tagen fand er es wieder und sah es aus einer Kluft in der Burg sich herauszwängen, was schwerhielt, denn es war in der Zeit eine rechte Fetzensau geworden; vorher war sie mager, und jetzt war sie so feist, daß sie schwabbte.

Als das Gerede davon unter die Leute kam, wollte der Graf von Schwarzburg gern wissen, ob daran etwas Wahres sei, und er ließ einen auf den Tod Gefangenen in das Bergloch einkriechen. Er sollte schauen, was es drunten gäbe, und der tat es denn auf Gefahr seines Lebens. Er ist nun hineingekommen auf dem Sauwege und hat den Kaiser gesehen, und der hat ihn sehr ernst angeblickt, ihm einen goldenen Ring gegeben und gesagt: „Bringe diesen Ring dem Grafen. Er soll nicht wieder dahin schicken und Leute blikken lassen, allwo er nichts zu schaffen und zu suchen hat.“

Der Bote brachte Ring und Gruß dem Grafen, der erste war schöner als der zweite, und er durfte frei von hinnen gehen.

VIII

Friedrich der Gebissene

Krieg und Zwiespalt um die Erbfolge hatten Thüringen verdorben. Schließlich behielt Heinrich der Erlauchte, Markgraf von Meißen, das Land, gab aber die Herrschaft in die Hände seines Sohnes Albrecht, während sein anderer Sohn, Diezmann, das Osterland erhielt; er selbst herrschte weiter über Meißen. Albrecht heiratete die Tochter Kaiser Friedrichs, Margarethe; er war gar mächtig in Thüringen, war auch Pfalzgraf zu Sachsen und erwarb seine Ritterwürde 1268 in einem Kriegszug gegen die Preußen.

Margarethe gebar Albrecht zwei Söhne: Friedrich und Diezmann. Er aber verfiel einer heimlichen Leidenschaft zu Kunigunde von Eisenberg. Seine Liebe zu der Nebenbuhlerin war so heftig, daß er darauf sann, wie er Margarethe aus der Welt schaffen könne. Schließlich kam er mit einem Knechte überein, daß der bei Nacht der Landgräfin als Teufel erscheinen und sie erwürgen solle. Albrecht versprach dem Knechte einen hohen Lohn und schärfte ihm ein, niemals einem Menschen von der Tat zu erzählen.

Nach dieser Abmachung wurde dem armen Knecht bange ums Herz. Tötest du deine Herrin, so überlegte er, wirst du nimmermehr froh werden können. Sind deine Eltern gleich arme Leute gewesen, so waren sie doch rechtschaffen; sie verdienen keinen Mörder als Sohn. Entläufst du aber, so wird der Landgraf um das Geheimnis bangen, dir nachsetzen und dich umbringen lassen. Das gleiche wird mit dir geschehen, wenn du dich rundheraus weigerst, die Tat zu begehen.

Diese Gedanken raubten dem Knechte den Nachtschlaf. Seine Unruhe wurde um so größer, je weiter die Zeit fortschritt und je ungeduldiger der Landgraf drängte, seine Frau ins Jenseits zu befördern. Albrecht, der das Zögern des Knechtes wohl merkte, sprach zu ihm: „Hast du die Ernte geworben, die ich dir befohlen habe?“ Der Knecht antwortete: „Herr, ich will sie werben, so wie ich es versprochen habe.“ Bei sich dachte er: Nun kannst du es nicht länger hinausschieben … Des Nachts ging er in die Schlafkammer der Landgräfin, fiel vor ihr nieder und bat: „Liebe, gnädige Frau, gnadet mir des Leibes!“ Sie fragte erschrocken: „Wer bist du?“ Er nannte seinen Namen, und sie fuhr fort: „Warum fliehst du denn zu mir und bittest um Gnade?“ Darauf er: „Frau, ich soll es noch tun, um das ich Euch um Gnade bitte!“ Sie sprach: „Du bist betrunken oder verrückt!“ Er erwiderte: „Wie dem auch sei, so gnadet meiner und Euer und hört mich an – sonst müssen wir beide sterben!“ Sie versprach, ihm zuzuhören, und er berichtete: „Mein Herr hat mir befohlen, Euch zu töten. Das will und mag ich aber nicht tun; lieber will ich mit Euch sterben. Wüßtet Ihr aber Rat, wie wir beide am Leben bleiben könnten, so wäre das noch besser.“

Da schickte ihn die bestürzte Frau zum Erbschenken Rudolf von Vargila: er möge gleich zu ihr kommen. Der Schenk erschien auch sofort, und als er gehört hatte, um was es ging, riet er Margarethe, alles zusammenzupacken, was sie an Kleinodien, Geld und den unentbehrlichsten Kleidern besaß; er wolle ihr schon helfen, heimlich von der Wartburg zu kommen. Die Landgräfin handelte nach diesem Rat, ließ eine ihrer Jungfrauen und ihre Haushofmeisterin wecken, und es dauerte nicht lange, da stand sie vor ihren beiden schlafenden Knaben, um Abschied zu nehmen. Der

Schmerz warf sie nieder, sie fiel auf den ältesten, der drei Jahre zählte, und staunend sah der Schenk, wie sie ihren Sohn in die Wange biß. Sie wollte auch den anderen Knaben beißen, doch Vargila wehrte ihr. Da sprach sie unter Tränen: „Ich will sie zeichnen, daß sie an dieses Scheiden denken, solange sie leben!“

Im Ritterhaus der Wartburg schnitten und drehten indes die beiden Frauen der Landgräfin Bänder und Seile. Daran ließen sie zuerst Margarethe, dann den Knecht und schließlich sich selbst mit des Schenken Hilfe hinab. Unbemerkt tauchten die Flüchtenden in den Schutz der Nacht.

Als am andern Morgen offenkundig wurde, daß Margarethe entkommen war, ward zu Landgraf Diezmann ein reitender Bote gesandt, um ihm das Ereignis bekanntzumachen. Diezmann hielt Hof zu Landsberg im Osterland, reiste aber sogleich zu seinem Bruder nach Thüringen. „Lieber Bruder“, sagte er zu ihm, „ich habe wohl vernommen, daß Euch Eure Frau verlassen hat. Wie kam es denn dazu?“ Albrecht antwortete: „Sie hat lange Zeit heimlich einen Buhlen gehabt. Als sie nun annehmen mußte, daß es entdeckt war, ist sie mit ihrem Buhlen hinweg.“ Da sagte Diezmann: „Laßt sie fahren und sorgt Euch nicht weiter darum. Die Kinder aber gebt zu mir.“ So kamen Friedrich der Gebissene und sein Bruder zu Diezmann, denn der hatte keine Nachkommen.

Die beiden Söhne Albrechts, den man den Unartigen oder den Entarteten nennt, wuchsen zu schönen Jünglingen heran. Sie kamen und stritten mit ihrem Vater wegen des Unrechts, das er ihrer Mutter getan hatte. Sie haßten Kunigunde von Eisenberg, die wie eine Landesherrin auf der Wartburg lebte. Viele Grafen und Ritter Thüringens hielten zu den jungen Herren, andere aber, so die Grafen von Käfernburg, Mühlberg und Gleichen, zu Albrecht. Aus dem Streit der Worte wurde ein Streit der Schwerter; Friedrich und sein Bruder nahmen einen vertrauten Rat des Landgrafen, einen Bischof des Deutschherrenordens, samt seinem

Gesinde und seinen Wappnern gefangen und entführten ihn auf das Schloß der Junker von Schlotheim, die zu den jungen Herren hielten. Nun hätte auch Albrecht gern einen seiner Söhne in die Gewalt bekommen. Er beauftragte damit den Grafen von Käfernburg, und bei einem Streiten in der Nähe von Weimar ward der junge Landgraf Friedrich gefangen, auf die Wartburg gebracht und hier in einen tiefen Turm geworfen. Sein Vater war keines anderen Sinnes, als ihn darin verhungern zu lassen.

Doch es fanden sich treue Hände, die Friedrich den Gebissenen mit Nahrung versorgten. So überstand er ein Jahr der Gefangenschaft. Da kamen etliche seiner Freunde auf die Burg und befreiten ihn und führten ihn hinweg. Nicht lange darauf starb der Oheim Friedrichs und Diezmanns, so daß den Söhnen Albrechts das Osterland zufiel. Noch ein Jahr später starb der alte Markgraf von Meißen, Albrechts Vater, und keck und schnell nahm Friedrich auch dessen Land in Besitz. Dabei standen ihm sein Bruder und die Edlen des Osterlandes zur Seite, und auch viele Thüringer Herren gewährten ihm Beistand. Darüber ward des Vaters Haß gegen seine Söhne größer denn je zuvor. Zwischen den Parteien begann neuer Krieg, der mehrere Jahre währte und das Land verwüstete.

Der römische König Rudolf kam, um die Söhne mit ihrem Vater zu versöhnen. Friedrich sollte Meißen und Diezmann das Osterland behalten, und beide sollten ihrem Vater untertänig sein, wie es frommen Kindern gezieme. Da sprach Friedrich der Gebissene: „Das alles würde ich wohl tun, müßte ich nicht stets an den Biß denken, der von meiner betrübten Mutter stammt. Die Narbe auf meiner Wange kann und will ich nicht vergessen!“ Es half also alles Friedenstiften nichts. Auch Landgraf Albrecht ließ in seinem Haß nicht nach, er wollte seine Söhne um Land und Leute bringen und alles seinem Sohne Apitz zuwenden, den er von Kunigunde hatte. Da Margarethe noch lebte, murrten die Thüringer Ritter und Städte gegen diese Absicht; sie wollten

Apitz als ihren Herrn nicht anerkennen. Nun ließ Albrecht durch König Rudolf den Sohn seiner Buhlin für ehelich erklären; er verkaufte ein Schloß nach dem andern und wandte das Geld Kunigunde und ihrem Sohn zu, damit sie ihre Macht stärken konnten. Schließlich verkaufte Albrecht dem neuen Kaiser, Adolf von Nassau, sogar ganz Thüringen für zwölftausend Mark Silbers. Das entfachte den Unwillen der Ritter und Städte aufs neue, und wieder erhob sich ein verheerender Krieg. Der Kaiser sammelte im Rheingau und in seinen eigenen Erblanden ein mächtiges Heer, zog heran und verwüstete Thüringen. Alles gedachte er zu erobern, nur die Wartburg sollte Albrecht bis zu seinem Tode behalten, dann sollte auch sie dem Kaiser zufallen. Friedrich der Gebissene und sein Bruder Diezmann warfen sich dem Kaiser tapfer entgegen und schlugen sein Heer des öfteren in die Flucht.

Während dieser Kriegshändel starb auf der Wartburg Kunigunde von Eisenberg. Im selben Jahr segnete auch ihr Sohn Apitz das Zeitliche, so daß nun alle Zwietracht ein Ende hätte haben können. Doch Albrecht der Entartete nahm, seinen Söhnen zum Trotz, eine andere Frau, die reiche Witwe eines Grafen von Arnshaugk, und so ging das Stechen und Morden weiter. In diesen Kriegswirren beschloß Friedrich zu heiraten. Es war Elisabeth, die sein Herz betörte, die Tochter jener Adelheid von Arnshaugk, die Albrecht auf die Wartburg geholt hatte. Als Friedrich die Stadt Gotha einnahm, wollte es der Zufall, daß sich Elisabeth mit einigen Freundinnen gerade auf dem Wege von Eisenach nach Arnshaugk bei Neustadt an der Orla befand. Er erblickte sie und hatte sein Herz im gleichen Augenblick an sie verloren. Mit einigen Getreuen zog er ihr nach, legte sich auf die Lauer, überfiel die Reisenden und brachte Elisabeth auf das Schloß Grimmenstein. Dort wurde sie auf das ehrerbietigste behandelt. Friedrich ließ sogleich einen freundlichen Brief an seine Stiefmutter schreiben, daß er sie wegen ihrer Tugend gern zur Mutter haben möchte und daß er ihre

Tochter nicht aus Mutwillen nach Gotha entführt habe, sondern um sie zu heiraten. Um sich diese Absicht nicht von seinem Vater durchkreuzen zu lassen, sei ihm nur der entschlossene Raub der Geliebten geblieben. Elisabeths Mutter billigte diese Gründe, und so richtete Friedrich die Hochzeit aus, bei der alle zugegen waren, die auf seiner und Diezmanns Seite standen.

Frau Adelheid verurteilte die blutigen Fehden zwischen Albrecht und seinen Söhnen, und um den Streit zu beenden, schickte sie Friedrich eine heimliche Botschaft, wie er auf die Wartburg kommen und auch Eisenach einnehmen könne. Da kam Friedrich heran mit nur fünfzehn Gefährten. Er verbarg sich mit ihnen einen Tag lang in der Grotte, die heute die Landgrafenschlucht heißt, und sobald es Nacht ward, traten sie hervor, erstiegen leicht die Höhen gegenüber und erklommen die Mauer der Wartburg ohne sonderliche Mühe. Ohne Schwertschlag fing Friedrich seinen Vater und zwang ihn, anderntags die Burg zu räumen. Albrecht der Unartige zog nach Erfurt und begabte die Stadt mit vielen umliegenden Dörfern. Die Erfurter gaben ihm dafür freie Pfründe für zwölf Personen auf Lebenszeit. Friedrich aber behauptete die Wartburg, ließ seine Gattin zu sich kommen, und auch seine Schwiegermutter weilte gerne auf des jungen Landgrafen neuem Herrschersitz.

Wie nun die Eisenacher vernahmen, daß die Wartburg verloren war, erschraken sie sehr und schickten Eilboten zum Kaiser. Mit des Königs Vögten umzogen sie gemeinschaftlich die Veste, hieben auch den Hain nieder und wollten von dem jungen Landgrafen nichts wissen. Der versetzte die Burg eilig in den besten Verteidigungszustand. Als der römische König vernahm, was geschehen war, sandte er Boten gen Mühlhausen, Nordhausen und Erfurt und forderte die Städte zum Kampf gegen Friedrich auf. Da erhob sich ringsum ein großes Getümmel von Kriegsvolk. Mit des Königs Streitern zog auch Graf von Willnau heran, der königliche Hauptmann über Thüringen. Sie rückten gegen die

Wartburg, schleuderten Steine hinauf, konnten ihr aber weiter nichts anhaben, als daß sie die Zufuhr sperrten.

Diezmann ließ seinen Bruder nicht im Stich. Er kam mit dem Herzog von Braunschweig und vielen Grafen und Rittern aus Thüringen und fuhr viele Wagen mit Lebensmitteln zusammen, ohne daß die Eisenacher etwas erfuhren. Unter starker Bedeckung, gegen welche die Belagerer keinen Angriff wagten, brachten sie die Lebensmittel auf die Wartburg. So wurde der Landgrafensitz wohl gespeist und wohl bemannt. Danach bedrängten Friedrichs Freunde die Eisenacher hart, fingen ihnen das Vieh vor den Toren weg und trieben es auf die Wartburg. Da ließ der König wieder Briefe schreiben, in denen er die Grafen und Freien Thüringens aufforderte, ihm und nicht Friedrich Folge zu leisten, zumal Thüringen vom Kaiser gekauft worden sei. Die Thüringer Herren schrieben zurück, sie wollten ihrem rechten Herrn helfen und ihm die Treue bewahren, so wie es ihre Vorfahren auch getan hätten. Darüber geriet der König sehr in Zorn, und er nahm sich vor, abermals mit Gewalt in Thüringen einzufallen. Er reiste umher, alle Lande zu einer großen Heerfahrt gegen Thüringen zu bewegen; da ward ihm ein schnelles Ziel gesetzt: er fiel durch die Hand seines Neffen, Johann von Schwaben.

Das ließ die Eisenacher verzagen, sie machten Frieden mit dem jungen Landgrafen, der alle seine Kriege in Thüringen, Meißen und dem Osterland nun zu einem für ihn guten Ende brachte. Als 1322 in Eisenach das Friedensfest ausgerichtet wurde, war das Gras auf dem Markt eine halbe Elle hoch gewachsen; so wüst war der Platz und so wüst und verwildert waren viele Teile Thüringens.

Das Kloster Reinhardsbrunn

Dies ist die Geschichte des Klosters Reinhardsbrunn, erbaut zu Ludwig des Springers Zeiten, emporgestiegen zum Hauskloster der Thüringer Landgrafen und zerstört von den getretenen, geschundenen Bauern in ihrem großen, heiligen Krieg gegen die Herren.

Als Ludwig der Springer von der Burg Giebichenstein wieder in sein Land gekommen war, suchte er eine Stätte, wo er ein Kloster bauen könnte; denn er wollte seine Sünden büßen. Nun hatte nicht weit von der Schauenburg und von Friedrichroda ein Töpfer namens Reinhard sein Haus, in dessen Nähe ein Brunnen aus der Erde sprang. Seit einiger Zeit sah der Töpfer jede Nacht zwei Lichter bei dem Brunnen brennen, und darüber verwunderte er sich über die Maßen. Aber wenn er hinging, um nachzusehen, waren die Lichter verschwunden; verließ er den Brunnen, waren sie wieder da.

Dies erzählte der Töpfer vielen Menschen, und auch Ludwig hörte von dem Wunder. Er ritt hin und fand in der folgenden Nacht die Erscheinung bestätigt. Das eine Licht brannte an der Stelle, wo das alte Kloster lag, das andere dort, wo die St.-Johannis-Kapelle hingebaut wurde. Ludwig fand, dies sei der rechte Ort für sein Kloster, ein Fingerzeig Gottes. Er ließ die Stätte räumen, die Bäume fällen, und so entstand das Kloster und erhielt seinen Namen nach dem Töpfer, der im Tale wohnte.

Ludwig der Springer trat als Mönch in das Kloster ein und vermachte ihm das Haus Schauenburg mit allem, was es barg. Im dreiundsiebzigsten Jahr starb er und wurde hinter dem Hochaltar begraben. Seitdem war Reinhardsbrunn landgräfliche Grabstätte. Als beim Tode des eisernen Landgrafen die Trauerglocken des Klosters zum dritten Male läuteten, bewegte sich ein seltsamer Zug durch den Wald. Es waren die Thüringer Ritter, die Ludwig zu Grabe brachten. Der Landgraf hatte sie an sein Totenbett kommen lassen

und zu ihnen gesagt: „Seht, ich muß nun sterben, und darum befehle ich euch, mich auf euren Achseln nach Reinhardsbrunn zu tragen. Wenn euch euer Leben lieb ist, so rate ich euch, das zu tun, was ich euch sage.“ Und da die Ritter noch den Toten wie den Teufel fürchteten, kamen sie seinem Letzten Willen nach, so sauer ihnen dieser Weg auch wurde.

Unter dem Schutze der Landgrafen blühte und gedieh Reinhardsbrunn, und es gediehen seine Mönche. Als in den Zeiten des Erbfolgestreites diese schützende Hand oft fehlte und das Faustrecht triumphierte, kam das Kloster manchmal in arge Bedrängnis. Da war im Thüringer Wald ein Übeltäter und Wegelagerer namens von Hesseburg. Der nahte in einer dunklen Nacht, aber die Mönche ließen sich nicht überrumpeln, sie stürzten bewaffnet heraus, schlugen die Räuber in die Flucht und setzten ihnen nach. Sie ergriffen den Schnapphahn, und schon tags darauf ward über ihn zu Friedrichroda Gericht gehalten und ihm der Kopf abgeschlagen. Darüber freute sich die ganze Gegend, die unter dem Räuber arg gelitten hatte. Doch die Klosterbrüder wurden dieses Sieges nicht froh. Ludwig von Hesseburg, des Gerichteten Bruder, sammelte um sich eine große Schar wüster Raubgesellen und zündete das Kloster an.

Nach und nach wurde es wieder aufgebaut, seine Mauern schützten die Mönche aber auch weiterhin nur zeitweilig vor den Wirren der Kämpfe und Fehden. Gleichwohl blieb es Zufluchtsstätte der Landgrafen, auch Friedrichs IV., des Einfältigen. Dieser letzte Thüringer Landgraf wurde wie seine Vorgänger in Reinhardsbrunn bestattet. Nach seinem Tode fiel Thüringen den Söhnen seines Vetters Friedrich zu, dem Kurfürsten Friedrich II. und dem Herzog Wilhelm III. von Sachsen. Bei der Teilung erhielt jener Meißen und dieser Thüringen, und beide Länder gingen in Sachsen auf, obwohl Wilhelm III. in der Geschichte noch häufig Landgraf von Thüringen genannt wird.

Je mehr die Grafen und Fürsten, die Äbte und Herzöge die Macht ihrer Häuser stärkten, je mehr auch die kleineren Grundherren die Bauern drangsalierten, desto lauter wurde das Murren in den Dörfern und Siedlungen, bis es sich zum Sturmwetter des deutschen Bauernkrieges steigerte. Es war am Montag acht Tage nach Ostern anno 1525, als die Feuer der Aufständischen auch in Reinhardsbrunn zu sehen waren. Der letzte Abt des Klosters, Heinrich, floh, als er sie bemerkte, feig nach Weimar und überließ die Mönche ihrem Schicksal. An demselben Morgen machte sich auch der Kellermeister auf und davon und verzog sich nach Eisenach. Am Abend, zwischen fünf und sechs Uhr, kam ein Heer von Bürgern und Bauern aus Waltershausen, bei achthundert Mann stark, in das Kloster und öffnete die Kerker, in denen die Gefangenen schmachteten. Anderntags rückten ganze Bauernhaufen von Gotha und Brotterode heran, nahmen von dem Kloster Besitz, und als die Armen und Geplagten den aufgehäuften Reichtum sahen, den Glanz und die Herrlichkeit und die Fülle der Speisen und Getränke – da brach die angestaute Wut über die Dämme, sie aßen und tranken, bis sie nicht mehr konnten, und zertrümmerten, was der Prior nicht noch zuvor insgeheim nach Weimar hatte fahren lassen.

Neunzig geharnischte Knechte rückten von Waltershausen heran, um das Kloster zu schützen, aber sie konnten nichts ausrichten. Zur Vesperzeit kamen Abgeordnete von Weimar und am andern Tag der mit dem Abt geflohene Klosterschreiber mit zwei Panieren. Sie steckten ein Panier auf den Turm, das andere auf die Hauptpforte, aber damit gewannen sie, wie sich denken läßt, das Kloster auch nicht zurück – die Bauern rissen die Fahnen mit dem Fürstenwappen in Fetzen.

Die vereinigten Fürsten nahmen furchtbare Rache an den Bauern und zwangen sie wieder hinab in Armut und Fron. Das zerstörte Kloster aber wurde nicht wieder eingerichtet. Zwar fanden sich zunächst die meisten Mönche wieder ein – denn die Bauern hatten sie laufen lassen – und wollten das gewohnte Klosterleben wieder aufnehmen. Die Fürsten gaben ihnen aber zu verstehen, sie möchten ehrliche Handwerke erlernen, sich nach Gutdünken verehelichen und der Welt nach Gottes Geboten nützlich werden. So wurde die Reformation für die Reinhardsbrunner Mönche zum Fegefeuer – die Zeit selbst hatte ihr „Ruhe in Frieden“ über dem Kloster angestimmt.

IX

Das Wirtshaus an der Heerstraße

Im Thüringer Wald, dicht an einer der alten Heerstraßen, gibt es ein verfallenes Gemäuer, das man kaum noch als den Rest eines Gebäudes erkennt. Denn die Mauern sind längst in sich zusammengefallen und überwuchert von Beerenkraut, Gras und Brombeerhecken. Und wo einst Räume waren, in denen Menschen lebten, lachten und litten, ist nun Wald.

Ein wenig tiefer, halb verborgen im Gehölz, liegt ein dunkler Teich, ein Tümpel eigentlich nur, aber von großer Tiefe. Er soll aus dem Brunnen entstanden sein, der einst zu dem Haus gehörte. Alte Tannen ragen schwärzlich und steil um das stille Wasser gleich finsteren Wächtern, die ein dunkles Geheimnis hüten.

Nachts soll es dort nicht geheuer sein; der Wind stöhnt so eigen hier, und die schwarzen Wächter haben dann heimlich raunende Stimmen.

Die Mauerreste stammen von einem einst stattlichen Wirtshaus. Der einzige Sohn der Wirtsleute folgte eines Tages den Werbern der Fürsten, die sich im Dreißigjährigen Kriege gegenüberstanden. Hungrig nach wilden und geldbringenden Abenteuern verließ er die Eltern. Was sollte er daheim sich schinden, um die Schulden an den Zinsherren, den Grafen von Pappenheim, loszuwerden? So hielten ihn weder der Mutter Bitten noch des Vaters Drohungen: er lief der Werbetrommel nach.

Lange Jahre blieb er fort. Die Eltern mühten sich, die Schuldenlast abzutragen und sich freizukaufen von ihrem Herrn, damit der Sohn, wenn er wieder heimkäme, Gefallen daran fände, bei ihnen zu bleiben. Sonderlich die Mutter tat alles, den Sohn nach seiner Heimkehr halten zu können; sie betrog und bestahl das fremde Kriegs- und Handelsvolk, das bei ihr einkehrte, wo sie konnte.

Nur selten schickte der Kriegsknecht eine Nachricht nach Hause. Die Jahre gingen dahin, und siebzehnmal war es schon Lenz gewesen, seit er die Eltern verlassen hatte. Da kehrten im einsamen Wirtshaus eines Abends zwei Reiter ein. Es war eine wilde Nacht. Der Wind orgelte in Schluchten und Tiefen der Berge, stöhnend bogen sich die starken Tannen unter der Gewalt des Sturmes, und es war ein unheimliches Leben in den Lüften, als sei heute der Böse leibhaftig los samt seiner Höllensippe.

Die fremden, bärtigen Reiter aßen und tranken, und der eine brachte Kunde vom fernen Sohn des Hauses: er komme bald selber. Der andere blieb stumm, saß im Halbdunkel der Wirtsstube und ließ seinen Kumpan mit dem Herbergsvater um ein Nachtlager für sich verhandeln. Er selber brauche hier keins, sagte dieser froh, er wolle heut noch ins Dorf hinunter, da warte ein Mädchen auf ihn, und bald ritt er davon.

Der Stumme blieb stumm, zog nur vorm Schlafengehn eine prall mit funkelnden Dukaten gefüllte Geldkatze aus seinem Wams und bezahlte die ganze Zeche. Als er in seine Kammer gegangen war, sah das Weib den Mann mit berauschten Augen an. „Hast du das Gold gesehen?“

„Was nützt es mir?“ antwortete der.

„Frei wären wir mit diesem Beutel“, sagte das Weib. „Der Junge kommt, Vater, und wie schön wäre es, wenn wir dann alle Schulden bezahlt hätten!“

„Ja“, sagte der Mann grübelnd, „aber der Reiter ist ein

Starker, der schlüg uns morgen zuschanden, würde ihm in der Früh die Katze fehlen."

Das Weib hat den Blick einer Besessenen, nur der Gedanke an das Geld belebt ihr Hirn. „Er schläft", flüstert sie, und ihre Augen glühn. „Es ist keiner weiter im Hause heute – – die Axt lehnt hinter der Stalltür ..."

Den Mann befällt ein Zittern, er wehrt sich, aber die Frau schiebt ihn zur Tür, beschwört, fleht zuletzt. Ihre Besessenheit steckt ihn an, und plötzlich hat er die Axt in der Hand und weiß nicht, wie es kam.

Mit wild pochenden Herzen stehen sie dann im Raum des Schlafenden. Die Flamme des Kienspans malt unruhige, drohende Schattenungeheuer an die rauhe Wand. Man hört die friedlichen Atemzüge des Ruhenden. Wie ein Kind schläft er, denkt der Mann – und vermag nicht die Axt zu heben.

„Mach zu!" drängt die Frau den Zögernden und hebt den Kienspan höher; da taucht das Gesicht des Fremden aus dem Dunkel, fast ganz überwuchert von einem wilden Kriegsbart. Nur eine weiße Stirn sieht man jetzt. Der Ruhende regt sich, spürt im Traum wohl eine Gefahr, versinkt aber gleich wieder im wohligen Dunkel des Schlafes.

Da reißt die Frau die Axt aus den schlaffen Händen des Mannes und schlägt zu. Ein erwachender und zugleich brechender Blick des Gemordeten trifft sie noch, dann ist's vorbei. Sie rafft die Geldkatze an sich. Dann schleppen sie zusammen den Toten durch Dunkelheit und Sturm und Höllengelächter hinunter zum Brunnen und vergraben ihn im Morast.

Am Morgen kommt der fröhliche Kumpan des Reiters wieder und fragt mit verstohlenem Lachen nach seinem Gesellen, dessen Geheimnis er nun nicht länger mehr wahren will, freut er sich doch im stillen schon auf die selig erschrockenen Gesichter der Eltern.

„Fort ist er in aller Früh", stottert die Frau, und der Mann beginnt zu zittern und wird fahl.

Der Reiter sieht verwundert das seltsame Gebaren der Leute. Und da: Auf den weißgescheuerten Tannendielen läuft eine Spur von dunklen Tropfen – der Söldner kennt geronnen Blut von seinem Handwerk her –, und draußen wiehert sein Roß dem Kameraden im Stall Antwort. „Ja, fort ist er!" sagt die Frau und hat scheue Augen ...

Der Kriegsmann muß sich einen Augenblick an den Türpfosten lehnen in entsetzter Erkenntnis. „Euer Sohn war's", stammelt er und hetzt davon.

Schrill schreit das Weib auf – der Mann sinkt in sich zusammen.

Sie haben den Wirt an einem Fichtenast gefunden. Die Frau ist in den Brunnen gegangen. Nun soll ihre arme Seele allnächtlich um den Sumpf am Teich irren und jammernd nach ihrem erschlagenen Kind suchen.

Der böse Vogel in Gera

Zwei lustige Gerarer Handwerksgesellen saßen beisammen und schmiedeten Zukunftspläne. Sie wollten die Stadt verlassen, weil die Pest in ihr hauste und sie keine Lust hatten, Opfer des Schwarzen Todes zu werden, der schon so viele dahingerafft hatte. Wie sie nun so dasaßen, ihren Wein tranken und beratschlagten, wohin sie sich am besten wenden könnten, erblickten sie plötzlich in einem Winkel der Stube eine dünne Rauchsäule von bläulicher Farbe. Ganz langsam stieg der Rauch zur Decke, und mit Verwunderung sahen die Gesellen, daß er sich allmählich in ein Loch verzog. Vom Wein und vom vielen Reden schon nicht mehr ganz nüchtern, legten die beiden der Erscheinung keine Bedeutung bei. Sie machten sogar ihre Späße über das seltsame Rauchgebilde, und der eine schlug lachend einen Pflock in das Loch, in dem der Rauch nun gänzlich verschwunden war.

Am anderen Tage gingen die Gesellen auf Wanderschaft.

Vor der Stadt trennten sie sich, der eine wandte sich nach Süden, der andere nach Norden. Zuvor verabredeten sie, daß sie sich nach fünf Jahren wieder in Gera treffen und sich ihre Erlebnisse erzählen wollten.

Als die Zeit vergangen war, kehrten die Gesellen nach Gera zurück, und sie trafen sich wieder in der Stube, in der sie am Abend vor ihrem Aufbruch gezecht hatten. Der Pfropfen stak noch in der Wand, und als der Geselle ihn erblickte, der ihn hineingeschlagen hatte, lachte er: „Sieh da! Vor fünf Jahren habe ich einen Vogel in dieses Loch gesperrt; wir wollen doch mal sehen, ob er noch da ist!“ Er zog den Pflock aus der Wand, und sofort schlich sich der gleiche bläuliche Rauch heraus, der damals hineingezogen war. Es dauerte nicht lange, da verfärbte sich das Gesicht des Gesellen, der Schwarze Tod warf ihn nieder und löschte sein Leben aus. Er war das erste Opfer einer neuen Raserei der Pest, die Gera nun schrecklicher als je zuvor heimsuchte.

Der Mörder

Am Dietrichsberg, so wird in Völkershausen erzählt, hat einmal ein prächtiges Schloß gestanden, in dem ein ganz unmenschlicher Ritter wohnte. Er war schon viermal verheiratet, seine Frauen aber waren alle nach kurzer Zeit gestorben, so daß man allerlei Unheimliches über ihn munkelte. Aber so ein vornehmer und reicher Herr kriegte immer wieder zehn Weiber leichter als unsereins eine einzige. Und so kam es denn, daß er sich nun um die bildschöne älteste Tochter eines reichen Müllers drunten an der Werra bewarb und mit seiner Werbung auch Glück hatte. Er führte das Mädchen bald als seine Gemahlin auf das Schloß, wo nun ein Fest dem anderen folgte.

So ging es eine Zeitlang ganz gut, bis eines Tages der Ritter zu seiner Frau trat, ihr das Schlüsselbund überreichte und sagte: „Liebe Frau, ich muß mich auf einige Zeit von dir entfernen. Hier gebe ich dir alle Schlüssel; schalte und walte im Schloß ganz nach deinem Willen. Nur um eins bitte ich dich: Gelobe mir bei unserer Liebe, das Zimmer, zu dem dieser kleine Schlüssel da paßt, in meiner Abwesenheit nicht zu betreten; es käme sonst ein großes Unglück über dich und mich." Die Frau gelobte ihm das, und er überreichte ihr noch ein prächtiges goldenes Ei und sagte, sie möge es ja gut bewahren; fände er bei seiner Rückkehr nur einen Flecken daran, so wäre dies ein Zeichen, daß sie das verbotene Zimmer betreten habe, und großes Unglück sei dann unvermeidlich. Die Frau gelobte nochmals, gehorsam zu sein, und so reiste der Ritter ab.

Doch kaum war er der Frau aus dem Gesicht, da überkam sie eine solche Neugierde, daß sie sich nicht länger bezwingen konnte und unverzüglich an die verbotene Tür eilte. Sie fand einen Schwan an seidenem Faden als Wächter angebunden, der sie nochmals warnte, in das Zimmer zu gehen. Aber die Neugier der Frau war stärker als alle Warnungen, und so stand sie bald, entsetzt und totenbleich, in dem schauerlichen Gemach. Sie sah einen großen Kessel mit Menschenblut; daneben war eine Tafel, auf der die blutigen Köpfe aller bisherigen Frauen des Ritters aufgestellt waren. In ihrer Angst ließ sie das goldene Ei fallen. Sie hob es mit zitternden Händen auf und eilte zurück in ihre Zimmer. Erst hier bemerkte sie die blutigen Flecken an dem Ei. Alle Versuche, die Blutspuren wegzuwischen, waren vergebens.

Mit Angst sah sie der Rückkehr des Ritters entgegen. Und der kam bald genug. Seine erste Frage war die nach dem goldenen Ei, und als er die Blutspuren daran sah, geriet er in furchtbare Wut, faßte seine Frau an ihrem schönen Haar, schleifte sie in jenes Schreckenszimmer, schlug ihr an dem Becken den Kopf ab, stellte ihn auf die Tafel zu den anderen und ließ den Körper feierlich beerdigen.

Es dauerte nicht lange, da hatte sich der Ritter auch die zweite Schwester aus der Mühle geholt, und der ging es nicht besser als der ersten. Nun kam die Reihe an die jüngste. Die war bei ebenso großer Neugier pfiffiger als die beiden anderen, band das goldene Ei in ihr Sacktüchlein ein befestigte es so an ihrem Gürtel, bevor sie das verbotene Zimmer betrat. Sie erschrak nicht weniger als ihre Schwestern, aber verlor die Besinnung nicht, griff nach den Köpfen der Schwestern, steckte sie in einen Sack und verbarg sie sorgfältig in dem Kasten ihrer Kutsche. Als ihr Gemahl zurückkam und über das fleckenlose Ei große Freude äußerte, ließ sie sich nichts anmerken und bat ihn nun bei seiner Liebe, sie auf einen Besuch zu ihrem Vater zu begleiten. Der Ritter willigte sofort ein. Als sie in der Mühle ankamen, erzählte sie alles heimlich ihrem Vater und zeigte ihm als Wahrzeichen die Köpfe ihrer Schwestern.

Der Müller geriet in maßlose Wut und wagte den schrecklichen Kampf mit dem Ritter, der sich zuletzt mit genauer Not auf sein Schloß flüchtete. Dort eilte er sogleich nach dem Schreckenszimmer, um nachzusehen, ob seine Frau auch wirklich die beiden Köpfe mitgenommen hatte. Hier aber stellte sich ihm der Schwan entgegen, und mit ihm hatte der Ritter nun einen neuen Kampf zu bestehen. Dabei wurde der Schwan immer größer und stärker, so daß der Mörder endlich unterlag. Der Schwan packte ihn mit seinem Schnabel, schleifte ihn in das Zimmer und erstickte ihn im Blute seiner Frauen. Das Schloß wurde verflucht und verschwand vom Erdboden.

Der Langenberger Frontanz

Einst fuhr am zweiten Pfingstfeiertag Kaiser Heinrich durch Langenberg. Mitten im Ort brach ein Rad seines Wagens, und er befahl den Langenberger Handwerkern, ihm beizustehen und den Schaden zu beheben. Die Langenberger aber feierten gerade mit vielen Gästen aus der Umgebung ein Fest, und übermütig ließen sie dem Kaiser ausrichten, sie hätten jetzt keine Zeit, sie müßten tanzen.

Erbost über die Absage, ordnete der Kaiser einen Frontanz an, der mit einem Rügegericht verbunden war und in jedem Jahre abgehalten werden mußte. Bis zum Jahre 1656 fand dieser Frontanz am zweiten Pfingstfeiertag statt, danach am dritten Pfingstfeiertag und seit 1728 am vierten Wochentage oder am Mittwoch nach Pfingsten. Es mußten Paare aus den Dörfern Hirschfeld, Stübnitz, Rindersdorf, Niederndorf und anderen Ortschaften der Herrschaft Gera erscheinen, auch welche aus dem Gebiet des Amtes Eisenberg, und alle mußten sich bei einer umzäunten Linde einfinden. Wer zum Frontanz nicht erschien, hatte Strafe zu zahlen; und die Spielleute und das Bier, das getrunken wurde, gingen auch auf Kosten der Frontänzer.

Sobald das Faß Bier, das unter der Linde lag, angezapft worden war, eröffnete der Landgerichtsdiener mit einer Frönerin den Tanz, und die Paare mußten so lange fleißig sein, bis der Zapfen des Fasses wieder trocken war. Die Langenberger Bürgerschaft hatte, in Schwarz gekleidet, dem Tanz zuzusehen. 1703 ist auch ein Pfarrer als Frontänzer aufgetreten, weil er Besitzer eines fronpflichtigen Hofes war. Mit Fron und Hörigkeit verschwand auch der Langenberger Frontanz. Der mit ihm verbundene Jahrmarkt aber wurde noch lange danach abgehalten.

Des Bauern Enteignung

An dem Wege von Hünfeld nach Eiterfeld liegt im Wald ein kleines Tal, das die grüne Delle genannt wird. Hier wollen die Leute eine weißverschleierte Frau, die da umgehen soll, gesehen haben, und sie berichten darüber:

In der grünen Delle lag einst ein schönes Bauerngut, das die Herren zu Buchenau als Lehen vergaben. Einer von ihnen, ein gar schwacher Herr, heiratete ein bösartiges, habsüchtiges Fräulein, deren Bild heute als „die Ahnfrau von Buchenau“ in dem Saal des dortigen Schlosses hängen soll.

Die kam einst auf den in der grünen Delle liegenden Hof, und da er ihr besonders wohlgefiel, versuchte sie, ihn auf jegliche Art wieder an sich zu bringen. Der Bauer aber hielt hartnäckig an dem Seinen fest und ließ sich durch alle Quälereien der Buchenauer Gerichte nicht irremachen. Sie brachten jedoch den Streit so verdreht nach Wetzlar, daß das Reichskammergericht daselbst der Frau von Buchenau das Gütchen zusprach und den Bauern obendrein zu allen Kosten verurteilte. Ausgepfändet und ruiniert, nannte er das Verfahren eine Räuberei und verfluchte und verwünschte die vornehme Dame derart, daß die sofort ihren Fronvogt in die grüne Delle schickte, um den Wütenden gefesselt nach Buchenau ins Burgverlies abzuführen. Als der Bauer hier die Dame erblickte, rief er ihr in seinem gerechten Zorn noch zu: „Ich weiß nun, daß ich meinen rechtlich durch Erbschaft erworbenen Hof nie wiedersehen werde, dafür aber sollst du, Räuberin meines Gutes, keine Ruhe im Grabe finden und ewig als ein Gespenst in der grünen Delle umgehen!“

So bösartig nun auch die Edelfrau war, so drang ihr doch dieser Fluch durch Mark und Bein. Alle Versuche, den Bauern zu bewegen, ihn zurückzunehmen, scheiterten an seinem festen Sinn; seine Antwort war immer: „Ich fürchte dich nicht mehr!“ Selbst Peitschenhiebe, Krummschließen und Hunger brachten ihn nicht zum Widerruf.

So hatte er viele Monate gefangengesessen, und die Frau von Buchenau hatte sich ebensolange schlaflos auf ihrem Lager gewälzt. Schon war der Lenz ins Land gezogen. Da befahl sie eines Morgens ihrem Vogt, den widerspenstigen Bauern aus dem Verließ zu entlassen. Der Vogt ging. Als er jedoch bald darauf wieder vor seiner Herrin erschien und ihr berichtete, er habe den Gefangenen tot mit geballter Faust in dem Kerker gefunden, da entsetzte sich die Frau von Buchenau dermaßen, daß sie einen Herzschlag bekam und tot zu Boden stürzte.

Noch in selbiger Nacht sah man sie schon als Gespenst in der grünen Delle unruhig hin und her irren, und das muß sie bis auf den heutigen Tag tun.

Der Rodaer Bierkrieg

In der Stadt Roda war seit jeher die Kunst des Bierbrauens zu Hause. Die Bürger trieben dieses Geschäft mit einem Eifer, den sie für nichts anderes aufzubringen vermochten, und ihre Braurechte waren ihre heiligsten Güter.

Davon konnten alle jene Dörfer ein Liedchen singen, die es wagten, trotz der Rodaer Bevorrechtung selbst Bier zu brauen. Einmal brauten die Bauern von Laasdorf und Söllnitz etwas mehr von dem Gerstensaft, als ihnen für ihren Haustrunk erlaubt war. Sogleich wurden sie von den Rodaern beschuldigt, den städtischen Bierhandel arg geschädigt und damit eine Todsünde begangen zu haben. Es blieb nicht bei diesen Vorwürfen, sondern die Rodaer rückten in Wehr und Waffen an und übten ein schlimmes Strafgericht an den Dörflern. In Laasdorf steckten sie sogar Hans Zöpfels Haus in Brand.

Ganz aus der Fassung aber gerieten die Rodaer Bierbrauer, als gemunkelt wurde, auch das Rodaer Kloster habe seine beschränkten Brau- und Schankrechte wider alles Gesetz erweitert. Die Bürger ließen Arbeit Arbeit sein, versammelten sich in den Gasthäusern und schwangen Reden, als gälte es, die Welt von der Pest zu erretten. Dann randalierten sie auf den Straßen und stießen wilde Verwünschungen gegen das Kloster aus. Der Propst kannte seine Rodaer und befürchtete, da es um Bier ging, das Schlimmste. So rief er den Grafen Heinrich von Reuß um Beistand an. Der war ein Raufbold und beschloß ohne Zögern, mit seinem Kriegsvolk von Gera nach Roda zu ziehen. Er liebte die Abwechslung und das Beutemachen, und so dauerte es nicht lange, bis er mit seinem Haufen vor der Stadt Roda lag.

Diese Wendung der Dinge hatten die Rodaer Bürger freilich nicht vorausgesehen. Jetzt hieß es für sie, die Stadt rasch in einen wehrhaften Zustand zu versetzen, um den Feind gebührend zu empfangen, wenn er eindringen wollte. Nun mußten die Rodaer aber zu ihrem Schrecken feststellen, daß sie vor lauter Bier und über all den Ausfällen gegen die umliegenden Dörfer die Befestigungen der Stadt arg vernachlässigt hatten. Ihr Versuch, in einer Stunde nachzuholen, was in Jahren versäumt worden war, konnte nicht gelingen. Zwar rannten sie wie besessen durch die Stadt, begannen an den Türmen und Toren zu flicken, brachten aber nichts zu Ende. In der Hetze verfielen einzelne Bürger auf die sonderbarsten Gedanken. Der eine verkleisterte eine Bresche mit Kuhmist, der andere schleppte Steine auf die halb verfallenen Wehrgänge, als ob er damit die Geraer Fettguschen aufhalten könnte.

Die Befestigungen waren so verwahrlost, daß am Roten Tor sogar das Schloß fehlte. Als der Bürgermeister das gewahrte, stand er ein paar Augenblicke ratlos; dann sah er eine große Möhre, die von einem Wagen gefallen war – die nahm er flugs und steckte sie in den Haspen des Tores, dabei schwörend, nach dem Sieg über die Geraer wolle er sofort ein ordentliches Schloß anbringen lassen.

Kaum hatte jedoch der Bürgermeister das Rote Tor verlassen, da roch ein in dem Getümmel herumirrender Ziegenbock die Möhre und fraß sie behaglich auf. Als Graf Heinrich von Reuß an das Tor kam, fand er es unverriegelt, und so fiel ihm die Stadt leicht in die Hände.

Die Rodaer mußten nun zusehen, wie der Kriegshaufen des Grafen tagelang auf ihre Kosten aß und trank und sich vergnügte. Besonders sprachen die Eroberer dem Rodaer Bier mächtig zu, das sie tatsächlich der Mühen des Marsches von Gera nach Roda wert fanden.

Den Rodaern blieb nichts anderes übrig, als sich damit zu trösten, dem Feinde nicht im Kampfe, sondern durch einen dummen Zufall unterlegen zu sein. Deshalb setzten sie drei kräftige Möhren in ihr Stadtwappen. Damit war jedoch der Spott der ganzen Umgebung herausgefordert, und so beschlossen die Ratsherren, die Möhren in drei stolze Türme umzuwandeln. Doch das verwischte die Erinnerung an den gefressenen Verschluß des Roten Tores nicht, und noch lange Zeit mußten sich die Rodaer Kinder den Namen „Rodsche Möhre" gefallen lassen.

Der Schmied von Roda

In dem Dörfchen Roda lebte einmal ein Schmied, der hatte so recht seinen Kopf für sich. Er hörte nicht auf den Pastor, er hörte nicht auf den Amtmann, er lebte in seiner Schmiede, als wäre er frei wie ein Fürst und keinem Menschen untertan. Dabei war er ein Schalk, der gern mit den Bauern seinen Spaß trieb und dem das Lachen immer näher stand als das Weinen.

Wenn er auf seinen Amboß schlug, rief er bei jedem Schlag lauthals: „Jetzt prügle ich den Teufel aus, den Teufel aus dem Haus!"

Es war verständlich, daß diese gottlosen Reden dem Pastor zugetragen wurden. Und da der Pastor dem Schmied nicht sehr gut gesonnen war, weil der sich nicht in der Kirche blicken ließ, meinte er, es sei der Tag gekommen, mit ihm Abrechnung zu halten. So rief er seine alte Haushälterin zu sich und befahl ihr, zum Schmied zu gehen und ihn zum Pfarrhaus zu holen. Er, der Herr Pastor, habe mit ihm zu sprechen.

Die Haushälterin band sich eine saubere Schürze um, versteckte die grauen Haare unter ihrem Kopftuch und trat wenig später in die Schmiede.

Da stand der Schmied am Amboß und schlug voll Kraft auf das Eisen. Und dazu sang er: „Jetzt prügle ich den Teufel aus, den Teufel aus dem Haus!" „Guten Tag", sagte die Haushälterin, „hör einmal, Schmied, der Pastor schickt

mich, und du sollst mit mir kommen, er will mit dir sprechen."

Der Schmied hieb mit dem Hammer auf das Eisen, daß die Funken sprangen, legte dann den Hammer beiseite und stemmte die Hände in die Hüften.

„So", sagte er, „der Pastor will mich sprechen. Dann werde ich ja wohl mitkommen müssen."

Beim Pfarrhaus angekommen, trat er sogleich in die Studierstube ein, wo der Pastor geruhsam in seinem Brevier las, zog die Tür hart hinter sich ins Schloß und fragte, was man so von ihm wolle. Man möge sich kurz fassen, er habe am Vormittag noch zwei Pferde zu beschlagen.

Der Pastor legte das Brevier zur Seite, schaute den Schmied an und trat dann auf ihn zu. Zwar konnte er ihm nicht in die Augen sehen, weil er ihm nur bis zur Schulter reichte, aber er begann ihm dennoch eine Strafpredigt zu halten, von der er meinte, sie gehöre zum Besten, was er je gesagt hatte.

„Deine Seele wird verflucht sein", schloß er nach langer Predigt, „wenn du nicht die gotteslästerlichen Reden läßt. Mein Sohn, das Leben auf Erden währt nur kurze Zeit; gedenke an das Leben nach dem Tode und bessere dich."

„O ja", sagte der Schmied, „das mag wohl alles wahr sein, und es wäre schon gut, wenn ich mich bessern könnte. Denn höret, Herr Pastor, da träumte mir vor einigen Tagen, ich sei gestorben und meine Seele stünde vor der Himmelstür und fordere Einlaß. Aber der Petrus schüttelte nur mit dem Kopf und brummte, daß für einen so argen Schelm kein Platz im Himmel sei. Daraufhin bat ich ihn, er solle doch einmal den Herrn Pastor an die Pforte holen, der würde gewiß für mich bitten. Aber der Petrus sagte nur schroff, daß der Herr Pastor nicht im Himmel sei. Seht Ihr, Ehrwürden, da stand ich, und mir war gar nicht wohl. Doch sah ich ein, daß ich im Himmel nichts zu suchen hatte, hattet doch auch Ihr, Herr Pastor, keinen Einlaß gefunden."

Der Pastor verstand gar wohl den Spott und jagte den Schmied aus dem Haus. Es war da aber noch der Amtmann, der dem Schmied nicht wohlwollte, und wenige Tage später trat ein Knecht in die Schmiede und befahl dem Schmied, sogleich mit ihm zu kommen. Der Herr Amtmann habe mit ihm zu sprechen.

„Hm", dachte der Schmied, „es wird mit ihm gehen wie mit dem Pastor. Aber mir soll es recht sein." Und er band sich den Lederschurz ab und ging mit.

Der Amtmann musterte den Schmied finsteren Blickes und sagte: „Weshalb zahlst du die Abgaben nicht, die unser Herr dir auferlegt hat? Ich weiß, daß dir nichts am Pastor gelegen ist und daß du nicht in die Kirche gehst. Das schert mich wenig. Aber wenn du die Abgaben nicht zahlst, wirst du, so wahr ich hier stehe, in die Hölle kommen."

„Ach", sagte der Schmied, „die Hölle schreckt mich wenig. Denkt nur, vor Tagen träumte mir, ich sei gestorben. Da machte ich mich gleich auf den Weg zur Hölle, denn ich wußte ja, daß ich im Himmel nichts zu suchen hatte. Wie ich aber zur Hölle kam, wollte mich der Teufel nicht hereinlassen. Er schrie, es sei kein Platz mehr am Feuer, da säße schon der rodaische Amtmann und keiner könne es neben ihm aushalten. Ich solle mich von dannen scheren. Seht, da mußte ich wieder meines Weges ziehen. Aber die Abgaben werde ich von nun an zahlen, vielleicht öffnet mir Petrus dann doch noch den Himmel."

Den Amtmann überwältigte der Zorn. „Du sollst für deine Rede büßen", schrie er, „paß auf, du wirst mir schon noch zahm."

Und er ließ die Wache kommen und befahl, den Schmied ins Verlies abzuführen. Denn wer Kirche und Obrigkeit nicht anerkenne, habe kein Recht auf Freiheit.

Der Schmied machte sich nichts daraus. Er saß im Verlies, pfiff, sang und schimpfte und meinte, der liebe Gott werde ihn schon nicht verlassen, und wenn er von seiner Not zufällig nichts wisse, seien ja immer noch die Rodaer da.

Es sollte sich bald herausstellen, daß seine Hoffnung nicht vergeblich war.

Noch am gleichen Tag sprach sich die Kunde im Dorf herum, daß der Schmied im Verlies säße. Der Wirt in der Schenke machte an diesem Abend ein gutes Geschäft. Es wurde viel getrunken, es wurde noch mehr geredet, und es wurde ein Plan geschmiedet, von dem man sich allgemein viel versprach.

Denn vom anderen Tag an backte der Bäcker kein Brot, war das Kramlädchen geschlossen, verließ das Gesinde den Hof des Amtmanns; alle Arbeit ruhte, daß es den Besonnenen bald angst wurde. Doch blieben sie bei ihrem Vorsatz, so lange nichts zu tun, bis der Schmied wieder in seiner Schmiede sei, und nach vier Tagen mußte der Amtmann den Schmied freilassen, es wäre sonst das Vieh gestorben und die Frucht auf den Feldern verkommen.

Als dann der Schmied wieder an seinem Amboß stand

und der Wind in der Esse sang, da lachte er, schwang den Hammer, schlug auf das Eisen und rief dann: „Jetzt prügle ich den Amtmann aus, den Pastor aus und jag sie aus dem Haus!“ Und er erzählte jedem, der es hören wollte, wie er es dem Pastor und dem Amtmann gegeben habe, und seitdem – ihr könnt es glauben – haben die Menschen in Roda ihren eigenen Kopf.

Der gute Born von Möhra

Im Jahre 1688, am 12. des Monats Juni, pflügte Hans Peter Luck von Möhra auf seines Vaters Acker, der links am Wege nach Etterwinden, an dem sogenannten Seeb, gelegen war. Da sah er dort unvermutet eine starke Quelle zu Tage gehen. Der erstaunte Bauer rief den in der Nähe hütenden Schäfer herbei, erweiterte mit seiner Hilfe die Öffnung des Sprudels und gewahrte nun, wie die Quelle in der Tiefe aus einem kellerähnlichen Gewölbe hervorkam. Das Wasser war molkig, hatte einen seltsamen Geschmack und färbte die Erde umher mit einem gelblichen Schlamm.

Die aufgefundene Quelle wurde bald näher bekannt, und man entdeckte in ihr ein so vortreffliches Heilmittel gegen allerlei Leibesübel, daß von nah und fern viele dahin eilten und für ihre Gebrechen Genesung suchten und fanden. Die Feldbirnbäume in der Nähe hingen bald voll Krücken, die die geheilten Lahmen aus Dankbarkeit hier zurückgelassen hatten. Als die Gemeinde solches Wunder sah, erwachte in ihr der Eigennutz, und sie gedachte, die Quelle zu ihrem Vorteil auszubeuten. Sie beschloß, ein Häuschen über den segensreichen Born zu setzen und einen Opferstock daneben zu errichten, um das so gewonnene Geld unter sich zu verteilen. Sie führte das auch aus. Darob aber erzürnten die gütigen Berggeister, die solchen Segen dem Orte gespendet hatten, und riefen den Sprudel zurück. Vergebens hofften die Möhraer noch lange Jahre auf die Rückkehr der Quelle.

Klüger als der Teufel

In Buttstädt wohnte ein Ehepaar, das wollte schier verzweifeln. Es wünschte sich ein Kind so wie nichts auf der Welt, aber die Sehnsucht der beiden ging und ging nicht in Erfüllung.

Als die Frau eines Tages auf dem Jahrmarkt einkaufte, sah sie zwischen den Buden ein so hübsches Mädchen von ungefähr drei Jahren stehen, daß ihr die eigene Kinderlosigkeit fast das Herz zerriß. Sie ging zu dem Kinde, herzte und drückte es, aber die eifersüchtige Mutter kam herzu und riß ihr die Kleine aus den Armen.

Ein Mann hatte den Vorfall beobachtet, legte der unglücklichen Frau die Hand auf die Schulter und sagte, er sei wohl in der Lage, ihren Kummer zu stillen. Da leuchteten die Augen der Frau in neuer Hoffnung auf. Der Mann erklärte, er handle mit Heilkräutern; es sei auch eines darunter, das sie in den Stand versetzen würde, bald ein Kind zu tragen. Er wolle ihr das Kraut unter einer Bedingung geben: Bis zum achtzehnten Lebensjahr solle das Kind ganz den Eltern gehören, aber dann müsse es zu ihm gebracht werden, damit er im Alter auch eine Freude und eine Stütze habe.

Die Frau ahnte bei dieser Bedingung nichts Gutes. Doch der Wunsch nach einem Kinde war so übermächtig in ihr, daß sie einwilligte. Sie sagte sich, in achtzehn Jahren könne allerhand geschehen, und es würden sich vielleicht auch Mittel und Wege finden lassen, den Mann zu überlisten. So wurden sie handelseinig, und nach einem Jahr schenkte die Frau einem Knaben das Leben, der so prächtig gedieh, daß er der ganze Stolz und das ganze Glück der Eheleute war.

Jahr um Jahr verging, und die Frau dachte schon fast nicht mehr an den unseligen Vertrag, den sie geschlossen hatte. Aber am fünften Geburtstag des Jungen stand plötzlich der Kräuterhändler vor ihr, und am Pferdefuß sah sie, mit wem sie sich da eingelassen hatte. Sie riß den Knaben, der vor ihr auf dem Fußboden spielte, in die Arme, um ihn zu beschützen, aber der Mann hatte ihn schon am Bein gefaßt, und als sie hinsah, bemerkte sie an dieser Stelle ein rotes, gezacktes Mal. Der Teufel hatte ihr Kind gezeichnet. Die Frau beschwor den Klumpfuß, doch vom Vertrag zurückzutreten und ihr Mutterglück nicht zu zerstören. Doch der Teufel lächelte nur höhnisch und sagte: „Vertrag ist Vertrag. Daran habe ich dich heute erinnern wollen, und das Mal wird dir jeden Tag sagen, daß ich den Jungen an seinem achtzehnten Geburtstag zu mir hole."

Das Herz der Mutter klopfte zum Zerspringen. Fieberhaft sann sie auf einen Ausweg. „Holt *mich!*" rief sie verzweifelt, „aber laßt den Jungen seinem Vater!" Doch der Teufel wehrte nur ab. „Nein, ich will den Jungen holen!" Um die Frau zu quälen, setzte er hinzu: „Aber vielleicht hast du einen Vorschlag für einen Vergleich? Wenn ja, dann laß hören!"

Da kam der Frau eine Idee. „Mein Mann hat drüben in der Kammer eine große Waage hängen", sagte sie. „Wie wär's, wenn wir sehen würden, wer schwerer ist – Ihr oder der Junge? Ich muß doch zumindest die Gewißheit haben, daß Ihr meinen Sohn auch tragen könnt, wenn er auf der Reise müde werden sollte. Seid Ihr schwerer, so will ich mich nicht länger auflehnen, ist aber der Junge schwerer, so gehört er mir für immer, und Ihr habt kein Recht mehr auf ihn."

Der Teufel hielt diesen Vorschlag für eine verrückte Ausgeburt der Angst und stimmte zu. Wie sollte das zarte Knäblein auch schwerer sein als er, der ausgewachsene, stattliche Teufel?

Sie gingen hinüber in die Kammer, und hämisch drängte der Teufel: „Na los, Frau, es soll nach deinem Vorschlag geschehen." Er setzte sich auf die eine Waagschale, und die Frau hob ihren Jungen auf die andere. Als sie die beiden Schalen losließ, schnellte die mit dem Teufel so ruckartig in die Höhe, daß sich Meister Urian fast den Kopf an der Decke eingestoßen hätte.

Fluchend sprang er herunter und fragte die Frau, wie sie dies Wunder fertiggebracht habe.

Die Mutter, jetzt ganz ruhig, entgegnete: „Es war kein Wunder. Denn wie konntet Ihr nur annehmen, Herr, daß ein Menschenkind leichter wiegen würde als der Teufel?“

Als der Teufel seinen Namen hörte, sprang er mit einem lästerlichen Fluch ins Freie. Er hatte das Spiel verloren und kehrte niemals wieder zu der mutigen und klugen Frau zurück.

Wie ein Fambacher den Teufel überlistete

Vor vielen Jahren stand einmal ein Fambacher Bauer mit schwerem Herzen vor seinem Feld. Er sah über die fast reifen Halmfrüchte und überlegte hin und her, wo er sie unterbringen sollte, denn wenige Tage vorher war ihm seine Scheune bis auf den Grund abgebrannt.

Da trat ein feingekleideter grüner Jägersmann auf ihn zu, sprach erst von dem und jenem und frug ihn zuletzt, was ihn drücke. Der Bauer erzählte ihm sein Leid, machte aber gewaltig große Augen und wich aus, als der Grüne sich erbot, ihm die Scheune noch vor dem ersten Hahnenschrei des kommenden Morgens, und zwar weit größer und schöner als die vorige, aufbauen zu lassen. Der Böse aber, der sich nunmehr erkannt sah, vertrat dem Bauern den Weg und ging offen mit der Sprache heraus. Er wiederholte seinen Antrag und forderte dafür, daß der Bauer ihm die Seele seines Kindes verschreibe, welches seine Frau noch unter dem Herzen trug.

Der Bauer erschrak anfangs sehr über diese Zumutung. Da aber der Böse nicht abließ, ihm zuzureden, besann er sich eines anderen und schloß den Pakt ab.

Als darauf die Geisterstunde kam und eine Menge Fuhren mit Holz, Steinen, Ziegeln, Lehm und dergleichen von vielen Arbeitern auf dem Hofe abgeladen wurden und diese dann den Bau selbst begannen, da wurde die Bäuerin über das nächtliche, unheimliche Treiben ganz bestürzt und frug ein über das andere Mal ihren Mann, was das Gewühl auf dem Hofe zu bedeuten habe. Er aber wich ihr stets aus und beobachtete vom Bodenloch ängstlich den rasch fortschreitenden Bau der Scheune. Jetzt blieb nur noch ein Feld im Fachwerk, dann wäre sie fertig. Es war die höchste Zeit. Hals über Kopf stürzte der Bauer nach dem Hühnerhause, klatschte dort mehrmals in die Hand, und der Hahn krähte so laut, daß es weithin tönte. Hätte der Verwegene noch einen Augenblick gezögert, dann wäre auch der letzte Stein vermauert, der Pakt gültig und sein Kind auf ewig verloren gewesen. So aber mußte der betrogene Teufel samt seinem Gelichter mit langer Nase abziehen. In dem offen gebliebenen Mauerfach der Scheune haftete später weder Stein noch Lehm, es blieb, wie es der Teufel verlassen hatte.

Der grünende Pfahl

Nahe beim Dorf Untermaßfeld erhebt sich der Hexenberg, so genannt, weil auf ihm die Hexen nicht etwa tanzten, sondern verbrannt wurden, und zwar sehr viele.

So war auch ein armer Junge aus Leutersdorf, namens Hans Schau, der Hexerei angeklagt, wurde im Amt zu Maßfeld torquiert und mußte, wie sehr er auch seine Unschuld beteuerte, bekennen, daß er ein schändlicher Hex sei, und da kam es von Jena, daß er verbrannt werden sollte. Der Jüngling wurde zum Dorfe hinausgeführt, über die Werrabrücke, die Hexentreppe und den Berg hinauf. Viel Volk lief mit.

Als der Armesünderzug den Berg etwa halb hinauf war, kam man an eine Stelle, wo ein Bauer Pfähle einschlug, um junge Bäume anzubinden. Da wandte sich bei einem dieser Pfähle der Jüngling weinend nach dem Volk, hob seine gefesselten Hände gen Himmel und rief: „So wahr ich unschuldig zum Tode geführt werde, so wahr wird Gott ein Zeichen tun und geben, daß dieser dürre Pfahl ausschlägt und zum starken Baume wird!" Die Richter und das Volk aber lachten über den Burschen, und oben ward er verbrannt.

Wie alles wieder herunterkam, blieben einige bei dem Pfahl stehen, und siehe, da sproßten grüne Blättlein heraus und braune Zweiglein, aus denen Knospen brachen, und lebendiges Grün sprang aus dem toten Holz. Darüber wunderte sich jedermann und ging nachdenklich nach Hause. Und seitdem ist keine Hexe und kein Hexenmeister mehr im Henneberger Land verbrannt worden. Der Pfahl aber wurde eine starke Buche, die einzige am Hexenberg, der sonst mit Nadelholz bewachsen ist, und steht noch in Köhlers Berggarten, wo jeder sie sehen kann.

Das unsichtbare Dorf

Zwischen der Stadt Themar und den Dörfern Marisfeld und Oberstadt liegt ein weites Feld, welches das Gertles, auch Gätles und Gartles, heißt. Dort hat vorzeiten ein großes Dorf gestanden, dessen die Urkunden vom Jahre 914 schon unter dem Namen Gartilar gedenken. Auf welche Weise es zur Wüstung wurde, weiß niemand zu sagen. Die Sage aber spricht: Das Dorf ist noch da, man sieht es nur nicht.

Ein Reisender, der an einem Sonntage durch jene Gemarkung wanderte, sah vor sich ein schönes Dorf liegen und vernahm das erste Geläute der Kirchenglocken. Als er ins Dorf kam, sah er auch die Kirchgänger zahlreich aus ihren Häusern treten und der Kirche zuschreiten; ihre Tracht war aber auffällig alt. Der Reisende grüßte einige der Kirchgänger und fragte sie, wie ihres Dorfes Name sei. Aber keiner dankte dem Gruß, keiner sprach ein Wort, und aller Augen waren starr und glanzlos und ihre Gesichter totenbleich. Da grauste es dem Reisenden, und von einem unaussprechlichen Schauer gepackt, enteilte er dem unheimlichen Dorfe.

Wundersames kündet die Sage vom Glockenschlag der Mitternachtsstunde im verschwundenen Dorfe Gertles. Wer den Mut hat, dem zu lauschen, kann zu großem Glücke gelangen. Aber er muß dem Schall in jeder der heiligen zwölf Nächte zuhören, vom ersten Weihnachtstag an bis zum Tage der Heiligen Drei Könige. Ein Bauer aus Marisfeld hatte diesen Mut. Jede Nacht in den zwölf Nächten ging er auf das verrufene Feld hinaus, hörte nichts, sah nichts – plötzlich in der dritten Nacht aber tönte ganz nah ein so furchtbar dröhnender Glockenschall an sein Ohr, als ob er dicht unter der großen Erfurter Domglocke stände, und ehe der vierte Schlag erfolgte, hatten ihn Schreck und Grausen schon zu Boden geworfen, auf dem er sich in bangem Schweigen wie ein Wurm krümmte. Halb sinnlos blieb er liegen bis zum Morgengrauen, wankte nach Hause und lag lange tödlich krank. Dann aber genas er und begann wieder zu arbeiten, und nun glückte ihm alles, was er begann; er hatte reiche Ernten, und Korn und Weizen würden gewachsen sein, auch wenn er Steine gesät hätte. Er wurde der reichste Mann des Dorfes, und zwar ohne allen Schaden an seiner Seele. Aber von der Zeit an entstand das Sprichwort, wenn einer zu unbegreiflich schnell wachsendem Reichtum gelangte: „Der hat es in Gertles zwölf schlagen hören."

Der Nichtsnutz

Über Löbers Jungen gab es in Menterode Klagen über Klagen. Nichtsnutziger Kerl und ungeratener Wanst waren noch nicht die schlimmsten Titel, die ihm die Bauern gaben. Es war auch zum Haareausraufen mit ihm: wenn im Brunnenbecken der Zapfen fehlte, das Pferd des Mühlhäuser Botenmannes nach langem Suchen irgendwo in den Wiesen gefunden wurde, wenn an den Türen tote Mäuse baumelten oder sonstiger Schabernack die Leute ärgerte – man konnte gewiß sein, daß Löbers Junge dahintersteckte.

Nun trieben zu jener Zeit auf der Hainleite, im Helbe- und Wippertal fünf Räuber ihr Unwesen, verschlagene Kerle, denen nicht beizukommen war. Mal hieß es, es seien entsprungene Sträflinge, andere wollten wissen, es handle sich um entlassene Söldner, und wieder andere sahen in ihnen Menschen, denen Unrecht getan worden war und die sich dafür rächten. Einigkeit herrschte nur darin, daß die fünf Räuber ehrliche Arbeit wie die Pest haßten, daß sie der Ausbund alles Schrecklichen waren und endlich unschädlich gemacht werden mußten. Aber so viele Streifen die Bauern auch schon unternommen hatten – die Spur der Räuber verwischte sich immer wieder auf geheimnisvolle Weise.

Schließlich schien es, als hätten die fünf ihr Unwesen in eine andere Gegend verlegt, denn längere Zeit bemerkte man nichts von ihnen. Niemand wurde überfallen, keins der üblichen Schurkenstücke wurde mehr bekannt. Deshalb herrschte auf der Menteroder Kirmse gute Laune, und die Leute wetteiferten in ihren Mutmaßungen darüber, wohin wohl die Räuber verschwunden sein könnten.

Sie wurden von ihren Unterhaltungen abgelenkt durch ein Rasseln im Hof des Wirtshauses. Ein stattlicher Wagen hielt dort. Vor ihn war ein starker Gaul gespannt, und auf dem Wagen standen fünf große Fässer.

Der Mann, der den Wagen gelenkt hatte, sprang leichtfüßig herab, schirrte den Gaul aus und betrat die Gaststube. Er setzte sich unter die Bauern und bestellte Essen und Bier. Die Menteroder beäugten den Fremden mit Neugier und Mißtrauen und fragten ihn, wo er herkomme und wohin er wolle. Er sei ein Kaufmann, antwortete der Fremde, in den Fässern habe er Sämereien, die er nach Bamberg kutschiere. Dieser Auskunft ließ er Berichte von seinen vielen Fahrten folgen, die ihn in zahlreiche Länder geführt hätten, so daß die Bauern alles Mißtrauen fahren ließen und den Kaufmann als lieben Gast ansahen.

Bei dem vielen Erzählen war die Zeit verflogen, und die Frauen zu Hause warteten schon mit Ungeduld, daß ihre

Männer zum Abendbrot kämen. So auch die Löberin. Sie bat ihren Nichtsnutz, den Vater zu holen. Da aber der fremde Kaufmann soeben ein Faß Freibier gegeben hatte, mißachtete Löber das Warten seiner Frau und schickte den Jungen aus der Gaststube. Der bekam so Gelegenheit, sich ein wenig auf dem Hof herumzutreiben, wo er sich auch an dem Wagen und an den Fässern zu schaffen machte. Als er an das eine Faß geklopft hatte, blieb er wie angewurzelt stehen. Dann rannte er hinein zu seinem Vater und flüsterte ihm atemlos zu:

„Vater, in dem einen Faß draußen steckt einer! Ich hab dran geklopft, und da hat's gefragt: Ist's Zeit?"

Löber teilte diese Wahrnehmung sofort heimlich dem Wirt mit. Unauffällig gingen beide hinaus und klopften auch an die Fässer. Und jedesmal kam's von drinnen: „Ist's Zeit?" – „Noch nicht!" antwortete Löber jedesmal; denn ihm und dem Wirt war nun klar, daß der fremde Kaufmann mit seinen Kumpanen nichts Gutes im Schilde führte.

Die beiden Männer gingen wieder in die Gaststube und

hießen den Kaufmann gradheraus einen gemeinen Lumpenhund und Betrüger; denn es seien gar seltsame Sämereien in den Fässern. Bei diesen Anschuldigungen sprang der Fremde auf, sein Gesicht verzerrte sich, und in seiner Hand blitzte ein Pistol. Doch Löber ließ ihn nicht zum Schuß kommen. Er hatte einen Knüttel von draußen mitgebracht, den er dem Kaufmann so wuchtig aufs Haupt schlug, daß der unter den Tisch rutschte.

Nun drängten alle auf leisen Sohlen nach draußen. Löber flüsterte vor jedem Faß: „Es ist Zeit!" Da hoben sich die Faßdeckel, und die wilden Köpfe der Räuber kamen zum Vorschein. Sie machten ebenfalls mit Menteroder Knütteln Bekanntschaft. Danach wurden sie gefangengenommen und zusammen mit ihrem Anführer dem Gericht übergeben.

Am Kirmesabend lobte das ganze Dorf den Löber, daß er einen so gewitzten Nachwuchs habe. Aus dem Nichtsnutz war der Held des Dorfes geworden. Besonders der Wirt konnte die Klugheit und Entschlossenheit des Jungen, der ihm sein Hab und Gut gerettet hatte, nicht genug rühmen und spendierte dem Nichtsnutz einen köstlichen Kirmeskuchen.

Das Frühmahl

Auf dem Schlosse zu Rudolstadt herrschte die verwitwete Katharina von Schwarzburg, eine geborene Fürstgräfin von Henneberg, während der Dreißigjährige Krieg durch die Lande wütete. Sie hatte für das Land ihrer unmündigen Söhne einen kaiserlichen Schutzbrief erwirkt, denn es nahten ihm des blutgierigen Herzogs Alba räuberische Scharen.

Der Herzog kam in Rudolstadt an und lud sich auf ein Frühstück bei der Gräfin auf dem Schlosse ein, und diese Einladung konnte nicht abgelehnt werden. Während der Herzog mit seinen Begleitern und Gefolge sich's wohlschmecken ließ, taten die spanischen Soldaten nach ihrer

Gewohnheit, trieben den Bauern das Vieh weg, plünderten und erpreßten Geld. Klage auf Klage traf ein, und die Gräfin hieß ihren ganzen männlichen Hofstaat und alle Schloßdienerschaft sich bis an die Zähne bewaffnen, dann trat sie in den Speisesaal zu Herzog Alba und klagte ihm die Ungebühr seiner Landsknechte, indem sie des Kaisers Freibrief zeigte. Alba aber sagte: „Krieg ist Krieg!" Da sprach die Gräfin: „Schreibt einen Brief, Herr Herzog, an Euer Volk, daß sie meinen Untertanen alles wiedergeben, was sie raubten, und auf der Stelle ihrer Zügellosigkeit Einhalt tun." – „Wie, Frau Gräfin?" fragte unmutig der Herzog und zeigte keine Neigung, der Aufforderung Folge zu leisten; da rief die Gräfin ganz entrüstet: „Ihr wollt nicht? Nun, bei Gott, Fürstenblut für Ochsenblut!" Sie winkte mit der Hand, und durch alle Türen drängte sich Mann an Mann eine Schar Geharnischter mit bloßen Schwertern und spitzen, scharfen Partisanen.

Der Herzog wurde blaß und flüsterte mit dem Herzog von Braunschweig, der bei ihm war. Dann schrieb er die Order. Der Herzog von Braunschweig lachte und lobte, äußerlich im Scherz, innerlich im Ernst, die Schloßherrin, die nun gar demütig dankte und die Bewaffneten entließ. Alba schwieg und ging und mag lange an das Rudolstädter Frühmahl gedacht haben. Diese wackere Gräfin ruht in der Kirche zu Rudolstadt, und über ihrer Gruft ist ein schönes metallenes Denkmal mit nachrühmender Schrift zu sehen.

Der Amtmann von Ichtershausen

An einem Märztage des Jahres 1680 verließ ein stattlicher Reisewagen den thüringischen Flecken Winterstein. Er wurde von einem Gespann junger, feuriger Pferde gezogen. Kräftig legten sie sich ins Geschirr, obwohl sie schon seit dem frühen Morgen unterwegs waren und in Winterstein nur eine halbe Stunde Rast gemacht hatten.

Die beiden Braunen waren der Stolz des Mannes, der auf dem Bock saß und die Zügel in seinen großen, roten Händen hielt. Er hatte die Tiere aufgezogen, sie das Arbeiten gelehrt, und seitdem sie dem Reisewagen Herzog Bernhards vorgespannt wurden, kutschierte Hans – so hieß der Mann auf dem Bock – noch einmal so gern.

Bis Winterstein war der Wagen auf guten Straßen rasch vorwärts gekommen. Deswegen hatte Herzog Bernhard, bequem im weichen Polster des Wagens ruhend, auch prächtige Laune. Er pfiff leise ein Lied vor sich hin, trommelte vergnügt mit den weiß behandschuhten Fingern auf seinen dicken Knien und betrachtete wohlwollend den breiten Rükken seines bewährten, verläßlichen Kutschers.

Die zügige Fahrt mit den rassigen Jungpferden war aber nicht der einzige Grund der guten Stimmung Herzog Bernhards. Endlich hatte er mit seinen sechs Brüdern den Erbsonderungsvergleich schließen können, und aus dem Besitz seines Vaters Ernst, des Frommen, war ihm ein Teil der ehemaligen Grafschaft Henneberg zugefallen. Das war vor wenigen Wochen, im Februar, gewesen, und nun war Bernhard unterwegs, seinen neuen Besitz persönlich in Augenschein zu nehmen.

Der Wagen hatte aber noch nicht lange Winterstein verlassen, als es in den Wäldern ringsumher zu sausen und zu krachen begann. Über dem Rennsteig ballten sich schwarze Wolkenfelder zusammen. Hans drehte sich nach einem prüfenden Blick über die Spitzen der Bäume halb zum Herzog um und bemerkte:

„Jetzt wird's ungemütlich, Durchlaucht."

Bernhard war inzwischen das Pfeifen vergangen, zumal der Weg, der zum Gerberstein hinaufführte, sich unmittelbar an einem Abgrund hinzog, der auch mutigen Männern eine Gänsehaut beibringen konnte. Nichtsdestotrotz befahl der Herzog:

„Nur weiter, Hans! Bis der Sturm richtig losbricht, sind wir oben!"

Hans wandte sich wieder halb um, dem Herzog etwas zu entgegnen, aber das Wort blieb ihm in der Kehle stecken. Er sah, wie von der Höhe zur Linken ein halbdürrer, entwurzelter Baum über den Steilhang heruntergestürzt kam, genau auf das Gespann zu. Jetzt gewahrten auch die Pferde die Gefahr, ihr schrilles Wiehern stieg in die Luft, und der Wagen begann bedenklich zu schwanken.

Noch ehe der Herzog, zu Tode erschrocken, das Gesicht in den Händen bergen konnte, war Hans mit einem mächtigen Satz vom Bock heruntergesprungen. Er bändigte mit seiner Bärenkraft die Gäule und hielt sie am Gebiß fest. In diesem Augenblick schlug der Baum auch schon krachend und splitternd auf den Weg auf, um dann, getrieben von der Wucht seiner Talfahrt, in den Abgrund zu stürzen. Nur um wenige Fußbreit hatte er die Pferde verfehlt.

Als sich der Herzog gefaßt hatte, führte Hans Pferde und Wagen den Weg weiter aufwärts. Sicher schritt er vor den Tieren her, und trotz des Unwetters, das ihn bis auf die Haut durchnäßte, erreichte er mit dem Herzog wohlbehalten die Höhe, wo sie in einer Schutzhütte Unterschlupf fanden.

Als Sturm und Regen vorüber waren und der Weg fortgesetzt werden konnte, dachte Herzog Bernhard noch einmal an die überstandene Gefahr. Er erschauerte bei dem Gedanken, daß er jetzt ebensogut zerschmettert im Abgrund liegen könnte, und es drängte ihn, dem Kutscher die mutige Tat zu lohnen.

„Ehe wir weiterfahren“, sagte er, „sollst du dir etwas wünschen. Was es auch sei – ich werde deinen Wunsch erfüllen.“

Der alte Kutscher biß sich vor Verlegenheit auf die Lippen und brachte eine ganze Weile keine Silbe hervor. Schließlich fragte er:

„Kann ich mir's überlegen, Durchlaucht?“

„Gewiß“, antwortete Herzog Bernhard. „Überleg dir's bis morgen früh.“

Am andern Morgen wußte Hans seinen Wunsch. Er trat

vor den Herzog und sagte: „Durchlaucht, macht mich zum Amtmann von Ichtershausen!“

Herzog Bernhard hatte alles erwartet, nur das nicht. Was war bloß in dem langen, roten Schädel des Kutschers vor sich gegangen? Amtmann! Der Kutscher glaubte doch wohl selbst nicht daran, daß ihm dieser Wunsch erfüllt werden könnte. Nein, nein, das war ganz undenkbar: ein Amtmann, der weder lesen noch schreiben konnte!

Bernhard versuchte alles mögliche, Hans von seiner verrückten Idee abzubringen. Vergeblich. Der Kutscher blieb bei seinem Wunsch. „Amtmann will ich werden“, sagte er halsstarrig, „weil's keine Gerechtigkeit mehr gibt im Lande, und ich habe doch Euer Durchlaucht fürstliches Wort!“

Der Herzog bot ihm einen Kutscherlohn, der einer Amtmannsbesoldung gleichkam – Hans schlug ihn aus. Auch mit einem Bauernhof war er nicht einverstanden und nicht mit einer Leibrente, nach der sich ein Höhergestellter die Finger geleckt hätte – er wollte Amtmann von Ichtershausen werden.

In seiner Ratlosigkeit wandte sich Herzog Bernhard nach Gotha und fragte dort an, ob man nicht einen Weg finden könne, dem Wunsche des Kutschers der Form nach Genüge zu tun, ohne der Herrschaft zu schaden und Entscheidungen in die Hand eines Kutschers zu legen. Nach langem Hin und Her wurde beschlossen, Hans zum Titularamtmann von Ichtershausen zu ernennen und ihm einen gewitzten Assessor beizugeben, der die wirkliche Arbeit im Interesse der Herrschaft leisten sollte.

Zuerst schien es, als ginge der Plan auf, der Hans die Rolle eines Strohmannes zuschob. Doch bald begann der, selbst seines Amtes zu walten und die seiner Meinung nach entschwundene Gerechtigkeit von neuem ins Land zu tragen. Herren, die Bauern mißhandelten, legte er Geldbußen auf, die er im Namen des Herzogs mit unerbittlicher Strenge eintrieb. Höflinge, die mehr verbrauchten, als ihnen zustand, zwang er, das unrechtmäßig Genommene zurückzugeben. Wenn der Assessor fassungslos und verzweifelt eine derartige Order des Amtmannes aufsetzen mußte, kommentierte Hans: „So wird's gemacht und nicht anders! Schließlich bin ich Amtmann und steh dem Herzog Red und Antwort dafür, daß es gerecht zugeht in seinem Land."

Schon nach ein paar Wochen häuften sich die Beschwerden beim Herzog über den neuen Amtmann. Um Hansens Praxis zu studieren, ging Bernhard selbst ins Amtslokal, wo gerade ein Junker angekommen war, der eine Order zur Zahlung einer Geldbuße erhalten hatte.

Der Herzog beobachtete von einem Nebenzimmer aus, wie der Junker auf den Amtmann losfuhr:

„Du hergelaufener Saukerl, du wagst es, mir diese Order zu schicken! Mein Großvater hat die Bauern gestraft, die ihren Zins nicht zahlten, mein Vater hat's genauso gemacht, und ich soll's anders halten? Da hast du deine Buße, Kerl!"

Mit diesen Worten ging der Junker auf den Amtmann los, hob die Reitpeitsche, um sie ihm ins Gesicht zu schlagen. Der Junker hatte jedoch nicht mit der Geistesgegenwärtigkeit des alten Kutschers gerechnet. Hans fing den Streich mit seiner großen, roten Hand auf, entwand dem Junker die Peitsche und schwang sie nun selbst. Während er das Leder Hieb um Hieb auf Kopf und Leib des Junkers niedersausen ließ, sagte er mit ruhiger Stimme:

„Ja, mein Großvater ist gestraft worden, und mein Vater ist gestraft worden, und wenn es eine Gerechtigkeit gibt, dann müssen die gestraft werden, die nicht aufhören zu schurigeln und zu rauben und zu schänden. Solange ich Amtmann zu Ichtershausen bin, merkt Euch das, Herr, gibt's auf einen Streich zwei andere, und die Tracht, Herr, die Ihr heute bekommt, soll Euch nachdenklich machen, ob's in Gottes Namen ist, arme Bauersleut' zu bestehlen und zu sengen ..."

Bei dieser langen Rede und noch mehr durch die wuchtig geführten Schläge war Hans doch etwas außer Atem gekommen. Er hielt ein und starrte auf den Junker, der sich am Boden wand. In eine Zimmerecke gepreßt, zitterte der Assessor, als hätte auch er Prügel bezogen. Dem durch den Türspalt spähenden Herzog hatte die Amtspraxis des neuen Amtmanns nicht minder die Sprache verschlagen, zumal er ausgerechnet die kräftigste Amtsausübung des Kutschers miterlebt hatte, die von der Sage berichtet wird.

Bleich vor Zorn öffnete Herzog Bernhard die Tür. „So also mißbrauchst du meine Gunst!" herrschte er Hans an. „Legt ihn in Ketten!" befahl er, aber es waren keine Knechte da, die es hätten tun können. Als der Herzog bemerkte, daß er mit Hans, dem zitternden Assessor und dem zerprügelten Junker allein war, machte er kehrt, um Leute zu holen.

Die Knechte drangen in die Amtsstube ein, doch der Amtmann war verschwunden. Er ward nie mehr gesehen. Aber manchmal erschien er dem Herzog im Traum, und nach einer solchen Nacht war der Fürst immer besonders reizbar. Herzog Bernhard benutzte auch nie mehr den Weg zum Gerberstein, wenn er über den Rennsteig fuhr; er fürchtete sich zeitlebens vor der Schlucht, vor der Kutscher Hans ihn einst errettet hatte.

Die blinden Hessen

Die Stadt Mühlhausen in Thüringen wurde einmal von den Hessen belagert. Viele der Verteidiger waren bald tot, verwundet oder gefangengenommen. Da kam die Stadt denn in große Not, und sie durfte kaum hoffen, einer neuen Bestürmung standzuhalten. Sollte sie sich jetzt ergeben oder kämpfen bis auf den letzten Mann? Verzweifelt zerbrachen sich die Ratsherren darüber die Köpfe. Endlich aber gab einer von ihnen einen guten Rat für einen letzten Rettungsversuch. Lachend hörte man ihn an, und in der nächsten Nacht tat man, wie der Schlaukopf empfohlen hatte.

In die Mauer, welche die Stadt umgab, steckte man hölzerne Pfähle, und kreuzweise wurden daran kurze Stäbe befestigt. Darüber hängte man Kleider, wie die Bürger und die Söldner sie trugen. Mützen und Hüte, Stiefel und Waffen kamen dazu, und bald sah es aus, als ob in geringer Entfernung voneinander zahllose Kämpfer auf der Mauer ständen. Zwischen den hölzernen Puppen gingen dann, als der Morgen anbrach, alle noch am Leben gebliebenen Männer bewaffnet auf und ab.

Wie wunderten sich da die Belagerer über die vielen Verteidiger, die der Stadt noch zu Gebote standen! Das hatten sie nie und nimmer vermutet. Nach einer kurzen Beratung gaben sie daher die Belagerung auf und zogen ab. In der befreiten Stadt aber lachte und spottete man nun weidlich über die blinden Hessen.

Wie der Räuber Henning überlistet wurde

Auf dem Hellerstein gibt es steile Schluchten und tiefe Felsspalten. In einer dieser Höhlen hauste einst der gefürchtete Räuber Henning. Er war von der Sorte, die ihrem Pferde die Hufeisen verkehrt aufschlägt, um Verfolger in die Irre zu führen, und die auch sonst mit allen Wassern gewaschen ist.

Aus dem Flecken Heldra hatte Henning ein Mädchen geraubt und in seine Dienste gezwungen. Sie mußte ihm das Essen kochen, die Kleider flicken und auch sonst alles tun, was ihr Herr von ihr verlangte. Sie war fleißig und tat alles zu Hennings Zufriedenheit, so daß sie weder Not noch Drangsal kannte. Nur die Sehnsucht nach ihrer Familie machte ihr das Herz schwer. Damit sie nicht in Trübsal verfalle, erlaubte ihr der Räuber, am Himmelfahrtstage auf ein Stündchen nach Hause zu gehen und Eltern und Geschwister zu besuchen. Sie mußte schwören, daß sie keinem Menschen sagen werde, woher sie komme, wo sie so lange gewesen war und wohin sie wieder gehe.

Als das Mädchen das geschworen hatte, lief sie aus der Höhle und durch den Wald nach Heldra, und das Herz wollte ihr schier zerspringen bei dem Gedanken, denselben Weg wieder zurückgehen zu müssen. Sie zermarterte sich ihr Hirn, wie sie die verlorene Freiheit wohl wiedergewinnen könne, und als sie in Heldra ankam, glaubte sie, die Lösung gefunden zu haben.

Zu Hause wurde sie mit großer Freude empfangen. Sie mußte sich setzen, und ihre Eltern und Verwandten brachten ihr die besten Speisen. Als sie selbst mit zugreifen und den Tisch abräumen wollte, drückte sie der Vater auf den Stuhl – zu froh waren er und alle anderen, das Mädchen wieder bei sich zu haben. Wie aber entsetzten sie sich, als sie ihnen sagte, sie müsse nun wieder fort und dahin zurückkehren, woher sie gekommen sei. Die ganze Familie bestürmte sie mit Fragen: wo sie gewesen und wie es ihr ergangen sei, und wo denn der Ort liege, zu dem sie wieder zurückkehren müsse.

Getreulich hielt das Mädchen seinen Eid und erwiderte auf alle Fragen nur, daß sie nichts sagen dürfe. Da drangen die Verwandten noch besorgter in sie, aber ihr Mund schwieg, und sie ließ sich auch nicht zurückhalten. Weinend blickten Vater und Mutter und alle Geschwister ihr nach, als sie dem Walde wieder zuschritt, und alle fürchteten, sie könnten sie zum letzten Mal gesehen haben.

Ihre Brüder entdeckten aber, daß sie ihre Spur mit Erbsen gekennzeichnet hatte, folgten ihr und kamen so in die Höhle des Räubers. Dort war ihre Schwester gerade dabei, Henning die Lagerstatt zu bereiten, und sie hörten ihn sagen, wie froh er darüber sei, daß seine Haushälterin wiedergekommen war. Da drangen sie tiefer hinein, und als der Räuber sie erblickte, verfärbte er sich und sagte zu dem Mädchen, daß sie ihren Schwur doch gebrochen habe und deshalb bis in alle Ewigkeit verflucht sei. Mit gutem Gewissen aber konnte sie darauf verweisen, daß sie, wie ihr Schwur lautete, kein Sterbenswörtchen gesagt hatte, und ihre Brüder bestätigten es und erzählten, auf welche Weise sie in die Höhle gekommen waren.

Da gab sich Henning geschlagen. Er mußte mitkommen und wurde für seine Untaten verurteilt.

Das Mädchen aber freute sich der wiedergewonnenen Freiheit und dankte ihren Brüdern zeitlebens.

Der Räuber Paulus

Einst hauste in den Vorbergen der Rhön, besonders am Beyer, ein gefürchteter Räuber mit Namen Paulus. Die Leute hatten vor ihm solche Angst, daß sie nicht einmal seinen Namen auszusprechen wagten; denn er erschien überall da, wo er genannt wurde. Diese Macht besaß er deshalb, weil er mit dem Teufel einen Pakt geschlossen hatte. Er konnte die Menschen festmachen, die er mit seiner Bande berauben wollte, und ließ er sich einmal fangen und einstecken, so war mit Sicherheit damit zu rechnen, daß er am andern Morgen wieder auf und davon war; denn für ihn war kein Schloß zu fest und keine Mauer zu dick.

Einmal waren einige seiner Bande bei einem Bauern in Mittelsdorf eingestiegen, um den großen Kessel aus der Küche zu stehlen. Sie wußten nicht, daß dieser Bauer auch mehr konnte als Brot essen, und so bemerkte er sie, schlich sich in die Küche, bannte die Räuber fest, als sie gerade den Kessel ausheben wollten, und rief dann die Häscher aus Kaltennordheim herbei. Doch ehe sie das Raubgesindel fesseln konnten, stand auch schon Paulus mitten unter ihnen. Er vermochte mehr als der Bauer, löste dessen Bann, machte ihn samt den Häschern nun selbst fest und verschwand mit seinen Gesellen und dem Kessel.

Ein andermal verkaufte ein reicher Bauer zu Glattbach ein paar fette Ochsen an den Metzger. Als er nun abends bei Licht sein Geld noch einmal nachzählen wollte, griff sein Kind dauernd nach den blanken Laubtalern, um damit zu spielen. Da fluchte der Bauer, das ganze Geld solle der Paulus holen. Trotzdem gab das Kind keine Ruhe. Der Bauer strich ärgerlich das Geld in den Beutel und hielt ihn mit den Worten zum Fenster hinaus: „Da, Paulus, hast du das Geld!“ – Der ließ sich das nicht zweimal sagen, griff zu und verschwand.

Paulus besuchte auch einmal das Gehöft Steinberg, über Dermbach gelegen. Er hatte sein Pferd in den Stall gebracht und ließ sich gerade das Frühstück schmecken, als auf dem Gehöft ein Kommando fürstbischöflicher Husaren eintraf und sich bald darauf ebenfalls zum Frühstücken niederließ. Das Gespräch kam auch auf den Räuber, den keiner der Husaren von Angesicht kannte. Als er gegessen hatte, ging er einen Augenblick hinaus, betrat dann wieder das Zimmer und sagte: „Wenn ihr Paulus fangen wollt, so kommt bald nach, meine Zeit ist hier vorbei!“, grüßte und verschwand. Die Husaren erholten sich schnell von ihrem Erstaunen, sprangen auf und zogen rasch ihre Pferde aus dem Stall, um dem frechen Gesellen nachzusetzen. Der war aber schlauer als sie gewesen und hatte den Pferden, ehe er sich zu erkennen gab, die Bauchgurte durchschnitten.

Der Probst von Zella hatte auch ein Abenteuer mit Paulus. Als er hörte, der Räuber liege in einem Hause des Dorfes Empfertshausen, bot er in aller Eile einen Trupp bewaffneter Leute auf, zog nach Empfertshausen und umstellte das Haus. Der Räuber aber verwandelte sich schnell in einen prächtigen schwarzen Gockelhahn, flog auf den unteren Teil der Haustür und krähte dem Probste fröhlich entgegen. Der war verwundert über das schöne, furchtlose Tier und streichelte ihm einige Male über den Kopf und Rücken. Dann ließ er das Haus vom Boden bis zum Keller nach Paulus durchsuchen, jedoch vergebens. Zu seinem nicht geringen Ärger erfuhr der geistliche Herr später, wen er so freundlich gestreichelt hatte.

Paulus trieb sein Wesen lange Zeit fort, bis er endlich mit Hilfe des Schlossers Joseph von Wiesenthal, der auch ein Hexenmeister war, in einer Höhle bei Glattbach, dem „Pauluslоche“, festgenommen wurde. Joseph hatte zu diesem

Zweck für den Räuber ein besonderes Schloß gemacht, das dieser trotz seiner Zauberkraft nicht wie die anderen Schlösser aufzublasen vermochte. Paulus wurde verurteilt, auf dem Neuberg an den Galgen geknüpft zu werden. Da aber das Gericht noch immer fürchtete, daß er auf dem Wege dorthin entspringen könnte, ließ es einen besonderen Kasten zum Transport des Räubers anfertigen, aus dem Kopf, Hände und Füße so herausragten, daß sie von außen nochmals geschlossen werden konnten. Als dann Paulus endlich auf die Leiter gebracht worden war, bat er um die Gnade, Gottes Erdboden noch einmal betreten zu dürfen. Das wurde ihm verweigert, und nun gestand er, diese Bitte nur deshalb ausgesprochen zu haben, um Joseph, dem Verfertiger jenes Schlosses, noch eine Tücke antun zu können.

Der Hexenmeister Joseph, der so etwas vermutete, hielt sich auch schon den ganzen Tag über in seinem Keller auf; denn nur unter der Erde wußte er sich vor den geheimen Künsten des Räubers Paulus geschützt.

Die wilde Sau

Die Burg Wildeck fiel schon im 16. Jahrhundert in Trümmer. Keine adlige Familie wollte mehr in dem schaurigen Felsennest leben, und so stand das Gemäuer öde und leer. Schließlich wurde es zum Schlupfwinkel einer im Werratal gefürchteten Räuberbande.

Ihr Anführer war ein Schäferknecht aus Großensee, der sich selbst den Namen „Die wilde Sau“ beigelegt hatte. Die Chroniken sind voll von seinen Taten.

Wie ein vornehmer Herr gekleidet, ritt der Räuber eines Abends, von seinen kohlschwarzen Doggen begleitet, durch Untersuhl. Da sah er am Ende des Dorfes vor der Tür einer Hütte ein altes Mütterchen sitzen, das bitterlich weinte und voll Verzweiflung die Hände rang. Als er sie nach der Ursache ihres Kummers fragte, erzählte sie ihm schluchzend,

daß ihr der Schösser zu Gerstungen vor einiger Zeit die einzige Kuh weggeführt habe und daß morgen auch die Hütte verkauft werden solle, auf die sie den Erbzins schuldig geblieben sei. Nun wisse sie nicht mehr, wohin sie ihr altes Haupt legen solle.

Der Räuber warf der Witwe eine Handvoll Goldmünzen in den Schoß und sagte: „Nehmt das, bezahlt damit, aber laßt's Euch ja quittieren!"

Als am andern Morgen des Schössers Diener kam, um das Häuschen zu beschlagnahmen, sah er voller Verwunderung die blanken Goldstücke auf den Tisch gezählt. Ungläubig starrte er bald die Frau, bald das Gold an. Die aber drängte ihn zu quittieren, und da er sah, daß hier nichts anderes zu tun sei, erfüllte er die Forderung der Frau, verlangte ein Goldstück für seine Arbeit, nahm es und verschwand.

Am Wege lag aber schon der Räuber im Hinterhalt und wartete voll Ungeduld auf den Gerichtsdiener mit dem Geldsack. Als er ihn sah, herrschte er ihn an: „Kehre die Taschen um, damit dir leichter wird!" Da half kein Sträuben. Die Doggen zeigten knurrend ihre scharfen Zähne, und in des Räubers Hand glänzte ein großes Schlachtmesser. Zögernd reichte der Gerichtsdiener den Beutel, worin das Geld der Witwe verwahrt war. Der Räuber nahm es und forderte auch das Goldstück, das der andere nebenbei von der Alten ergaunert hatte. Da begann der Diener zu zittern, die Knie schlotterten ihm, und er glaubte schon, sein letztes Stündchen sei gekommen. Dieser Anblick stimmte den Räuber um. Er sagte: „Behalt das Goldstück für den Schreck" und ritt von dannen.

Das Gericht in Gerstungen aber mußte die Quittung anerkennen, die in der Hand der Witwe war, und so blieb auch das Häuschen in ihrem Besitz.

Der lahme Fleischbote von der Brandenburg

Der Graf von Brandenburg hatte das Recht, den Fleischern von Gerstungen die Taxe zu setzen und an jedem Fleischtage einige der besten Stücke kostenlos für seine Küche zu fordern. An den Tagen, da geschlachtet wurde, kam deshalb jedesmal ein Bote von der Brandenburg, um das Fleisch zu holen. Dieser Bote hieß Limpert. Er war ein lahmer Krüppel und kam mit einem Esel, dem zu seiten zwei Körbe für das Fleisch hingen. Jedesmal traf er zu spät ein, und doch durfte nach altem Rechte die Fleischbank nicht eher etwas verkaufen, bis Limpert die besten Stücke für die gräfliche Küche ausgesucht hatte.

Dieses Vorrecht des Grafen war der Gerstunger Fleischerzunft ein Dorn im Auge. Oft schon hatten Meister und Gesellen den Boten erinnert, nicht so lange auf sich warten zu lassen, aber Limpert kehrte sich nicht daran und dachte: Ich kann kommen, wann ich will; denn schließlich müssen sich die Gerstunger Fleischer doch vor dem Herrn Grafen dukken.

Der Gildemeister der Fleischer war ein zorniger und stolzer Mann. Er sagte zu seinen Zunftgenossen: „Wir wollen den Unfug nicht länger dulden, sondern etwas tun, was die gräfliche Familie nicht so schnell vergessen soll." Als nun der lahme Bote wieder dahergezogen kam – wie immer, mit erheblichem Verzuge –, hoben ihn die Gesellen, wie es Brauch war, vom Esel; er kam aber nicht dazu, das Fleisch auszusuchen: der Gildemeister versetzte ihm einen Schlag, der ihn zu Boden warf, und nun traten auch die anderen Meister herzu, schlugen Limpert vollends tot, hackten den Leichnam in Stücke und legten sie dem Esel in die Körbe. Darauf drehten sie das Tier um, gaben ihm ein paar Streiche und ließen es gehen.

Als nun der Graf statt des Kalb- und Schweinefleisches die blutigen Stücke Limperts in den Körben fand, schwor er der Stadt Gerstungen bittere Rache und kündigte ihr Fehde an. Da schickte der Stadtrat einen Mittelsmann, der mit klugen Worten den Grafen besänftigen sollte. Der Abgesandte brachte vor, die Fleischer seien schon lange durch die absichtliche Verspätung und das trotzige Benehmen des Boten erbittert worden, und man müßte ja die ganze Zunft ausrotten, wenn Blut um Blut gelten solle. Der Herr Graf möchte daher von einer Fehde absehen und bedenken, daß er überhaupt kein Fleisch mehr bekäme, wenn er Gerstungen zerstöre. Schließlich spielte der Unterhändler seinen letzten Trumpf aus. Die Stadt sei bereit, dem Grafen eine Buße zu zahlen, wenn es nur nicht zur Fehde komme.

Da sprach der Graf bei sich selbst: Nun gut, ich will ihnen eine Buße aufgeben, die sie niemals werden erbringen können. Laut sagte er: „Wenn das Blut der Gerstunger Fleischhacker in so hohem Preise steht, so schafft mir einen Scheffel Silberlinge von eines Pfennigs Wert, drei himmelblaue Windhunde und drei Eichenstöcke ohne Knoten, so hoch wie ich selbst. Erfüllt ihr binnen fünf Jahren diese Bedingungen, so will ich von der Fehde absehen und obendrein auf alle meine Rechte an die Fleischbank verzichten. Wird aber auch nur eine von den drei Bedingungen nicht eingehalten, so mache ich Gerstungen dem Erdboden gleich."

Mit diesem Bescheid kehrte der Abgeordnete zurück. Alle, die ihn hörten, entsetzten sich. Denn wo war eine solche Menge kleiner Silberlinge zu finden? Wo gab es himmelblaue Windhunde? Und wo wuchsen Eichenstöcke ohne Knoten? Doch zuletzt faßten einige beherzte Bürger Mut und setzten durch, daß dem Grafen mitgeteilt wurde, man nehme seine Bedingungen an.

Von Stund an ward ein Bote ausgesandt, der bei allen Krämern die kleinen Silberlinge sammelte. Dann holte man ein Schock kräftiger Eichensprößlinge, welche eben den ersten Trieb aus der Erde gemacht hatten, aus dem Wald und pflanzte sie in ein besonders zubereitetes Erdreich. Dazu umgab man sie mit hohen, genau abschließenden Glasröhren, so daß Seitensprosse ganz unmöglich wurden und das junge, kraftvolle Reis kerzengerade emporwachsen mußte. Und schließlich wurde ein Gemach eingerichtet, dessen Wände, Decke und Fußboden himmelblau waren – selbst die Fenster waren mit himmelblauen Verhängen versehen. In dieses Zimmer brachte man drei junge, schneeweiße Windhunde, und damit sie nichts sähen als Himmelblau, war auch der Wärter in dieser Farbe gekleidet, und selbst das Wasser, das sie tranken, und das Futter, das sie fraßen, waren nicht anders als himmelblau. Die ersten Jungen, welche die beiden Hündinnen warfen, hatten wirklich einzelne blaue Sprenkelchen; unter deren Nachkommen gab es in den folgenden Jahren schon blau gefleckte, und bei der dritten Zucht war Himmelblau die Hauptfarbe. Das vierte Geschlecht endlich, das im fünften Jahr zur Welt kam, war vollständig himmelblau.

Mit den Eichstäbchen ging es auf ähnliche Weise. Mehrere Stämmchen waren zwar abgestorben, einige hatten Seitenaugen getrieben, aber drei Schößlinge standen in Mannshöhe kerzengerade da, und sie waren ohne ein Knötchen. Auch hatte der Bote die aufgestöberten Silberlinge eingeliefert.

So zahlte Gerstungen die Buße an den Grafen von Brandenburg. Um auch den Himmel zu versöhnen, ward der Fleischschuppen in ein Pflegehaus für arme Krüppel verwandelt, und auf dem Platz, wo die blutige Tat geschehen war, wurde ein breiter Stein ins Pflaster eingelegt, der noch in den folgenden Generationen der Limpertstein hieß.

Der unehrliche Mönch

Als die Kirche von Stadtilm erbaut wurde, überredeten die Mönche nicht nur die Bürger, sondern auch die Landleute zu reichlichen Beiträgen. Sie stellten den Leuten das gute Werk mit so viel süßen Verheißungen vor, daß viele über ihr Vermögen spendeten.

Damals lebte auch eine arme Witwe mit ihren sechs Kindern in der Stadt. Sie besaß ein kleines Häuschen, und ihr einziges Vermögen war ein kleines Goldstück. Auch zu ihr kam wieder und wieder ein Mönch gelaufen und redete ihr eindringlich zu, ihren güldenen Sparpfennig zum Kirchenbau beizusteuern. Dafür versprach er der Witwe alles Glück und Wohlergehen für die Zukunft und versicherte ihr hoch und heilig, daß ihre Gabe nur für die Kirche verwendet werde; wäre das nicht der Fall, so würde sie das Goldstück gewiß bei ihren Kindern wiederfinden.

In ihrer Einfalt und in Erwartung reichen Segens gab die Frau dem Mönch ihr Geld. Der aber brachte es nicht der Kirchbaukasse, sondern einer Weibsperson, mit welcher er Umgang pflegte. Als nun derselbe Mönch am nächsten Sonntag die Messe liest und dabei auch die eingegangenen

Beträge für den Bau der Kirche rühmlich erwähnt, aber von dem Goldstück der armen Witwe kein Wort sagt, wird er plötzlich von einer unsichtbaren Macht über die Mauer der Kirche, soweit diese damals schon errichtet war, in die Luft gehoben und hinweggeführt. Zum Andenken an diese Begebenheit setzte man an der südlichen Außenseite der Kirche ein Steinbild ein, das jenen Mönch darstellt.

Als nun nach einigen Jahren die Kirche eingeweiht werden sollte und von allen Orten viele Menschen dazu herbeikamen, wurde angeordnet, daß alle die, welche etwas zum Bau beigetragen hatten, zuerst eingelassen werden und die Plätze vor dem Altar erhalten sollten. Da drängte sich auch jene Witwe mit ihren Kindern nach vorn, wollte Einlaß haben und des Segens teilhaftig werden; weil man aber ihren Namen nicht unter den Spendern fand, wurde sie zurückgewiesen. Sie beteuerte unter Tränen, daß sie ihr einziges Goldstück hergegeben habe. Sie erzählte auch, daß der entführte Mönch ihr das Geld abgenommen hatte und daß man es, würde es nicht zum Bau der Kirche verwendet, bei ihren Kindern wiederfinden werde. Als man ihr trotz allem nicht glaubte und sie hinausweisen wollte, fing der in Stein gehauene Mönch zu reden an und bestätigte die Worte der Witwe. Da ließ man die Frau vor den Altar, und als ihr jüngster Sohn in seine Tasche griff, fand sich richtig jenes Goldstück darin.

Die Apoldaer Lindwürmer

An der rechten Seite der Kirche zu Apolda, an der sogenannten Vorstädter Seite, einige Fuß hoch über der Erde, ist ein Stein eingemauert, worauf zwei einander gegenüberliegende Ungeheuer, die einen Menschenkopf in ihrer Mitte in die Höhe halten, abgebildet sind. An diesen Stein ist folgende Sage geknüpft:

Wo jetzt das Dorf Schöten bei Apolda liegt, wogte ehemals ein großer Teich, der überall mit Schilf bedeckt war. Darin lagen zwei Lindwürmer, ein Männchen und ein Weibchen, die der umliegenden Gegend großen Schaden zufügten, besonders den Viehherden. Die Herren von Apolda, denen die ganze Gegend gehörte, wendeten alles an, die beiden Untiere aus der Welt zu schaffen, aber vergebens, es wollte ihnen nicht gelingen.

Da geschah es, daß ein Knecht und eine Magd dieser Herren sich vergingen und das Mädchen ihre Unschuld verlor, was damals sehr hart bestraft wurde. Der Tod war beiden gewiß. Doch sollte ihnen das Leben geschenkt sein, wenn sie die Lindwürmer in dem Schilfsumpf aus dem Wege räumen würden. Sie entschlossen sich zu dieser Tat und mußten das Los werfen. Obgleich nun das Los die Magd traf, so übernahm es doch ihr Liebhaber, sich der Gefahr des Kampfes mit den Lindwürmern auszusetzen. Mit Spieß und Schwert bewaffnet, eilte der Knecht mutig und beherzt nach dem Sumpf. Hoch stand die Sonne am Himmel, es war gerade Mittagszeit am Johannistage, und die beiden Ungeheuer lagen, die Schwänze ineinandergeschlungen, am Ufer und sonnten sich. Langsam schlich der Kämpfer heran und hieb mit einem Streich beide Schwänze ab. Ein schwarzer Blutstrom quoll aus den Leibern der Lindwürmer, beide aber waren sofort tot, denn in den Schwänzen war ihr Leben.

Zum Andenken an diese Tat wurde dort ein Brunnen gefaßt, mit einer eisernen Kelle zum Trinken versehen und in einen Stein zwei Lindwürmer mit verschlungenen Schwänzen gehauen. Dieser Stein wurde zunächst an dem Brunnen angebracht, später kam er nach Apolda in die Kirchhofsmauer, wurde aber nachher in die Mauer der Kirche selbst eingesetzt. Der Brunnen neben einem kleinen, mit Steinen eingefaßten Teich ist noch vorhanden, und daran hängt an einer Kette die eiserne Kelle, das Wahrzeichen des Dorfes Schöten, im Munde des Volkes Schütten genannt, das nach und nach an der Stelle des großen, verschütteten Sumpfes entstanden ist. Auch wurde jährlich am Johannistag ein feierlicher Umzug gehalten und dabei aus dem Brunnen mit dem eisernen Löffel getrunken. Bei diesem Umzug pflegte man einen Burschen ganz in Laub zu kleiden und mit Kornblumen und Kränzen zu schmücken; in seiner Hand trug der Laubmann ein mit Blumen umwundenes Schwert zur Erinnerung an den siegreichen Kampf mit den Lindwürmern.

Als im Jahre 1768 ein furchtbares Hagelwetter die Feldfrüchte auf der Flur von Schöten gänzlich vernichtete, soll der damalige Pfarrer diesen bisher üblichen Umzug abgeschafft haben. Seit jener Zeit feierte nur die Schuljugend noch den Johannistag. Festlich gekleidet, in der Hand einen langen blumenumwundenen weißen Stab mit einem Kreuze, woran ein schöner Kornblumenkranz hing, zog sie von Haus zu Haus. Der Brunnen war mit Blumen geschmückt. Bei ihrem Umzug erhielten die Kinder von den Ortsbewohnern Geld, Eier, Semmeln und anderes, wovon sie sich des Nachmittags ein kleines Fest bereiteten.

Der Mordbrunnen

Bei Steinheid, dicht unterhalb des alten Kammweges, fließt eine starke Quelle. Sie hat ihren Namen nach einem Räuber und Mörder namens August Bilber erhalten und heißt heute noch die Bilbertsquelle.

Dieser Raubmörder war ein unbescholtener Bauernjunge gewesen, ehe er sein blutiges Handwerk begann. Ihn hatte der Glanz der Rauensteiner Ritterschaft so betört, daß er schier besessen war von dem Verlangen, auch als solch herrischer Reiter funkelnd und klirrend am geringen Bauernvolk vorüber zu sprengen, angestaunt und gefürchtet vom gemeinen Mann. Preschten die Rauensteiner Burgleute vorbei, wenn er mit schwerem Schritt hinter seinen Ochsen pflügend über den steinigen Acker ging, blieb er stehen und starrte den Reitern voll Neid und heißen Begehrens nach.

Bald war er zur Bauernarbeit kaum noch zu gebrauchen, und sosehr der Vater schalt und die Mutter bat, nichts änderte seinen ehrgeizigen und störrischen Sinn. Oft ließ er das Pflugschar samt den Ochsen mitten auf dem Felde stehen und lief den Herren nach, wenn sie zur Jagd ausritten, und mischte sich freiwillig unter die fronenden Treiber, nur um dabeizusein, denn er brauchte nicht zu fronen, er war ein Freier, der auf Eigenem saß und dem der Rauensteiner nicht zu gebieten hatte.

Darum wagte er sich auch eines Tages auf die Burg und bat den hohen Herrn, ihn in die Rauensteiner Ritterschaft aufzunehmen. Der lachte über die Anmaßung des Niedriggeborenen und sagte höhnisch: „Ein Bauernkerl wie du muß erst einmal hundert Mann erschlagen haben, eh er ein Ritter werden kann."

Der Bursche beschloß, die Bedingung zu erfüllen. Bald zog er, mit einer Keule bewaffnet, den Bergwald hinan und bis hinauf in die Nähe des Rennsteigs. Dort trug er Laub und Streu in eine Höhle, die dicht bei der Quelle lag, und hauste darin lange Zeit. Über den schmalen Steig, der zu dem klar sprudelnden Wasser vom Kammweg her führte, spannte er in Fußhöhe von Baum zu Baum eine dünne seidene Schnur und band an ihr Ende, das er in seine Höhle leitete, ein Glöckchen. Erklang es, so mußte draußen ein Vorübergehender die Schnur berührt haben. Dies geschah oft. War doch diese Quelle die einzige weit und breit. Beim ersten Klang des Glöckchens eilte der Bursche hinaus, spähte durchs Dickicht, das seine Höhle verbarg, und sah er einen einzelnen Reisenden an der Quelle, überfiel er ihn, erschlug ihn mit seiner Keule und raubte ihn aus.

Neunundneunzig Menschen hatte er erschlagen, als er endlich seine gerechte Strafe empfing. Wieder einmal erklang das Glöckchen in der Höhle, und Bilbert griff zu seiner Keule, um den hundertsten zu erschlagen. Dann, so frohlockte er, war ihm der Weg zur Ritterschaft offen. Es war ein fahrender Schüler, der draußen ging und sich eben zur

Quelle neigen wollte. Da ließ das Knacken eines brechenden Astes unter dem Fuß des Mörders den Jungen sich umblikken. Und er sah das rohe, wildbärtige Gesicht Bilberts und die schwere Keule in seiner Rechten. Der Student schnellte hoch, zog blitzschnell seinen Degen und stellte sich zur Wehr. Gewandt wich er den plumpen Schlägen des Mörders aus und stach einmal unvermutet jäh zu, mit hartem, sicherem Stoß, der den stämmigen Bilbert warf, daß er liegenblieb und verblutete.

Die arme Braut

Bei einem großen Bauern in Schierschnitz diente vor vielen Jahren eine junge Magd. Sie hieß Marie und war fleißig und tüchtig, eine Waise, freundlichen Wesens und hübsch von Gesicht, so daß sie der einzige Sohn des Hauses bald liebgewann. Auch das Mädchen war dem Burschen zugetan. Aber wenn ihr Liebster sie im Arm hielt, sagte sie traurig: „Ich bin zu arm für einen Hofbauernsohn, deine Leute werden mich davonjagen, erfahren sie von unserer Liebe.“ Doch der Bursche versprach, keine andere anzusehen. Nur Marie sollte seine Frau werden, davon werde ihn niemand und nichts abbringen.

Er stand auch zu seinem Wort, als die Eltern ihm eine reiche Braut ausgesucht hatten und ihn zum Verspruch mit ihr drängten. „Ich habe schon eine Braut“, sagte er fest, „und will keine andere, sie hat mein Wort. Es ist unsere Marie.“

Die Eltern, empört, daß ihr Einziger eine arme Magd zur Hofbäuerin machen wollte, überschütteten ihn mit zornigen Reden. „Was ist sie, was hat sie?“ rief die Mutter böse. „Nichts ist sie, nichts hat sie!“

„Doch“, sprach der Sohn ruhig, „sie ist jung und gesund und tüchtig und hat zwei fleißige Hände, die wir gut brauchen können auf unserem Hof, wie Ihr ja auch wißt.“

„Bah", lachte die Mutter verächtlich, „was die fertigbringt, das kann jede Magd."

„Aber nicht so wie Marie, das wißt Ihr genau, Mutter", rief der Junge nun auch hitzig. „Sie schafft mehr als jede andere und ist umsichtig wie keine!"

„Nun gut, dann soll sie das beweisen", schrie die Bäuerin, rot vor Zorn über die Beharrlichkeit des Sohnes, denn sie kannte sein innerstes Wesen und wußte, daß er sich von einem einmal gefaßten Entschluß nur abbringen ließ, wenn man ihm bewies, daß seine Meinung falsch war. Und so beriet sie sich mit dem Bauern über eine Aufgabe, die sie der Magd stellen wollten und die sie gewiß nicht würde erfüllen können.

Am Morgen riefen sie den Sohn und auch die Magd, und die Mutter sagte zu ihr: „Höre, du sollst mir deinen Fleiß und dein Geschick beweisen. Sichelst du in einem Tag das lange Beet Roggen auf unserem Feld am Weg nach Burggrub ab, so sollst du unsere Schwieger werden, anders nie! Das ist mein Wort, das ich halten werde." Sie konnte dies Wort unbeschadet geben, war doch das, was sie verlangte, fast eine Unmöglichkeit. Das wußte auch die Marie genau – sie hatte schon viele Getreide-Äcker abgesichelt in ihrem Magdleben. Aber sie sagte tapfer: „Ich will es tun", und sie dachte dabei, ihre Liebe werde ihr gewiß die Kraft geben, das schier Unmögliche zu vollbringen.

Am nächsten Morgen ging sie mit der Sichel, die ihr der Liebste sorgfältig geschärft hatte, hinaus aufs Feld, von der Bäuerin begleitet, die ihr das Beet anwies, das an tausend Schritte lang neben der Straße sich hinzog. Und als die Sonne sich über dem dunklen Waldkamm erhob, begann die Magd mit dem Schnitt. Ach, wie weit dehnte sich der Acker vor ihr! Sie hob den Blick bald nicht mehr, kaum, daß sie sich ein Aufrichten gönnte oder einen Trunk, geschweige denn einen Bissen. Gebückt tat sie Schritt um Schritt hinter den fallenden Ähren her, vom Morgen bis zum Mittag und bis zum Abend.

Als die listige Bäuerin wiederum zum Felde kam, um nachzusehen, wie weit die Magd gekommen war, fiel eben, als die feurige Scheibe der Sonne ins schwarze Wäldermeer tauchte, die letzte Garbe. Die Schnitterin aber, ohne sich noch einmal aufzurichten, sank tot darauf nieder. Der Sohn des reichen Hofes, von Trübsinn befallen, freite nun wirklich keine andere Braut, so daß das schöne Gut ohne Erben blieb und später in fremde Hände kam.

Das Pferdeei

In Waltershausen lebte einst ein armes Bäuerlein, das hatte nur wenig Land zu eigen. Weiter besaß er eine Kuh, ein Schwein und viele Kinder, deren hungrige Mäuler er stopfen mußte. Die Woche über arbeitete er auf den Feldern eines reichen Bauern, der ihm dafür am Sonntag seine Pferde lieh, damit er mit ihnen die Arbeit auf dem eigenen Feld verrichten konnte. Wahrhaftig, das Bäuerlein erinnerte sich keines Sonntags, an dem es einmal vor seinem Haus hatte sitzen und in Ruhe seine Pfeife rauchen dürfen. Er kannte nur die Arbeit, und die Freude blieb seinem Leben fern. Denn woher sollte er auch die Kraft zum Lachen nehmen, so ihn doch die Sorgen fast zu Boden drückten und er Abend für Abend zusehen mußte, wie seine Kinder mit hungrigen Mägen schlafen gingen!

Als die Not größer und größer wurde, setzte er sich eines Nachts auf einen Stein, der dicht neben seinem Haus am Wegrand lag, und dachte nach. „Ei", sagte er immer wieder zu sich, „es müßte doch besser werden, wenn ich nur einmal meinen Acker in aller Ruhe bestellen könnte. Aber wenn ich heute ein Stück pflüge und am nächsten Sonntag säe, wahrhaftig, wo soll da eine gute Ernte herkommen! Wenn ich es fertigbrächte, daß der Bauer mir für drei Wochen seine Pferde überließe, da wollte ich wohl am Ende das Lachen wieder lernen. Ich könnte mir sogar noch ein Stück Wiese umbrechen und Kartoffeln pflanzen.“ Aber dann schüttelte das Bäuerlein müde den Kopf; denn die Träume würden ja doch niemals Wirklichkeit werden. Dazu kannte er den reichen Bauern zu gut.

Schon stand er auf, um in sein Haus zu gehen, da fiel plötzlich sein Blick auf einen dicken runden Kürbis, der im matten Mondenlicht auf der Erde lag und sich über sich selbst zu freuen schien. Und wie das Bäuerlein ihn so ansah, kam ihm plötzlich ein Gedanke, und er lachte so laut, daß seine Kinder erschrocken aus den Betten fuhren; denn sie hatten ihren Vater noch niemals lachen hören, und sie meinten, es sei ein großes Unglück geschehen. Das Bäuerlein schickte sie schnell wieder in die Betten, legte sich zu ihnen und schlief zufrieden bis zum nächsten Morgen.

Als die Sonne kaum über die Bäume schaute, stand er auf, zog einen alten Rock an, färbte sich das Gesicht schwarz, daß es von keinem mehr zu erkennen war, holte einen Karren aus dem Schuppen, lud einige Kürbisse darauf und fuhr damit zum Markt, der in der Stadt Gotha abgehalten wurde. Hier setzte er sich etwas abseits von den anderen Händlern und wartete geduldig, bis er des reichen Bauern ansichtig wurde, der da zum Kauf auf den Markt gekommen war. Nun verlor das Bäuerlein plötzlich seine Ruhe; es begann zu schreien, mit den Armen zu fuchteln und pries seine Kürbisse als wahre Wunderkürbisse an.

„Kommt nur her, Herr“, rief er, „kommt und seht Euch meine Pferdeeier an!“ Der Bauer trat heran und lachte.

„O weh“, rief er, „da ist einer verrückt geworden! Pferdeeier! Hat man je schon so etwas Närrisches gehört! Das sind gewöhnliche Kürbisse, und du wirst sie wohl schwerlich loswerden!“

Das Bäuerlein schüttelte ernsthaft den Kopf.

„Wenn es nur Kürbisse wären, dann stünde ich nicht hier; denn wer würde einen Kürbis kaufen, wo sie doch in jedem Garten wachsen! Glaubt mir, es sind Pferdeeier!“

Der Bauer wurde unschlüssig. Schließlich trat er noch näher und berührte einen der Kürbisse mit dem Finger.

„Hm“, sagte er dann, „und was hat es mit den Pferdeeiern auf sich?“

„Ach“, antwortete das Bäuerlein, „die Sache ist ganz einfach. Wenn man sich drei Wochen lang auf solch ein Pferdeei setzt, dann hat man ein schönes Fohlen ausgebrütet. Ich habe es schon oft probiert und hab zu Hause einen ganzen Stall voller schöner Pferde. Wollt Ihr es auch versuchen? Ich laß Euch solch ein Ei billig ab.“

Der Bauer schwankte noch eine Weile, dann aber zahlte er schließlich dem Bäuerlein für ein Pferdeei einen ganzen Taler und begab sich nach Haus. Dort sagte er zu seiner Frau, sie solle ihm von nun an immer das Essen in den Stall bringen, denn er habe drei Wochen lang zu tun. Und er

setzte sich wahrhaftig auf den Kürbis und freute sich auf das Fohlen, das er zur Welt bringen werde.

Das Bäuerlein aber führte anderntags die Pferde des reichen Bauern auf seinen eigenen Acker, und das tat er drei Wochen lang, bis alles wohl bestellt war. Dann erst kümmerte er sich um die Felder des Herrn.

Den schalt seine Frau und nannte ihn einen alten Narren, aber er hörte nicht auf sie. Erst als am letzten Tag noch immer kein Fohlen ausschlüpfte, ward er zornig, nahm den Kürbis und warf ihn in ein nahes Gebüsch. Der Kürbis zerplatzte, und im gleichen Augenblick huschte ein Fuchs, der sich im Gebüsch verborgen hatte, über den Hof. „Mein Fohlen", schrie da der Bauer, „halt es doch, mein Fohlen ..." Und er rannte, so schnell er nur konnte, dem Fuchs nach, doch sah er ihn niemals wieder.

Das Bäuerlein lachte sich ins Fäustchen, daß es den Reichen so trefflich überlistet hatte. Und als er im Herbst eine gute Ernte nach Hause brachte und seine Kinder mit fröhlichen Augen um den Tisch saßen und sich die Kartoffeln in die Münder stopften, da dachte er: „Was so ein Pferdeei doch nützen kann!"

Die Bergmannshaue

Einmal saß ein Kaufmann in Schmalkalden beim Essen und ließ es sich wohl sein. Es gab Eisbein und Sauerkraut und es schmeckte ihm vortrefflich.

Der Kaufmann hatte eine Magd, die war schon viele Jahre bei ihm und führte ihm den Haushalt mit großem Geschick. Sie war nicht schön, aber sie hatte ein gutes, ehrliches Herz, und der Kaufmann war sehr zufrieden mit ihr. Vor allem konnte sie gut kochen, das gefiel dem Kaufmann am besten. Denn es ging ihm nichts über ein schmackhaftes Gericht und über einen guten Trunk.

An diesem Mittag sollte er freilich wenig Ruhe zum Essen

finden. Denn als er gerade herzhaft in das Eisbein biß, stürzte die Magd in das Zimmer, stemmte die Hände in die breiten Hüften, schaute den Kaufmann böse an und sagte:

„Ach, Herr, das ist gar nicht nett von Euch, mich so auf die Probe zu stellen. Habt Ihr denn noch nicht bemerkt, daß ich ehrlich bin?"

Der Kaufmann verstand nichts. Er schüttelte den Kopf, verschluckte sich, hustete heftig und fragte, was denn los sei. Sie solle deutlich reden, er sei zwar nicht dumm, aber das könne er nicht begreifen.

Die Magd wurde noch zorniger. „Ei", sagte sie, „erst macht Ihr solche Geschichten, und dann wollt Ihr von nichts wissen! Habe ich Euch schon jemals bestohlen? Habe ich mehr genommen, als mir zustand? Habe ich nicht vielmehr für Euch jeden Groschen gespart, den ich nur sparen konnte? Und nun tut Ihr das! Nein, Herr, das hätte ich nicht von Euch gedacht."

Der Kaufmann verstand aber noch immer nicht. Doch wurde er langsam böse, denn es schmerzte ihn, daß über so unverständlichem Reden sein Eisbein kalt wurde. Und so fuhr er die Magd an, sie solle endlich deutsch mit ihm reden, ihr Kauderwelsch könne vielleicht der Teufel verstehen, er nicht.

Die Magd schüttelte den Kopf. „Da seh einer den Herrn an, er leidet an Gedächtnisschwäche. Auf der Treppe draußen steht ein Sack, der ist hoch angefüllt mit Goldstücken. Nun frage ich Euch, weshalb stellt Ihr Euer Geld so offen auf die Treppe? Doch nur, um mich zu versuchen. Aber ich falle nicht darauf hinein, ich nehme kein Goldstück, nur bin ich bis tief in die Seele hinein gekränkt, daß Ihr so wenig Vertrauen zu mir habt und eine solche Prüfung überhaupt für angebracht haltet. Es ist ja möglich, daß ein Fremder daherkommt und von dem Gelde nimmt. Ich bin es dann freilich nicht gewesen. Wenn Ihr mich jedoch des Diebstahls bezichtigt, will ich meine Sachen packen und davongehen, denn dann habe ich nichts mehr bei Euch zu suchen."

Der Kaufmann war über diese Rede so erstaunt, daß er sein kalt gewordenes Eisbein völlig vergaß, aufstand und mit der Magd vor die Tür trat. Den Goldsack wollte er mit eigenen Augen sehen, denn er wußte nichts von ihm.

Als sie zusammen aus der Tür traten, stand da wahrhaftig ein Sack auf der Treppe, der war bis zum Rand mit Goldstücken gefüllt. Doch wie der Kaufmann sich niederbeugen wollte, um ihn aufzuheben und in die Stube zu tragen, zerging der Sack in seinen Händen, und plötzlich hielt er eine uralte Bergmannshaue in der Hand. Im gleichen Augenblick fühlte die Magd, wie ihre Schürzentaschen schwer wurden. Als sie hineingriff, waren sie voller Goldstücke.

Da erstaunten sie beide und sahen sich minutenlang an, und niemand von ihnen wagte das Schweigen zu brechen. Endlich meinte der Kaufmann: „Ich will die Bergmannshaue wohl in Ehren halten. Sicher hat uns ein Geist die Geschenke gebracht, und er meint es gut mit uns. Du aber behalte das Gold, denn wenn ich nicht schon immer gewußt hätte, daß du ehrlich bist, so wüßte ich es jetzt. Es tut aber not, auch die Ehrlichkeit zu belohnen. Nun geh in die Küche und wärme mir mein Eisbein auf, denn ich habe Hunger."

Das ließ sich die Magd nicht zweimal sagen. Der Kaufmann hängte die Bergmannshaue im Zimmer auf und schmauste danach ungestört zu Ende. Die Magd legte die Goldstücke in ihre Truhe und dankte dem guten Geist, der ihr das Gold geschenkt hatte. Wohlstand und Glück blieben aber fortan im Haus, und erst als die Bergmannshaue von einem Nachkommen des Kaufmanns für teures Geld an die Stadt verkauft wurde, zog das Unglück dort ein.

Lenz, der Waisenjunge

Bei Hummelshain quillt ein klarer Quell aus der Erde, und dieser Quell wird Lenzenborn genannt, nach dem Waisenjungen Lenz, der vor vielen Jahren hier lebte und von dem man sich folgende Geschichte erzählt:

Lenz war ein kluges Kind, doch verlor er bei einem schweren Gewitter Vater und Mutter und mußte nun sehen, wie er sich allein durchs Leben schlug. Von der Gemeinde bekam er täglich einen Liter Wassersuppe, aber davon wurde er nicht satt. So grub er sich Wurzeln im Wald, sammelte Beeren und kochte sich Pilze, schlich sich aber zuweilen auch in die Vorratskammern reicher Bauern und stahl sich eine Wurst. Wenn ihn dann das Gewissen mahnen wollte, sagte er zu sich selbst: „Der liebe Gott hat es eben so eingerichtet, daß man sich nehmen muß, was man haben will. Von allein geben die Dicksäcke einem nichts."

Als er einmal aus einem Bauernhof, wo vor kurzem das Schlachtfest gefeiert worden war, drei Würste zugleich stahl, ward er vom Gemeindediener gefaßt und zum Richter geschleppt. Dem erzählte Lenz auch brav, wem er schon im Laufe des Jahres eine Wurst genommen hatte. Es waren aber so viele Häuser, die er nannte, und sie lagen so verstreut, daß sich der Richter kein Bild davon machen konnte und anordnete, man werde zu jedem Haus gehen und dann solle Lenz ihnen das Stehlen noch einmal vormachen. Er müsse es, so setzte er schmunzelnd hinzu, doch stets sehr klug angestellt haben, dieweil man ihn sonst ja eher geschnappt hätte.

So machten sich am anderen Morgen der Richter, der alte Gemeindediener und Lenz auf den Weg, um die Diebesstätten zu besehen. Zuerst war es angenehm kühl, und der Tau benetzte die Füße, und das Laufen war eine Lust. Allmählich kam aber die Sonne herauf und begann zu brennen und zu stechen, und dem Richter und dem Gemeindediener lief der Schweiß in Strömen von der Stirn. Vor allem stöhnte der

Gemeindediener, denn er mußte alle Akten schleppen, die man brauchte, um über Lenz das Urteil sprechen zu können. Dazu trug er noch die beiden Frühstückstaschen des Richters und für sich einen langen Mantel, der wie ein Talar um seine knochige Gestalt wallte. Lenz aber brauchte nichts zu tragen. Er ging zwischen den würdigen Männern, die Hände auf den Rücken gebunden, und sang ein Lied vor sich hin, denn er hatte nichts zu verlieren und nichts zu gewinnen und war zufrieden, weil er am Morgen ein Stück Brot gegen den Hunger bekommen hatte.

Nach einer Weile sagte der Richter: „Lenz, mein Junge, du siehst, wie beschwerlich uns der Weg wird. So will ich dir etwas vorschlagen: Wir lösen dir deine Fesseln, dafür trägst du uns unsere Sachen. Du mußt uns nur versprechen, immer schön geradeaus zu gehen und nicht etwa seitab vom Wege einfach zu verschwinden."

Der Lenz war einverstanden. So löste man ihm die Fesseln und ließ ihn die Akten, Mäntel und Frühstückstaschen tragen. Dem Lenz war das nicht weiter beschwerlich, die beiden Männer aber empfanden mit einem Mal die Schönheit des Morgens, und ihre Seelen waren milder und gütiger gestimmt.

Wie sie so gingen, kamen sie an eine tiefen Graben, der ihnen den Weg abschnitt. Lenz sprang sogleich hinüber, die beiden Männer jedoch mußten stehenbleiben, denn einen solch herzhaften Sprung trauten sie beide ihren Beinen nicht mehr zu. Lenz schaute sich nicht nach ihnen um, er wanderte weiter, bis er plötzlich die sorgenvolle Stimme des Richters hörte: „Lenz, Lenz, laß wenigstens die Akten da. Denn was sollen wir ohne Akten anfangen!"

Da kehrte Lenz gehorsam um, legte Akten und Mäntel auf seiner Seite des Grabens nieder, grüßte die beiden würdigen Männer freundlich und trollte sich mit den Frühstückstaschen davon. Der Gemeindediener mußte einen weiten Umweg machen, ehe er den Graben umschritten und die kostbaren Akten wieder unter seinen Arm geklemmt hatte.

Seit dieser Zeit geht das Sprichwort um: „Hauptsache, die Akten sind gerettet!"

Lenz, der Waisenjunge, aber wanderte von Thüringen nach Hamburg. Dort ließ er sich anheuern und fuhr in die weite Welt hinaus, und erst nach Jahren kam er als angesehener Matrose zurück, groß und kräftig und von der Sonne Afrikas braungebrannt. Da lief ihm einmal ein kleiner Schiffsjunge in die Hände, der gerade dem Koch in der Kombüse eine Wurst gestohlen hatte. Der Koch kam hinter ihm her und wollte ihn jämmerlich verprügeln, Lenz aber schob den Koch beiseite, nahm den Schiffsjungen zu sich in seine Koje und gab ihm zu essen, bis er kugelrund satt war und zufrieden einschlief. Dann ging er zu dem Koch, nahm ihn am Arm und sagte: „Weißt du, wie weh der Hunger tut? Gib dem Jungen so viel zu essen, wie er braucht, und du sollst sehen, es wird ein ordentlicher Kerl aus ihm. Ich habe als Kind auch manche Wurst mitgehen heißen, weil sie mir nur Wassersuppe zu essen gaben, und vielleicht säße ich noch jetzt im Gefängnis, wenn nicht die Akten gewesen wären."

Das verstand der Koch freilich nicht, aber Lenz sprach auch nicht mehr darüber. Er paßte nur von Stund an auf, daß es dem Schiffsjungen an nichts fehlte, und der brachte es sogar bis zum Steuermann.

Die Fraureuther haben es alle getan

Es war einst ein Richter, der das Dorf Fraureuth durch seine Launen und Herrengelüste quälte, daß es nicht zu sagen war. Als die Bedrückung unerträglich wurde, zog die ganze Gemeinde zum Oberamtmann nach Greiz, ihre Not zu klagen. Der schüttelte den Kopf über die Schurkenstreiche des Richters und sprach halb im Scherz zu den Leuten: „Wenn's wirklich so schlimm ist, warum henkt man den Schelmen nicht?" Die Fraureuther nahmen diese Worte für bare Münze, und als ihnen auf dem Heimweg ihr Peiniger in die

Hände lief, faßten sie ihn, zwängten ihn mit dem Hals in eine gabelförmige Birke und zogen, alle Hand anlegend, so lange, bis er seinen Geist aufgab. Als sie danach wegen dieser Tat vor Gericht geladen wurden, sagten sie einmütig: „Wir Fraureuther haben es alle getan.“ Diese im Gedächtnis der ganzen Landschaft erhalten gebliebenen Worte brachten die Richter in große Verlegenheit. Blieb doch nur die Wahl, alle zu henken oder alle laufen zu lassen.

Der kluge Stadtrat

Die Altenburger kamen einmal mit List zum Ziel: Auf ihrem Marktplatz stand ein Galgen, den der Stadtrat gern weggeschafft hätte; denn es entsetzten sich Frauen und Kinder, wenn er Früchte trug, und nur den Krähen war er angenehm. Zum Abbruch des Galgens hätte jedoch der fürstliche Rat seine Einwilligung geben müssen; der aber schien den Galgen für eine Zierde des Marktes zu halten. Eines Tages aber speiste ein hoher Herr beim fürstlichen Rate; auf eine solche Gelegenheit hatte der Stadtrat schon lange gewartet. Er ließ geschwind einen Dieb henken, und als sich die Herrschaften bei schönstem Sonnenschein zu Tische setzten, gab es ein besonderes Schattenspiel: Sooft ein Windstoß den Gehenkten am Galgen schaukelte, lief dessen Schatten über die Tafel und auch über den Teller des Fürsten. Dem wollte kein Bissen schmecken; ungnädig stand er auf und verließ das Haus. Es dauerte nicht lange, da kam eine Weisung des fürstlichen Rats: Er wundere sich sehr, daß man den schönen Marktplatz mit dem Galgen verunziere. Nach außen tat der Stadtrat, als ob er ein solch altes Denkmal nur ungern wegräume, in Wirklichkeit aber war er froh, sein Ziel endlich erreicht zu haben.

X

Faust in Thüringen

Der große Zauberer und Teufelsbündner Dr. Johann Faust stammt aus Thüringen. Geboren wurde er zu Rod bei Weimar als eines Bauern Sohn. In Wittenberg hatte er reiche Verwandte, die ihn zur Schule gehen und Theologie studieren ließen. Später zog es Dr. Faust immer wieder in seine Heimat zurück, namentlich nach Erfurt, wo er gute Freunde hatte.

Immer, wenn er Erfurt besuchte, nahm er in einem Hause zu St. Michael Quartier; von hier aus hatte er es nicht weit zum Collegium, wo er sich einen großen Anhang verschafft hatte. Deswegen war es ihm auch erlaubt, sich öffentlich auf dem Lehrstuhl hören zu lassen.

Einmal erklärte Faust den Studenten den griechischen Poeten Homer und schilderte die dabei vorkommenden Kriegshelden so lebendig, daß die Zuhörer ein großes Verlangen ankam, Homers Geschöpfe leibhaftig zu sehen. Sie trugen Faust ihr Anliegen vor, und der versprach ihnen, in der nächsten Lektion die Helden persönlich vorzustellen. Und so geschah es auch. Vor überfülltem Saal ließ Faust die alten Krieger in ihrer damals gebräuchlichen Rüstung einen nach dem andern hereintreten. Sie sahen sich frisch und mit zornigen und gimmigen Augen um, schüttelten die Köpfe und gingen dann wieder hinaus. Zuletzt kam noch der Riese Polyphemus ins Lektorium, der an der Stirn nur ein Auge hat. Ein Mensch, den er eben verzehrte, hing ihm noch mit dem Schenkel aus dem Maule heraus – überhaupt war er so gräßlich anzusehen, daß allen Studenten die Haare zu Berge standen. Über deren Schrecken mußte Faust nicht wenig lachen; auch ängstigte er sie damit, daß Polyphemus nicht wieder zur Tür hinausging, sich vielmehr mit seinem schrecklichen Gesicht umsah und die Arme ausbreitete, als ob er nach etlichen Zuhörern greifen wollte, um sie zu verschlingen. Dabei stieß er mit seinem gewaltigen Spieß auf den Fußboden, daß das ganze Collegium erzitterte. Zuletzt aber winkte Faust mit dem Finger, und da trat der Riese zur Seite, ging hinaus, und Faust beschloß seine Lektion, womit die Studenten sehr wohl zufrieden waren.

Ab und zu war Faust in Erfurt bei einem Stadtjunker zu Gast, der in der Schlossergasse wohnte. Nun trug es sich zu, daß dieser Junker einmal viele gute Freunde zum Abendessen bei sich hatte, während Faust in Prag weilte. Die Gesellschaft war lustig und ausgelassen, und einer bedauerte laut, daß Faust nicht da sei. Einen Augenblick später klopfte jemand stark an die Haustür. Ein Knecht lief ans Fenster. Er sah, wie Dr. Faust von seinem Pferd stieg, ging zurück und sagte dem Junker, Faust stehe unten vor der Tür und begehre Einlaß. Der Junker sagte: „Was sagst du? Bist du toll? Ich weiß wohl, wo Faust ist. Er kann niemals jetzt unten vor der Tür stehen."

Jetzt klopfte es ein zweites Mal. Der Junker eilte nun selbst zum Fenster, sah hinaus und wurde Faust gewahr. Nun öffnete sich auch schon die Tür und Faust trat herein, von allen mit lauten Rufen empfangen. Als man ihn nun fragte, wie er so rasch nach Erfurt gekommen sei, antwortete er: „Das verdanke ich meinem guten Pferd. Weil Ihr mich so gern sehen wolltet, bin ich rasch hergekommen. Ich darf aber nicht zu lange bleiben, denn vor Tage muß ich wieder in Prag sein."

Damit gaben sie sich zufrieden und fingen wieder zu essen und zu trinken an, was Dr. Faust gar wohl behagte. Er trieb allerlei Possen und fragte sie auch, ob sie nicht einen fremden Wein versuchen wollten, etwa einen Malvasier, einen spanischen Wein oder einen Tropfen vom Rhein. Die Gesellschaft antwortete lachend: „Diese Weine sind alle gut!" Da ließ sich Faust einen Bohrer geben, machte damit Löcher in das Tischblatt, verstopfte sie wieder mit kleinen Pfropfen, nahm frische Gläser, zapfte aus dem Tische die erwähnten Weine hinein und trank mit der Gesellschaft lustig fort.

Indessen kam der Sohn des Junkers, der das Pferd Fausts betreute, in die Stube und sagte: „Herr Doktor, wie soll ich das verstehen? Euer Pferd frißt ganz unersättlich; es hat schon einige Scheffel Hafer verschluckt, steht aber da und will immer noch mehr fressen. Soll ich wieder hinuntergehen und neuen Hafer für das Pferd heranschaffen?" Faust antwortete: „Laßt das bleiben, es hat genug bekommen. Es fräße Euch alles Futter vom Boden und würde doch nicht satt." Dieses Pferd aber war Mephistopheles.

Mit diesen und anderen Possen brachten sie den Abend hin bis Mitternacht. Da tat das Pferd einen hellen Schrei, daß man es durchs ganze Haus hörte. „Ich muß fort", sagte Faust, „ich bin zitiert." Er wollte gute Nacht sagen, aber sie hielten ihn auf. Faust knüpfte einen Knoten in seinen Gürtel und sagte ihnen noch ein Stündchen zu, als aber das Pferd zum zweiten Male schrie, da wollte er unbedingt fort. Er ließ sich jedoch von der Gesellschaft abermals überreden und blieb noch eine Stunde. Beim dritten Schrei jedoch ließ er sich nicht mehr zurückhalten, nahm Abschied und verließ die Stube. Die Gäste gaben ihm das Geleit bis zur Haustür, und da sahen sie, wie Faust sich auf sein Pferd setzte, die Schlossergasse hinaufritt und sich dann mit dem Tier stracks in die Luft schwang, so daß er sich allen

Blicken entzog. So kam Faust noch vor Tagesanbruch nach Prag.

Weil nun aber Faust so viele Possen in Erfurt trieb, daß Stadt und Land von ihm schwatzte und bei den Pfaffen die Sorge überhand nahm, es könnte der Teufel die Jugend und andere Einfältige verführen, wurde Anweisung gegeben, daß sich der Barfüßermönch D. Klinge an ihn heranmachen und versuchen sollte, den Teufel aus ihm herauszureißen. Der Mönch kam herbei und redete mit Faust erst freundlich, sodann aber hart und scharf, erklärte ihm Gottes Zorn und sagte, daß ewige Verdammnis auf solchem Wesen stünde, wie es Faust an den Tag lege. Zuletzt sagte der Mönch zu dem Erzschelm, er sei doch ein gelehrter Mann und könne sich mit Gottes Hilfe ehrlich ernähren. Deswegen möge er den Teufelsbund lösen und Gott um Vergebung der Sünden bitten. Faust antwortete: „Mein lieber Herr, ihr meint es gewiß gut mit mir, aber ich habe mich so hoch verstiegen und mich mit meinem eigenen Blute dem Teufel verschrieben. Ihm gehöre ich für ewig an. Wie könnte ich da wohl zurückfinden?“ Darauf der Mönch: „Das könnte sehr wohl geschehen, wenn Ihr wahre Reue zeigt und Buße tut, Euch der Zauberei und aller Gemeinschaft mit dem Teufel enthaltet und niemand mehr ärgert und verführt. Wir wollen Euch auch in unserem Kloster eine Messe lesen, daß Ihr des Teufels ledig werden möget.“ – „Mess' hin, Mess' her“, sagte Faust, „meine Zusage bindet mich zu hart. Es wäre auch nicht ehrlich, wenn ich meinem Brief und Siegel, die ich dem Teufel gegeben, zuwiderhandeln sollte. Hat mir der Teufel redlich gehalten, was er mir zugesagt, so will ich auch ihm redlich halten, was ich ihm zugesagt und verschrieben habe.“

Da wandte sich der Mönch ab und sagte: „So fahre immer hin, du verfluchtes Teufelskind, wenn du dir nicht helfen lassen willst!“ Der Mönch ging zum Rektor der Universität und übermittelte diesem Fausts Worte. Der Rektor berichtete dem Rat, und dieser sorgte dafür, daß Faust aus der Stadt Erfurt hinaus mußte und sie nicht mehr betreten durfte.

Auch in Gotha war Faust gut bekannt. Einmal ging er dort nach dem Nachtessen mit einigen Freunden vor dem Tor spazieren. Da begegnete ihnen ein Wagen mit Heu. Faust ging mitten auf dem Fahrweg, so daß der Bauer ihn notgedrungen ansprechen mußte: er möge ausweichen und sich neben dem Fahrweg halten. Faust, der wohl bezecht war, antwortete: „Wir wollen doch einmal sehen, ob ich dir oder ob du mir weichen mußt. Hast du noch nichts davon gehört, daß einem vollen Manne jeder Heuwagen ausweichen soll?“

Dem Bauer schwoll mächtig der Kamm, er schimpfte laut, aber Faust entgegnete: „Bauer, mach nicht viel Umstände, oder ich freß dir den Wagen, das Heu und die Pferde.“ – „Meinetwegen“, sprach der Bauer. Faust verblendete ihn hierauf nicht anders, als daß der Bauer meinte, jener habe ein Maul so groß wie ein Ungeheuer und fresse und verschlinge zuerst die Pferde, danach das Heu und den Wagen. Erschrocken lief der Mann zum Bürgermeister und berichtete ihm alles, was sich in seinen Augen zugetragen hatte. Der Bürgermeister ging mit, um sich die Geschichte zu besehen, aber als sie vors Tor kamen, fanden sie Roß und Wagen, wie es sich gehörte.

Bei einer Reise über den Thüringer Wald kehrte Faust einmal mit einigen Gefährten in einem Wirtshause ein und bat freundlich um Herberge. Die Wirtin aber wollte die Gesellschaft nicht aufnehmen; sie habe nichts zu essen im Hause, und ihr Mann sei auch abwesend. „Liebe Wirtin“, sagte Faust, „das stört uns alles nicht, es gefällt uns hier, und so bitten wir Euch, uns aufzunehmen.“ Die Wirtin gab nach und versprach ihnen Herberge; Essen aber habe sie nicht.

Da sagten einige aus der Gesellschaft: „Hätten wir doch ein paar von den Hechten mitgenommen, die wir heute mittag übriggelassen haben.“ Faust sprach: „Gelüstet euch nach Hechten, so will ich sehen, was mein Koch vermag.“ Er klopfte ans Fenster und rief: „Bring, was du hast!“ Daraufhin griff er zum Fenster hinaus und holte eine große Schüssel voll abgesottener Hechte und eine große Kanne Wein in die Wirtsstube. Da war die Freude groß, und sie aßen und tranken und ließen sich's wohl sein.

Wasunger Geschichten

Oberhalb von Wasungen stand auf einem Hügel seitwärts der Landstraße ein alter Galgen. Als einst ein fremder Dieb gefangen worden war und er an jenem Wasunger Stadtgalgen gehenkt werden sollte, traten die Ratsherren zusammen und sprachen: „Dieser Galgen gehört uns und unseren Kindern und Kindeskindern; wir brauchen keine fremden Sünder an ihm.“ Sie litten also nicht, daß der Dieb daran gehenkt wurde. Da keine andere Möglichkeit bestand, die Strafe zu vollziehen, gaben sie ihm Geld, führten ihn aus der Stadt und sagten: „Sieh zu, daß du mit dem Gelde in eine andere Stadt kommst, melde dich dort und laß dich an deren Galgen henken!“

Einmal kehrte ein Fremder in einem Wasunger Wirtshaus ein, um hier zu übernachten. Der Fremde hatte viel von den Wasunger Streichen gehört und sagte spöttisch zum Wirt: „Ich möchte gern auch mal einen Wasunger Streich erleben. Könnt Ihr mir keinen machen, Herr Wirt?“ Dieser erwiderte: „Warum denn nicht? Ihr sollt den Streich haben!“ Der Gast machte sich's bequem, zog die Stiefel aus und bat den Wirt, er möge ihm ein Paar Pantoffeln bringen. Der nickte bereitwillig, nahm die Stiefel und schickte dem Fremden kurz darauf die verlangten Pantoffeln. Am andern Morgen wollte der Gast weiterreisen und begehrte seine Stiefel. Da brachte der Wirt ein Paar Schäfte, von denen die Schuhe abgeschnitten waren. „Was soll das heißen?" fragte der Fremde. „Wo sind die unteren Teile?" Darauf der Wirt: „Die habt Ihr doch an Euren Füßen! Hier sind die Schäfte, die übriggeblieben sind. Ihr wolltet so gern einen Wasunger Streich haben, und den Gefallen hab ich Euch getan."

Bei Walldorf, das eine Stunde Weges oberhalb von Wasungen an der Werra liegt, fiel ein fremder Mann in den Fluß und ertrank. Bei Wasungen wurde der Leichnam geborgen. Darüber entstand Streit zwischen den Walldorfern und den Wasungern, welcher Ort die Kosten der Beerdigung tragen müsse. Die Walldorfer sagten: Die Wasunger müssen zahlen, weil der Tote dort an Land gekommen ist. Die Wasunger aber entgegneten: In die Kasse greifen müssen die Walldorfer, weil der Mann bei ihrem Orte ertrank. Der ganze Streit kam vor Gericht, und dieses entschied gegen Wasungen. Der hochweise Rat der Stadt fügte sich dem Urteilsspruch, jedoch nur unter der Bedingung, daß die Walldorfer folgende Versicherung abgäben: Falls jemand einmal bei Wasungen in die Werra fiele und oben bei Walldorf aufgefunden werde, dann müßten die Walldorfer auch ihrerseits die Begräbniskosten tragen. Die Walldorfer hatten nichts Eiligeres zu tun, als diese Versicherung zu unterschreiben.

Es begab sich, daß auf der Gemeindewiese ein Fuder Heu aufgeladen wurde. Die Auflader wollten es, wie alle Wasunger, anders machen als andere, und so banden sie den Heubaum quer auf den Wagen. Wie man nun ans Stadttor kam, konnte der Wagen wegen des queren Heubaums nicht hindurch. Da fing ein großes Beraten an, wie das Fuder wohl in die Stadt zu bringen sei. Es ward darüber fast Abend, und niemand kam aus Wasungen herein und heraus. Wie nun alle so ratlos standen, kam eine Schwalbe angeflogen, die hatte einen langen Strohhalm im Schnabel und schleifte ihn der Länge nach durch die Luft und durchs Tor. Da gingen den Wasungern die Augen auf. Sie meinten: Wenn die

Schwalbe den Strohhalm quer getragen hätte, würde sie gleicherweise wie der Wagen mit dem Heubaum nicht in die Stadt hineingelangt sein. Flugs banden sie daher den Baum der Länge nach und passierten nun, stolz auf ihre Erfindungsgabe, das Stadttor.

Wasungen ist eine der ältesten Städte im Werragrund. Daß auch die Narretei dort nicht erst von gestern ist, beweist eine schriftlich überlieferte Erlaubnis aus einem Hutrezeß vom Jahre 1578. Darin heißt es, „daß zur Winterszeit der Ziegenhirt mit den Ziegen den Schloßberg und die Hunnenburg betreiben möge" – nur der Schalk, der das verfaßt hat, kann gewußt haben, was die Ziegen im Winter da oben finden sollten.

Ein Wasunger Wirt hatte einmal so viele Mäuse und Ratten in seinem Anwesen, daß er sich nicht mehr zu helfen wußte. Damals gab es noch keine Katzen in Wasungen. Dem Wirte wurde angeraten, er solle nach Meiningen fahren und sich dort eine Katze kaufen. Nur auf diese Weise würde er der Plage bald ledig sein, denn dieses Tier vertilge die Mäuse wie die Ratten. Das ließ sich der Mann nicht zweimal sagen. Mit seinem Knecht fuhr er nach Meiningen und kaufte die Katze um ein gutes Stück Geld. Auf dem Heimweg fiel ihm ein, daß er vergessen hatte, sich zu erkundigen, was die Katze fresse, denn klug bedachte er, daß solch ein Tier auch dann noch leben wollte, wenn es keine Mäuse und Ratten mehr gab. Er sandte den Knecht nach Meiningen zurück, um die Erkundigung einzuziehen. Wie der Knecht wiederkam, fragte der Wirt neugierig: „Nun, was frißt die Katze?" Der Knecht antwortete: „Alles!" Da seufzte der Wirt: „Behüt uns Gott vor so einem Tier!" Sprach's und schickte die Katze augenblicklich wieder zurück nach Meiningen.

Ein Fuhrmann, der Kürbisse geladen hatte, kam mit seinem Geschirr durch die Stadt. Die Wasunger hatten damals noch keinen Kürbis gesehen und hielten folglich die großen, runden Früchte für Eier. „Was sind das für Eier?“ fragten sie neugierig den Fuhrmann. Der war ein rechter Schalk und erwiderte: „Das sind Eselseier, die ich nach Hamburg zum Ausbrüten fahre; aus jedem von ihnen kommt ein kleiner Esel heraus.“ Dieses Geschäft könnten wir selber besorgen! dachten die Wasunger und erwarben auf Gemeindekosten etliche dieser Eier, welche von ehrbaren Bürgerinnen ausgebrütet werden sollten. Oben auf dem Berg, auf dem das alte Schloß steht, wurde das Eselsnest gebaut, die Eier hineingetan und bebrütet, wobei die Frauen nach Rang und Stand einander ablösten. Einer Bürgersfrau wurde über dem Brüten die Zeit gar lang, sie rutschte auf dem Nest hin und her, und dadurch fiel eines der Eier heraus und rollte auch schon bergab. Die Frau erhob ein großes Geschrei, und ein Wasunger, der in der Nähe war, das Lärmen hörte und auch das Ei rollen und springen sah, stürzte diesem eilends nach und auf eine Hecke zu, in die es eben hineinlief und darin seinen Blicken entschwand. Im selben Augenblick sprang ein Hase aus der Hecke und suchte das Weite. Wie der Wasunger die langen Löffel des Hasen sah, hielt er sie für Eselsohren, vermeinte, es sei das Eselchen, das aus dem Ei gesprungen sei und nun sein Nest suche, und schrie, man möge das Jungtier aufhalten. Es war aber niemand in der Nähe, der es hätte tun können, und so entsprang das Füllen über alle Berge. Die übrigen Eier waren leider alle verbrütet, und noch lange Zeit ärgerten sich die Wasunger darüber, daß das einzige geschlüpfte Eselchen entkommen war.

XI

Unerfüllte Liebe

Während man im Dorfe Welkershausen vor Zeiten das Sommer-Sonnenwendfest feierte, weidete droben am Eschberg ein junger Schäfer seine Schafe. Da war's ihm, als tönte vom Eschloche her eine gar liebliche Weise zwischen das Herdengeläut. Er spitzte die Ohren, und richtig – es war so. Bald war er auf dem Weg nach dem Loche.

Wie aber erstaunte er, als er an jener Stelle ein prächtiges Schlößchen erblickte, aus dessen Innern ihm die wunderbare Weise entgegenklang. Eine Weile lauschte der Schäfer; dann aber vermochte er nicht länger stillzustehen, er trat durch das offene Tor und fand sich in einem kostbaren Zimmer. Da lockte die Stimme ihn weiter und immer weiter, bis er der Sängerin gegenüberstand.

So etwas Schönes hatte er in seinem Leben noch nicht gesehen. Die Jungfrau schien zu schlafen, oder vielleicht wollte sie den staunenden Schäfer in seinem Anschauen nicht stören. Doch dann fing sie an zu reden, und um die Herzensruhe des Schäfers war es geschehen; denn sie hatte ihm gesagt, daß sie ihn schon lange kenne, daß seine Wiege aus einer Esche gezimmert gewesen sei, die in genauer Beziehung zu ihr gestanden habe, und daß er, wenn er wolle und Mut habe, sie beide glücklich machen könne.

Der Schäfer vermochte kein Wort hervorzubringen, sondern nickte nur immer freudig zustimmend. Und die Jungfrau fuhr fort und bat ihn nun, sie am nächsten Johannistage hier wieder aufzusuchen, wo sie ihm freilich nicht in ihrer jetzigen wahren Gestalt, sondern als ein abschreckendes Ungeheuer erscheinen dürfe; er solle sich nur nicht fürchten, sie vielmehr in der Gestalt des Tieres ohne Scheu umarmen und auf die Stirne küssen und dieses drei Johannistage nacheinander wiederholen; dann erst wäre sie erlöst, und sie beide würden die Glücklichsten unter der Sonne sein.

Der Schäfer war außer sich vor Freude, und als er dies alles zu tun gelobt hatte, verschwand mit einem furchtbaren Krachen das Schloß, er aber stand verdutzt und schaute noch eine Zeitlang in die Tiefe des Eschlochs. Doch er hielt Wort. Am nächsten Johannistag durchschritt er wieder die Gemächer des Schlosses; auf der Schwelle des letzten jedoch blieb er vor Entsetzen wie gebannt einen Augenblick stehen;

denn statt der Jungfrau erblickte er auf deren Lager ein scheußliches Gewürm, das ihm entgegenzischte. Schon wollte er Reißaus nehmen, da fielen ihm die Worte der Jungfrau wieder ein, er faßte sich ein Herz, trat ein, packte die Schlange und küßte sie auf die Stirn. Und mit einem furchtbaren Krachen war das Schloß wieder verschwunden; doch aus der Tiefe des Eschloches erkannte er der Jungfrau Stimme an dem „Hab Dank“, das sie ihm zurief.

Ebenso erging es ihm am nächsten Johannistage, nur mit dem Unterschied, daß er anstatt der Schlange ein blutgieriges Raubtier zu küssen hatte und die Jungfrau ihm ein zweimaliges „Hab Dank“ nachsandte. Mit verstärktem Mute schritt unser junger Schäfer das dritte Mal hinaus zum Eschloch. Doch diesmal faßte ihn ein solches Entsetzen vor dem greulichen Lindwurm, der ihm feuerspeiend vom prächtigen Lager entgegensprang, daß er vor Bestürzung weder an die schöne Jungfrau noch an ihre Worte dachte und Hals über Kopf aus dem Schlosse rannte. Das verzauberte Schloß sank krachend in die Tiefe, aus der jetzt der Schäfer durch das Wimmern der Jungfrau zu spät an deren Worte und sein Versprechen erinnert wurde.

Seit jener Zeit war es aus mit dem Schäfer. Und als sie im nächsten Sommer drunten im Dorf das Sonnenwendfest feierten, da fanden sie ihn entseelt droben am Eschloch, und um seine Schläfe war ein Kranz von blauem Enzian gewunden. Als sie ihn zu Grabe trugen, da umflatterte ein bunt gefiederter Vogel, der gar wunderbare Weisen sang, den Sarg. Und als sie ihn auf dem Friedhofe einsenkten, da entschwebte der Vogel hinauf nach dem Eschloch.

Die Rosen zu Bleifeld

In Bleifeld war einmal ein steinreicher Bauer, der hatte einen Sohn, und dieser Sohn liebte ein schönes Mädchen. Aber das Mädchen war arm. Sie lebte ganz für sich in einer alten Hütte und ernährte sich nur von Pilzen und Beeren, die sie im Walde suchte. Zuweilen nähte sie Kleider für die Bäuerinnen, und dafür bekam sie ein Brot und ein Stück Fleisch. Aber sie war frohen Sinnes und dachte: Ich will redlich arbeiten, vielleicht, daß dann auch zu mir das Glück kommt.

Jeden Abend, wenn die Sonne untergegangen und das Tagwerk getan war, traf sich das Mädchen heimlich mit dem Burschen unter einem großen Birnbaum, der am Ausgang des Gutsgartens stand. Hier setzten sie sich in das Gras, hielten einander an den Händen, küßten sich wohl auch und sprachen davon, wie schön es einmal würde, wenn sie erst als Mann und Frau miteinander leben könnten. Der Bursche hatte große Pläne, das Mädchen aber lachte dazu und meinte, sie würde schon glücklich sein, wenn sie in einem richtigen Haus leben könne und wenn sie einen Sohn hätte und eine Tochter.

Diese Abendstunde war beiden die liebste des ganzen Tages, und wenn es einmal regnete und sie sich nicht sahen, dann zürnten sie beide dem Himmel und wurden erst wieder froh, wenn sich die Sonne durch die Wolken schob und die Regentropfen von den Grashalmen trank.

Nun aber wollte es der Zufall, daß eines Abends der Bauer durch seinen Garten ging, um nachzusehen, ob das Obst bald reif sei. Er kam auch zu dem Birnbaum. Da sah er, wie sein Sohn das arme Mädchen umschlungen hielt und von Herzen küßte. Sogleich packte ihn ein wilder Zorn. Er stürzte sich auf die Schöne, riß sie hoch und schlug ihr hart ins Gesicht. Dann stieß er sie aus dem Garten und schrie, daß sich seine Stimme fast überschlug: „Wenn du dich hier noch einmal blicken läßt, schlag ich dich tot wie einen räudigen Hund.“ Dann wandte er sich seinem Sohn zu, schlug auch ihm die Faust ins Gesicht und verbot ihm, auch nur ein einziges Mal das Mädchen wiederzusehen. „Für so ein armes Ding habe ich nicht mein Leben lang geschafft“, rief er. „Du heiratest die, die ich dir bestimme, und damit basta.

Diese Dirne bekommst du sowenig, wie auf diesem Baum Rosen blühen.“

Am andern Tag schlich der Bursche sich vom Hof, und bald darauf trat er in die Hütte seiner Liebsten ein. Sie saß am Tisch und säuberte Pilze, die sie am Morgen im Wald gesucht hatte. Als sie den Burschen sah, fragte sie leise, was er denn noch von ihr wolle. Er möge doch von ihr lassen, sie bringe ihm kein Glück, das habe er doch nun gesehen. Der Bursch aber schüttelte nur den Kopf, setzte sich zu ihr und sagte, daß der Vater ihm verboten hätte, noch mit ihr zu sprechen, nur wenn auf dem Birnbaum Rosen blühten, dürfe sie seine Frau werden.

Kaum hatte er das gesagt, als das Mädchen seine Hand faßte und ihn ansah: „Wenn es so ist, dann können wir noch hoffen. Vielleicht helfen uns die guten Geister. So wollen wir deinem Vater zu Willen sein und uns bis zum kommenden Frühjahr nicht mehr sehen. Aber wir wollen uns weiter lieben und nicht voneinander lassen.“

Sie küßten sich ein letztes Mal, dann ging der Bursch auf den Bauernhof zurück. Der reiche Bauer jedoch meinte, der Sohn hätte endgültig von der armen Dirne gelassen, und er hielt schon Ausschau nach einer wohlhabenden Braut, die den Besitz vergrößern sollte. Aber auf wen er seinen Sohn auch hinwies, er hatte immer etwas auszusetzen, und so wollte keine Heirat zustande kommen.

An einem warmen Frühlingsmorgen geschah es, daß der Bauer wieder durch den Garten ging, um zu sehen, ob die Bäume in reicher Blüte stünden. Wie aber erschrak er, als er zu dem Birnbaum kam, auf dem blutrote Rosen blühten, eine neben der anderen, daß es aussah, als sei der Baum zu einem großen Blutstropfen geworden. Da eilte er in das Haus zurück und rief seinen Sohn zu sich. Dem befahl er, sogleich das Mädchen zu holen, das er damals so grob aus dem Garten gejagt hatte.

Das ließ sich der Bursch nicht zweimal sagen. Er lief zur Hütte, faßte das Mädchen bei der Hand und zog es mit sich.

Als sie dann vor dem Vater standen, nahm er es fest in die Arme, küßte es fröhlich auf den Mund, und der Vater gab ihnen seinen Segen. Schon am nächsten Tag wurde die Hochzeit gefeiert. Es wurde ein großes Fest, alle Dörfler feierten mit, der Bauer aber saß zwischen dem jungen Paar.

Sie lebten zu dritt in Freude und Zufriedenheit auf dem Bauernhof, und als der alte Bauer krank wurde, pflegte ihn die junge Frau mit aller Liebe und Güte, daß er ihr oftmals die Hand auf den Kopf legte und leise zu ihr sagte: „Wie bin ich froh, daß der Birnbaum Rosen getrieben hat! Du wärst sonst nie in unser Haus gekommen, und ich hätte im Alter unter meiner Sünde leiden müssen."

Seitdem geben die Burschen in Bleifeld dem Mädchen, das sie lieben, eine dunkelrote Rose, und das ist soviel wie ein Versprechen fürs ganze Leben.

Die Tochter des Hegereiters

Das Gelaloch war ehemals ein See, jetzt ist es ein Teich in der Gegend von Gerstungen. Den Namen hat es von Angelika, der Tochter des Hegereiters von Dankmarshausen. Von ihr erzählt die Sage:

Auf der äußersten Spitze des in der Gegend von Dankmarshausen auslaufenden Säulingswaldes, die Hornungskuppe genannt, hauste einst ein mächtiger Ritter mit Namen Hornung oder Harding. Er hatte nur einen Sohn, und sein ganzes Streben lief darauf hinaus, ihn mit einer reichen Erbin zu verheiraten, um den Glanz des eigenen Hauses noch zu erhöhen.

Der alte Hornung hatte für seinen Sohn auch längst eine reiche Braut gefunden: die Tochter eines angesehenen Edelmannes, der einen Burghof in Gerstungen besaß. Als er nach langem Verhandeln die Zustimmung des alten Edelmanns erlangt hatte, kehrte er fröhlich heim und freute sich auf dem Wege nicht wenig der angenehmen Überraschung, die er seinem Sohn nun bereiten konnte.

Aber die Kinder teilen in Herzenssachen selten die Ansicht der Alten. Ritter Hornungs Sohn lächelte abweisend, als sein Vater beim Nachttrunk mit der Neuigkeit herausrückte, und erklärte rundheraus, daß er solch ein Geschäft lieber selbst besorgen möchte.

Der Burgpfaff, der mit beim Weine saß, verdrehte bei dieser kecken Rede des Sohnes die Augen gen Himmel und faltete andächtig die Hände über seinem mächtigen Bauch. So ein undankbarer Sohn! dachte er. Der alte Ritter aber schritt grollend in die Schlafkammer, und als einziger Trost blieb ihm der Gedanke, daß sein Sohn mit der Zeit schon noch vernünftig werde. Der aber hatte längst gewählt. Keine Braut von Adel hatte er sich ausgesucht, sondern Angelika, die Tochter des Hegereiters von Dankmarshausen, die wohl arm war, aber schön und gut.

Noch oft kam Ritter Hornung auf das Thema zurück, aber stets lehnte sein Sohn die Ehe mit dem Gerstunger Edelfräulein ab. Schließlich wurde der Alte wütend und schwor einen heiligen Eid, alles aus dem Wege zu räumen, was seinen väterlichen Absichten im Wege stand.

Nun beobachtete der Burgpfaff, wie der junge Ritter seine Liebste heimlich besuchte, und hatte nichts Eiligeres zu tun, als dem Ritter davon zu berichten. Da schlich auch der Vater dem Sohne nach. Leise wie ein Fuchs folgte er ihm durch Wald und Flur und sah schließlich, wie sich der Junge heimlich ins Haus des Hegereiters stahl. Der Ritter trat an das niedrige Fenster, und die süßen Worte, die er dort hörte, gaben ihm vollen Aufschluß über die hartnäckige Weigerung seines Sohnes, das Edelfräulein zu ehelichen.

Ritter Hornung rannte spornstracks auf das Schloß zurück und berichtete dem Hauskaplan, was er gesehen hatte. Er bat den Pfaffen um einen Rat, wie das drohende Unheil abgewendet werden könnte. Nachdem der Pfaffe dreimal den Becher geleert hatte, wußte er einen Ausweg. Seiner Meinung nach konnte nur eine höllische Zauberei oder ein Liebestrank den Junker in die Liebe zu der Niedriggeborenen verstrickt haben. Folglich müsse man nach dem Mädchen fahnden und sie als Zauberin einem Gottesgericht überantworten. Nur dadurch könne der junge Ritter aus der Verstrickung erlöst werden.

In seinem Zorn ging der Ritter auf diesen Vorschlag ein. Jedoch wurde die Ausführung des Planes verschoben, weil der Jungherr am folgenden Tage nach Erfurt zu einem Turnier reiten wollte, das Kaiser Friedrich ausgeschrieben hatte. In der Zwischenzeit versicherten sich Ritter und Kaplan der Unterstützung des Abtes von Hersfeld.

Der Junker verbrachte den Abend bei Angelika und nahm leichten Herzens Abschied, obwohl sich zu dieser Stunde das Gewitter über ihren Häuptern schon zusammenzog. Auf dem Wege nach Erfurt dachte der Junge nur an seine Liebste, und vor Sehnsucht nach ihr verließ er das Turnier schon eine Woche früher. Die schönen Augen der Frauen und Mädchen, die dort versammelt waren, fesselten ihn nicht, auch wenn ihr Blick oft wohlgefällig auf seiner schönen, schlanken Gestalt geruht hatte. Die Augen Angelikas riefen ihn unwiderstehlich in die Heimat zurück.

Als er in der Frühe des Morgens die Anhöhen erreichte, die einen freien Blick ins Werratal gewähren, bemerkte er auf dem Blachfeld bei Gerstungen eine unübersehbare Menschenmenge, der immer neue Gruppen zuströmten. Der junge Ritter trieb sein Pferd zu größerer Eile an und hielt nicht eher, bis er den letzten der Nachzügler erreicht hatte. Der berichtete ihm, die Hegereiterstochter Angelika sei zum Gottesurteil im See verurteilt worden.

„Wer wagt diese Lüge!“ rief er mit einer Stimme, die keinem Menschen zu gehören schien, so daß die Umstehenden scheu zurückprallten, und spornte den Rappen zu neuer Eile. In einer Staubwolke stob er dahin und erreichte bald die dichte Menschenmauer. „Haltet ein, Mordknechte!“ rief er, und da brach das Pferd unter ihm zusammen. Er eilte zu

Fuß weiter. Die Wogen des Volkes drohten ihn zu ersticken, er brach sich mit seinem Schwert Bahn und erreichte in dem Augenblick das Ufer, da Angelika von einem Kahn aus mitten im See den grünen Fluten übergeben wurde. Vergebens herrschte er die Richter an, vergebens bat er seinen Vater um Erbarmen, vergebens reckte er die Arme zum Himmel. Da sprang er ins Wasser und erreichte das Mädchen auch, aber nun zog die Rüstung des Junkers beide unwiderstehlich in die Tiefe. Der See gurgelte, öffnete seinen tiefen Schlund, und beide sanken hinab.

Der alte Ritter konnte sich kaum auf den Beinen halten, er verfluchte sein Haus, das Gottesgericht, den Abt und die ganze Klerisei, kletterte auf sein Roß und jagte heimwärts. Zu Hause raffte er das Nötigste zusammen, ritt gen Erfurt und schloß sich dem Heer ins Morgenland an. Er kehrte nicht wieder zurück.

So kam es, daß die Burg allmählich verödete und zerfiel. Niemand wollte sie wieder aufbauen. Räuber trieben in den Ruinen und in der Umgebung ihr blutiges Handwerk. Bis ins 16. Jahrhundert hinein war deshalb die Hornungskuppe der Schrecken des ganzen Werratales.

ANHANG

Nachwort

1 In der Vorrede zum ersten Band ihrer „Deutschen Sagen“ schrieben die Brüder Grimm, das Märchen sei poetischer als die Sage und die Sage historischer als das Märchen. Diese Feststellung ist ein unerläßlicher Schlüssel zum vollen Verständnis unseres Sagenschatzes.

Im Märchen sind allgemeinste, von der Zeitwirklichkeit in hohem Maße entkleidete Anliegen und Wünsche der Menschen dichterisch, erzählerisch ausgedrückt; die Sage dagegen bleibt immer ihrer Zeit eng verhaftet, auch wenn sie Mystisches mit Realem mischt. Im Märchen finden wir stets eine *erfundene* Umwelt; die Sage geht von einer tatsächlich vorhandenen Umwelt aus. Das Märchen, Zeugnis frühester Poesie der Völker, läßt historische Ereignisse und Personen außer acht; für die Sage ist die enge Bindung an Geschichtliches charakteristisch, obwohl wir ihr in der Regel keine *exakten* historischen Fakten entnehmen können, wie wir noch sehen werden. Das Märchen wird leicht in jedem Land heimisch, denn es spielt in einer stilisierten Welt; die Sage ist fest an *ein* Land, an *eine* Landschaft, ja an *einen* Ort gebunden. Das Märchen konnte sich auf Grund seiner Eigenart vom Volks- zum Kunstmärchen entwickeln; die Sage dagegen hat sich trotz ernsthafter Versuche, sie als literarisches Genre zu handhaben, der Kunst gewissermaßen widersetzt. Märchen werden auch heute noch geschrieben, eben weil das Märchen auch als Kunstform existiert; neue Sagen entstehen nicht mehr, weil die Zeit, die notwendigerweise Sagen hervorbrachte, vorbei ist und die Sage nur in ihr einen Nährboden hatte.

Aus diesen Unterschieden folgt, daß das Märchen leichter, phantasie- und kunstvoller, poetischer daherkommt, die Sage schwerer, mit einer Vielzahl von Orts- und Personennamen und Bruchstükken alter Bräuche durchsetzt, derber und ungeschliffener, und bisweilen hat sie vollends das Gewand der Chronik angelegt. Aber die Unterschiede bedeuten nicht, daß keine Gemeinsamkeiten zwischen Märchen und Sage bestünden. Die Grenze zwischen ihnen ist oft fließend, und Elemente des einen finden sich im andern. Beide sind mündlich durch Jahrhunderte weitergegeben worden, und viele Menschen haben an der Sage wie am Märchen gewirkt und geformt; beide gehören deshalb zum Schatz der Volksdichtung.

Während uns das Märchen unmittelbarer in das Reich der Poesie führt, erlaubt die Sage tiefere Rückschlüsse auf das Denken und Empfinden unserer Vorfahren. Die Möglichkeit, in der Sage und durch sie geistige und moralische Haltungen der Menschen vergangener Epochen kennenzulernen, führte auch zur eigentlichen Grundidee unseres Neuen Thüringer Sagenbuches.

2 Es hat in der Vergangenheit nicht wenige Sammlungen Thüringer Sagen gegeben. Unser Quellenverzeichnis gibt darüber Auskunft. Teils waren es volkskundliche Bestrebungen, die zu diesen Sammlungen führten, teils historisch-romantisierende. In den letzten Jahren war zu beobachten, daß Schriftsteller verstärkt Sagenstoffe und -motive als Vorwurf für Erzählungen benutzten.

Unser Buch verfolgt keine dieser Absichten. Ihm liegt der Gedanke zugrunde, mit einer wohlüberlegten Auswahl von Sagen gleichsam einen Beitrag zur *inneren* Geschichte Thüringens zu leisten, also zur Darstellung des Denkens und Empfindens derer, von denen uns die Sage überkommen sind. Dazu wurden sehr alte Sagenfassungen wie auch neuere Bearbeitungen ausgewählt, die unserem Vorhaben nützlich schienen, chronikartige Sagen ebenso wie solche, die sich der Erzählung nähern. Die meisten der hier vertretenen Sagen sind vom Herausgeber sprachlich insoweit behutsam modernisiert worden, als das zum leichten Verständnis der Texte nötig war. Bechsteins volkskundliche Methode, die Sagen geografisch zu ordnen und sie nach landschaftlichen „Sagenkreisen“ zusammenzufassen, war für unser Buch ebenso untauglich wie Witzschels strenge Gliederung in Orts- bzw. Volkssagen und historische (Geschlechter-) Sagen. Selbstverständlich konnten auch nicht jene Sammlungen zum Vorbild genommen werden, die nicht die gegebene Bindung des Sagenschatzes an eine vergangene Wirklichkeit betonten, sondern allein das Wunderbare und Mystische in den Vordergrund rückten.

Wie man alle jene Sammlungen heute jedoch auch beurteilt – ihr Verdienst der Bewahrung und Pflege unseres Sagenschatzes kann man nicht hoch genug veranschlagen. So stellt sich unser Sagenbuch keineswegs in einen Gegensatz zu den alten Sammlern und Interpreten, sondern will als zeitgemäße Aneignung und Fortführung ihrer Arbeit verstanden sein. Es war auch nicht unsere Absicht, Vollständigkeit anzustreben, im Gegenteil, wir beschränkten uns auf die für unser Vorhaben ausdrucksstärksten Sagen und Sagenbearbeitungen. Und wir wollten unser Unternehmen auf durchaus literarische Weise verwirklichen: durch eine Sammlung, von der man sowohl Vergnügen und Entspannung als auch Wissen und echten Aufschluß über das Thema erwarten darf. Dabei verstanden wir den Thüringer Sagenschatz als exemplarisch für eine umfassendere, durch die Entwicklung zur deutschen Nation gekennzeichnete Vergangenheit, so daß sich das Buch an alle Leser inner- und außerhalb Thüringens wendet, die Bekanntschaft mit dem schließen wollen, was die Menschen in unserem Vaterland vor Jahrhunderten dachten und fühlten, wie sie urteilten und wonach ihnen der Sinn stand.

3 Charakteristisch für die Sage ist, daß sie keinen namentlich bekannten Verfasser hat. Das führte nicht selten zu Spekulationen und Mystifikationen – bis hin zu der Behauptung, in den Sagen offenbare sich die Volksseele auf elementare, mit dem Verstand nicht zu erfassende Weise, und erst spät, Anfang des vorigen Jahrhunderts, seien Dichter, Volkskundler und Literaturwissenschaftler darangegangen, den bis dahin vorwiegend nur mündlich existierenden Sagenschatz zu Papier zu bringen und zwischen Buchdeckeln aufzubewahren.

So einfach liegt die Sache aber nicht. Zwar sind wir, wenn wir den Ursprung und die Verbreitungswege der Sagen untersuchen wollen, meist auf Vermutungen, auf Hypothesen angewiesen; die Kenntnis der für uns zugänglichen Quellen und das Studium des Sagenschatzes selbst lassen jedoch ohne weiteres die Behauptung zu, daß die Sagen in ihrer Mehrzahl unmittelbare gesellschaftliche Interessen und Konflikte vergangener Zeiten ausdrücken. Darüber können auch Aberglaube und Mystik nicht hinwegtäuschen, mit denen die Sagen durchsetzt sind. Das ist gleichsam das Signum vor allem mittelalterlicher Kulturäußerung; es ist den Sagen unauslöschlich, aber auch unwiederholbar eingeprägt.

In welchem Maße die Sagen Ereignisse und Personen *subjektiv* beurteilen, zeigt schon die in unserem Buch zu findende Gegenüberstellung der fränkischen und der sächsischen Version vom Untergang des Thüringer Königreiches. Der sächsische Chronist betont den großen Anteil der Sachsen am Sieg über die Thüringer; die Franken erwähnen die sächsische Beteiligung überhaupt nicht. Nicht selten werden in den Sagen nachträgliche Begründungen und Rechtfertigungen für das Handeln bestimmter Personen und ganzer Stämme gegeben und die wirklichen Vorgänge retuschiert. Dieser Mangel an Objektivität ist gleichzeitig ein Beweis für die Interessengebundenheit der Sagen und eine Widerlegung jener mystischen Deutungen, die den Ursprung der Sagen prinzipiell in ein Reich des Nichterkennbaren verlegen wollen.

Geschichtliche Ereignisse, die tief in das Leben der Menschen einschnitten, und Personen, auf die Stämme und Völker Hoffnungen setzten, sind besonders dicht mit Sagenkränzen umwoben. So ist es kein Zufall, daß viele Sagen vom christlichen Missionswirken

Bonifazius' in Thüringen berichten. Während die in unserem Buch wiedergegebene Bonifazius-Sage durch einen naiv-realistischen Blick des Erzählers ausgezeichnet ist, geben zahlreiche andere, hier nicht vertretene, lediglich Wunder wieder, die dem engen Zusammenwirken zwischen Gott und seinem Thüringer Bischof zugeschrieben werden. Zwei Beispiele: Als Bonifazius einmal auf einem Thüringer Berg predigen und die Bauern bekehren wollte, krächzten die Raben so laut, daß niemand ein Wort verstehen konnte. Der Bischof rief Gott an, und sofort verstummten die Raben. Die Bauern, überzeugt von der Kraft des neuen Glaubens, ließen sich taufen. – Ein andermal kam Bonifazius vom Wege ab, und da die Sonne glühendheiß herniederbrannte, waren er und seine Begleiter dem Verdursten nahe. Gott erhörte auch hier Bonifazius' Gebet, indem er eine frische Quelle dicht neben dem Rastplatz aus der Erde sprudeln ließ. Dieses Wasser, so erklärt die Sage, heißt deshalb heute noch Bonifaziusbrunnen.

Ähnliche Wundersagen, in der Regel von einfachster Gestaltung und ohne jede poetische Vertiefung, bilden einen Kranz um das Leben der heiligen Elisabeth, der Gattin Ludwigs IV. Hier wie dort ist die literarische Hand der Mönche spürbar, von denen die Wundergeschichten vermutlich mit genauer Absicht in Umlauf gegeben wurden. Der schlichte Nachrichten-Charakter dieser Sagen und ihre selbstverständliche, dem Zeitgeist entsprechende Wundergläubigkeit sicherten ihnen Zugang in die letzte Hütte.

Wie sehr Sagen unmittelbaren Zielen des Klerus dienten, zeigt auch anschaulich die von des „eisernen Landgrafen Seele". In ihr wird offen kritisiert, daß sich weltliche Fürsten Kirchengut aneigneten, und selbstverständlich schmort die Seele dessen im Fegefeuer, der sich am Eigentum der Kirche vergriffen hat. Weltliche Fürsten waren ebenso daran interessiert, ihr Wort, ihr Urteil und ihre Taten ins Gespräch der Leute zu bringen. Aus den Niederschriften des Biografen Ludwigs IV., Berthold, hat eine stattliche Zahl Begebenheiten Eingang in den Thüringer Sagenschatz gefunden. Hier wie in anderen Fällen war durchaus nicht der mündliche Bericht die erste Sagenfassung, die Quelle, sondern die schriftliche Chronik, die dann mündlich verbreitet und zur Sage wurde. Die Verbreitung war auf das Sagen und Weitersagen angewiesen, da technische Kommunikationsmittel fehlten. Der Buchdruck war noch nicht bekannt, und lesen und schreiben konnten nur wenige. Es ist kein Zufall, daß die Sagen mit den bedeutendsten Gegenständen aus der Zeit vor der allgemeinen Verbreitung des Buchdrucks stammen und die letzte Blütezeit der Sage das Mittelalter war. Welch ein thematisches Gefälle besteht z. B. zwischen der

Sage „Wie das Christentum nach Thüringen kam“ und den zahlreichen Sagen späterer Jahrhunderte von weißen Frauen, die um Burgruinen geistern! Dort der große, das ganze Volk bewegende Gegenstand, hier das lokal begrenzte sagenhafte Ereignis, das kaum allgemeines Interesse beanspruchen kann. Die mit dem Buchdruck einsetzende schriftliche Verbreitung bedeutender Berichte und Gedanken war vermutlich der Ausgangspunkt dafür, daß die Sage später territorial und geistig immer mehr in die Krähwinkel gedrängt wurde. Von dort holten die Sagensammler dann das Beste wieder hervor, sofern es sich nicht die Dichter als Stoff zu neuen Werken – wie Goethe sich die Faust-Sage – schon angeeignet hatten.

Wenn wir feststellen, daß zahlreiche Sagenstoffe ihren Ursprung in dem Bestreben der herrschenden Kräfte hatten, ihre Gedanken und Urteile aufzubewahren, so dürfen wir dabei einen entscheidenden Umstand nicht vergessen: Die zeitbedingte mündliche Weitergabe begünstigte die Modifizierung, und das Volk machte von dieser Möglichkeit offenbar reichlich Gebrauch. Menschen aller Volksschichten fügten der Sage im Weitererzählen bewußt oder unbewußt Eigenes hinzu, das eigene Urteil, das eigene Anliegen, und ließen anderes weg.

So wandelten sich viele Sagen feudalen Ursprungs im Laufe der Zeit, und insofern sind nicht nur die Volks-, sondern auch die Geschlechter- (Geschichts-) Sagen kollektives Produkt, das es rechtfertigt, im Titel unseres Buches das unpersönliche, grammatische Subjekt (*Es* sagt …) zu verwenden.

Doch nicht nur die Feudalmächte hatten ein Interesse daran, ihre Taten und ihre Ansichten in sprachlichen Umlauf zu setzen; auch die Bauern, Jäger, Handwerker und Knechte formulierten Gedachtes, Geschehenes und Gewünschtes zu Sag- und Erzählbarem. Dazu gehören vor allem die Sagen, die den Übermut, die Amoralität und die Hartherzigkeit fürstlicher und ritterlicher Herrschaften festhalten, also Lebenserfahrungen, die viele Menschen machen mußten. Sinnfällige Beispiele für direkt im Volke entstandene Sagen bieten auch die „Venezianerstückchen“, von denen unser Buch einige enthält. Das ihnen zugrunde liegende objektive historische Geschehen besteht darin, daß Angehörige der Glasmacherzunft Venedigs in den Thüringer Bergen schon zu einer Zeit Mineralien für ihre Glasherstellung suchten und fanden, als die Einheimischen noch nichts oder erst wenig von den im Schoß der Erde verborgenen Schätzen wußten. Da die „Venezianer“ verpflichtet waren, die Geheimnisse ihrer Glasherstellung streng zu hüten, betrieben sie die Suche am liebsten ohne Augen- und Ohrenzeugen, und an ihrem Gebaren entzündete sich die Phantasie der Wäldler, die den Gästen aus dem fernen Italien bald allerlei Wunderkräfte zuschrieben.

Groß ist die Gruppe der Sagen, in denen sich vorwiegend das Suchen nach Erklärungen für noch nicht erkannte Naturerscheinungen ausdrückt. Wenn in einem Jahr das Korn gut stand, im andern aber eine Mißernte zu verzeichnen war, so reichte das damalige Wissen um die Vorgänge in der Natur für eine vernünftige Erklärung meist nicht aus. In die Wissenslücken stellte man Vermutungen, die meist, dem Geist der Zeit entsprechend, die Wahrheit in Übersinnlichem suchten. Alter germanischer und slawischer Volksglaube und das nicht minder mystische christliche Denken durchdrangen hier einander. Zu dieser Sagengruppe, in der sich die Art der Phantasie und des Fabulierens unserer Vorfahren besonders sinnfällig zeigt, gehören die Zwergen-, Riesen-, Heimchen- und Wichtelsagen, die in Thüringen weit verbreitet sind. Oft dem bäuerlichen Lebensbereich entstammend, führen sie uns den Reichtum der Empfindungen, Gedanken und bildhaften Vorstellungen des Volkes vor Augen, ebenso wie jene Sagen, die aus dem Bergmannsleben vergangener Jahrhunderte berichten und uns wertvolle Aufschlüsse über die Lebensgewohnheiten und die Anschauungen jener frühen Bergleute vermitteln.

Als eine weitere Quelle unseres Sagenschatzes haben wir das gesellschaftliche Mitteilungsbedürfnis, den notwendigerweise mündlichen Nachrichten-Austausch zu betrachten. Wer unser Sagenbuch aufmerksam liest, wird ohne weiteres einen Sagentyp erkennen, bei dem der Nachrichten-Charakter besonders stark ausgeprägt ist. „Die Rettung" gehört diesem Typ ebenso an wie „Der Hoftag zu Erfurt" und eine Reihe Sagen des Abschnittes „Merkwürdige Begebenheiten" – wobei allerdings nachdrücklich zu bemerken ist, daß die Übergänge zwischen den einzelnen Sagentypen stets fließend sind und eine strengere Unterscheidung hier überhaupt nur deshalb vorgenommen wird, um wesentliche Elemente unseres Sagenschatzes deutlicher zeigen zu können.

Um diese Gedanken zusammenzufassen: Die Sage gleicht einer Legierung, in der die verschiedensten Elemente zusammengeschmolzen sind – Ansichten und Absichten der Herrschenden ebenso wie Ansichten und Absichten der Beherrschten. Wie es unmöglich und auch wenig sinnvoll wäre, eine Zeitung aus dem Jahre 1860 für die heutige Zeit zu wiederholen, so ist es auch unmöglich und wenig sinnvoll, die Form der Sage für heutige Dichtung und Kommunikation zu benutzen. Die Sage ist eine originale, nicht wiederholbare Leistung einer vergangenen Zeit; aber gerade diese Zeitgebundenheit macht sie auch zur Quelle historischer Erkenntnis für uns Heutige, wenn wir ihren Charakter und ihre Eigenart nur richtig verstehen.

4 Eine strenge Gliederung unseres Buches ist nicht nur in geografischer, sondern auch in thematischer Hinsicht vermieden worden. Es will ein abwechslungsreiches Lesebuch sein. Allerdings erschien es angebracht, im wechselvollen Fluß der Sagen jene Gruppen gewissermaßen zu Blöcken innerhalb des Ganzen zusammenzufassen, die schon immer Sagenkränze bildeten, wie etwa die Sagen um die Thüringer Landgrafen männlicher Linie oder die Faust-Sagen, die – wie einige andere Sagenkomplexe auch – in einer zusammenraffenden Übersicht dargeboten werden.

Der erste Abschnitt des Buches – wie jeder der folgenden mit einer Anfangsvignette versehen – bringt Sagen aus dem vorigen Jahrtausend, wobei, wie öfter, Geschichts- und Volkssagen vermischt sind. Es folgen Sagen, die man als Nachklänge aus dem ersten Jahrtausend bezeichnen könnte; hier findet sich auch die Erinnerung an das alte bäuerliche Gemeineigentum ausgeprägt. Im dritten Abschnitt sind Sagen um die Ludowinger vertreten, im nächsten typische Wundersagen aus dem 12. und 13. Jahrhundert. Sagen, die alten Volksglauben besonders deutlich kennzeichnen, bilden den Übergang zu einigen Kyffhäuser-Sagen und zu einer Zusammenfassung von Sagen über Thüringer Landgrafen weiblicher Linie; hier steht auch eine Übersicht über das, was die Sage vom Kloster Reinhardsbrunn zu berichten weiß, wobei Phantastisch-Wunderbares mit realem Wirklichkeitsabbild gemischt ist. Im nächsten Abschnitt stellen sich sagenhafte merkwürdige Begebenheiten vor, denen „Faust in Thüringen“ und einige Wasunger Geschichten folgen, die beileibe nicht die einzigen humorvollen Stücke unseres Buches sind. Sagen über die Liebe bilden den Beschluß.

Als kulturelles Erbe verlangt unser Sagenschatz Beachtung und Pflege. Wenn unser Buch auf eine den Leser unterhaltende und vergnügende, aufschließende und bereichernde Weise dazu beiträgt, hat es seinen Zweck erfüllt.

Ernst Karl Wenig

Zeittafel

Diese Zeittafel erhebt keinen Anspruch auf Vollständigkeit. Sie will dem Leser einige Vergleichsmöglichkeiten zwischen Sage und wirklichem Geschichtsablauf bieten

Um 200 n.d.Z.: Bildung größerer germanischer Stammes- und Völkerbünde

Um 400–531: Das Königreich Thüringen besteht als einheitlicher, souveräner Staat. Ende des 5. Jahrhunderts erreichte es seine größte Ausdehnung: es erstreckte sich von der Altmark bis an den oberen Main und bis hinein in den Donau-Raum bei Regensburg. (Der bekannteste König des Thüringerreiches, *Bisinus*, hatte wahrscheinlich bei Beesenstedt [Bisinstidi] im Mansfelder Gebiet seine Königsburg.)

Mitte des 5. Jahrhunderts: *Attila* (in der deutschen Sage *Etzel* genannt) in Thüringen. Wahrscheinlich von hier aus unternimmt der Hunnenkönig seinen Kriegszug gegen Gallien, wohin ihm auch Thüringer folgen, wird aber 451 auf den Katalaunischen Feldern vom römischen Feldherrn Aëtius mit Unterstützung germanischer Stämme geschlagen.

531: Sieg der verbündeten Franken und Sachsen über die Thüringer, Ende des Thüringer Königreiches. Teilung des Landes unter die Sieger, wobei die Franken den größten Teil, die Sachsen das nördliche Thüringen erhalten. Schon vor der Unterwerfung der Thüringer durch Franken und Sachsen hat das Thüringer Königreich im Süden Gebiete an die Bajovarii (Bayern) abtreten müssen. (Die in der Sage „Das Ende des Thüringer Königreiches“ erwähnte *Amalberga* war in Wirklichkeit eine Nichte des Ostgotenkönigs *Theoderich.* Der Frankenkönig, der den Kampf gegen die Thüringer führte, hieß *Theuderich I.*)

Ab 531: Thüringen steht zunächst nur in loser Abhängigkeit vom Frankenreich. Als sie sich verschärft, kommt es 594 zum Aufstand der Thüringer gegen die fränkische Herrschaft; er wird jedoch von *Childebert II.* niedergeschlagen.

6.–8. Jahrhundert: Dieser Zeitraum ist sozialökonomisch gekennzeichnet durch die Herausbildung feudaler Verhältnisse im Frankenreich. Nach der Einbeziehung der auf dem heutigen Territorium der beiden deutschen Staaten lebenden germanischen Völkerschaften in dieses Reich hat sich bis zum Ende des 8. Jahrhunderts der Feudalismus auch hier durchgesetzt.

7. Jahrhundert: Die Franken setzen erste Herzöge in Thüringen ein. Der von ihnen zum Thüringer Herzog ernannte *Radulf* strebt jedoch nach Selbständigkeit, er regiert in Thüringen wie ein König. 641 zieht Sigibert III. gegen ihn, wird jedoch geschlagen (641). Die Macht des Herzogtums Thüringen, das die Oberhoheit der austrasischen Herrscher allerdings formal anerkennt, festigt sich. Begünstigt durch die inneren Wirren im Frankenreich bleibt Thüringen in der 2. Hälfte des 7. Jahrhunderts unabhängig. Um die Wende vom 7. zum 8. Jahrhundert verlagert sich das Zentrum des Herzogtums Thüringen von der Unstrut an den Main (Würzburg).

Ab 623: Östlich der Saale jahrhundertelange Auseinandersetzungen zwischen Sorben und Thüringern, zum Teil auch kriegerischer Art. Allmähliche Assimilierung von Sorben, die an ihrer Kultur lange Zeit festhalten. Daher sind in Sprache, Bräuchen und Sagen dieses Gebietes vielfach thüringische und sorbische Elemente verschmolzen. (Im Osterland [Elster-Pleißegebiet] konnte vor den Gerichten bis zum Jahre 1327 sorbisch gesprochen werden.)

8. Jahrhundert: Die Karolinger richten im Laufe des 8. Jahrhunderts die fränkische Herrschaft zwischen Rhein und Elbe wieder auf. In der ersten Hälfte des Jahrhunderts führen die Franken unter *Karl Martell* die fränkische Grafschaftsverfassung und das Lehnswesen in Thüringen ein. Das erfolgt Hand in Hand mit der Christianisierung des Landes. Beginn der Unterordnung des freien Thüringer Bauern unter die feudale Herrschaft und der Auflösung der bäuerlichen Markgenossenschaft, deren Reste sich allerdings noch über viele Jahrhunderte erhalten.

725: *Bonifazius* das erste Mal in Thüringen. 748 wird er Erzbischof von Mainz.

876: Das Ostfrankenreich wird zwischen den Söhnen des verstorbenen *Ludwigs des Deutschen* geteilt. *Ludwig der Jüngere* erhält Franken, Thüringen und Sachsen, *Karlmann* Bayern und *Karl der Dicke* Schwaben. Nach dem Tode Ludwigs des Jüngeren (882) wird Karl der Dicke Herr des gesamten Ostfrankenreiches; 881 ist er vom Papst zum Kaiser gekrönt worden. Da er auch die Herrschaft über das Westfrankenreich übernimmt, ist das fränkische Großreich für kurze Zeit noch einmal wiederhergestellt.

909–923: Ungarneinfälle in Thüringen.

919: Nach dem Tode König *Konrads I.* wählen die sächsischen und ein großer Teil der fränkischen Feudalherren Herzog *Heinrich von Sachsen* in Fritzlar zum König. Auch Arnulf von Bayern unterwirft sich 921 dem neuen König. Damit ist der Weg vom Ostfränkischen zum Deutschen Reich gebahnt.

11.–12. Jahrhundert: Die erstarkten Thüringer Territorialherren, d.h. die mit Grafschaften belehnten Geschlechter, kämpfen um die Vorherrschaft im Lande. Am erfolgreichsten sind dabei die neu nach Thüringen gekommenen *Ludowinger*, das Geschlecht der Thüringer Landgrafen männlicher Linie. Sie werden zum mächtigsten Thüringer Grafenhaus. Ihr Stammsitz ist die Schauenburg, ihr späterer Herrschersitz die Wartburg. Unter ihnen beginnt im 12. Jahrhundert der Übergang von der Stammesherrschaft zum Thüringer Territorialstaat.

1130: Ludwig III., Sohn Ludwigs des Springers, erhält vom Kaiser Rang und Namen eines Landgrafen von Thüringen („Landgraf Ludwig I."). Er und seine Nachfolger sind während der ganzen Herrschaftszeit der Ludowinger bemüht, die landgräfliche Hoheit über die Thüringer Grafschaften auszudehnen, was jedoch nicht gelingt. (Lediglich die *fränkische* Grafschaft Henneberg besitzt volle Integrität). Neben bzw. im landgräflichen Territorium behaupten sich u. a. die z. T. viel älteren Grafengeschlechter der Reußen, Schwarzburger, Orlamünder und Käfernburger sowie das Erzbistum Mainz mit seinen Besitzungen Erfurt und Eichsfeld. (Auch die Wettiner, die nach dem Aussterben der Thüringer Landgrafen männlicher Linie Thüringen und Meißen verbinden, können die gräflichen, kirchlichen und reichsstädtischen [Mühlhausen und Nordhausen] Sondergewalten nicht überwinden.)

1247: Ende der Herrschaft der Ludowinger. Die folgende Periode ist u. a. durch das Überhandnehmen des Faustrechts in Thüringen gekennzeichnet.

1247–1262: Thüringer Erbfolgekrieg. Es streiten sich um das Erbe der Ludowinger: Markgraf Heinrich von Meißen, ein Neffe Ludwigs IV.; die Herzogin Sophie von Brabant, Tochter Ludwigs IV. und der heiligen Elisabeth; Graf Siegfried von Anhalt, Enkel Hermanns I. von Thüringen, und der Herzog von Braunschweig. Die beiden letzten scheiden bald aus dem Kampfe aus, der zwischen Heinrich von Meißen und Sophie von Brabant um so erbitterter ausgetragen wird. (Die ältere Literatur gibt als Zeit für den Erbfolgekrieg 1256–1264 an. Neue Forschungen [W. Noth] ergaben die Zeitspanne von 1247–1262.)

1265: Die Wettiner sind als Sieger aus dem Erbstreit hervorgegangen, der Thüringen mehrmals verwüstete. Markgraf Heinrich selbst behält Meißen, sein Sohn Dietrich bekommt die Mark Landsberg, das Osterland und die Lausitz, Heinrichs zweiter Sohn Albrecht Thüringen. Bis zu seinem Tode im Jahre 1288 führt Heinrich den Titel „Landgraf von Thüringen und Pfalzgrafen von Sachsen"; damit sind Thüringen und Meißen verbunden. Die sächsischen Herren nennt die Geschichtsschreibung „Landgrafen von Thüringen weiblicher Linie". Die Wartburg war bereits 1255 an das Haus Wettin gekommen (W. Noth, Die Wartburg).

1446–1451: Der sächsische Bruderkrieg verwüstet Thüringen schwer. 1485 kommt es zur Teilung Thüringens in eine ernestinische und albertinische Linie.

Mitte des 15. Jahrhunderts: Das – wie überall in Deutschland – in Zünften straff organisierte Handwerk bringt das Stadtregiment von Jena erstmalig in seine Hand. Auch in anderen thüringischen Städten tritt das Handwerk gegen das städtische Patriziat auf. Doch das starre Festhalten am Überlieferten, besonders die Ablehnung der von den Fürsten geförderten Manufaktur, hemmt die eigene Fortentwicklung des Zunfthandwerks.

Anfang des 16. Jahrhunderts: Thüringen wird zu einem Hauptgebiet des Kampfes der Bauern für ihre Befreiung, der im Großen Deutschen Bauernkrieg gipfelt. Der Thüringer Bauer ist zwar im Besitz der Produktionsmittel und nicht leibeigen, aber die weltlichen und kirchlichen Grundherren legen ihm eine solche Fülle von Frondiensten, Abgaben und Rechtsbeschränkungen auf, daß Hörigkeit und Ausbeutung und damit die Lage der Bauern immer drükkender werden. Die Frondienste bestehen je nach der Größe der bäuerlichen Wirtschaft in Hand- und Spanndiensten. Es gibt Bauern, die zwölf Tage im Jahr, andere, die dreißig, und manche, die jeden zweiten Tag in die Fron gehen müssen. Zu diesen „gemessenen", d.h. auf das Jahr festgelegten, kommen noch die „ungemessenen" Fronen wie Baudienste, die die Grundherren für ihre Rittersitze fordern, Wachdienste, Jagdfronen und vieles andere mehr. Außerdem lasten auf den Bauernwirtschaften noch vielerlei Abgaben in Form von Erbzinsen, Lehngeld, Besthaupt (die Abgabe des besten Stückes Großvieh aus der Hinterlassenschaft eines verstorbenen Bauern) und eine Menge anderer Naturalabgaben.

1547: Nach dem Schmalkaldischen Krieg verlieren die Ernestiner die Kurwürde und den ganzen obersächsischen Teil ihres Landes. Das ihnen verbleibende thüringische Restgebiet sinkt zu einem unbedeutenden kleinen Staat herab. Zahlreiche Erbteilungen zersplittern das Land in der Folgezeit in politisch und wirtschaftlich ohnmächtige Zwergstaaten. Die Grafen von Reuß z. B. teilen ihr Land zeitweilig in zehn Linien!

1715: Nach der Sachsen-Eisenachischen Kleiderordnung vom 10. 4. 1715 werden die „Untertanen“ in Thüringen in sechs Klassen eingeteilt. Die unterste umfaßt „Tagelöhner, Bauersleute, Knechte und Mägde“, die nächsthöhere die „gemeinen Bürger und Handwerksleute“.

Ende des 18. Jahrhunderts: Thüringen besteht aus elf thüringischen und vier außerthüringischen Staaten, die aber keine geschlossenen Territorien bilden, sondern in über hundert Gebietssplitter zerfallen sind, obwohl im 18. Jahrhundert der Übergang zur Primogenitur (Erstgeburtserbfolge) eine gewissen Konsolidierung der flukturierenden kleinstaatlichen Größen und Grenzen gebracht hatte. Erst 1918–1920 ermöglichte die gewaltsame Beseitigung der Fürstenhäuser den Zusammenschluß der letzten acht Thüringer Kleinstaaten zum Lande Thüringen. Die preußischen Gebiete mit Erfurt und dem Norden Thüringens – ungefähr ein Drittel des Landes – kamen jedoch erst nach 1945 wieder zu Thüringen.

Die Zeittafel wurde auf Grund folgender Quellen zusammengestellt: C. Polack, Die Landgrafen von Thüringen (Gotha 1865). P. Quensel, Thüringer Sagen (Jena 1926). O. Schmolitzky, Volkskunst in Thüringen vom 16. bis zum 19. Jahrhundert (Weimar 1964). Deutsche Geschichte, Band 1 (Berlin 1965).

Quellenverzeichnis

1. Agricola, Auslegung deutscher Sprichwörter, o. J.
2. Allgemeine Thüringische Vaterlandskunde. Erfurt 1823
3. Annales Reinhardbrunnenses. Herausgegeben von F. Wegele. Jena 1845
4. Bange, Thüringische Chronik. Mühlhausen 1599
5. Bechstein, Thüringer Sagenbuch. Coburg 1858
6. Bechstein, Thüringer Sagenbuch. 3. Auflage. Dresden und Leipzig 1898
7. Bechstein, Deutsche Märchen und Sagen. Berlin 1963
8. Bechstein, Sagenschatz des Thüringerlandes. Neue Ausgabe. Hildburghausen 1862
9. Becherer, Neue Thüringische Chronica. Mühlhausen 1601
10. Behrens, Hercinia curiosa oder Curiöser Hartz-Wald. Nordhausen 1712
11. Binhard, Neue vollkommene Thüringische Chronica. Leipzig 1613
12. Börner, Volkssagen aus dem Orlagau. Altenburg 1838
13. Bube, Thüringische Volkssagen. Gotha 1837
14. Büsching, Volkssagen, Märchen und Legenden. Leipzig 1812
15. Draud, Fürstliche Tischreden. Basel 1642
16. Eichhorn-Nelson, Die Silberquelle. Eine Sammlung zum Teil mündlich überlieferter Thüringer Sagen. Aus dem Manuskript der Verfasserin
17. Faustbuch von 1587. Kap. I und XXXVI
18. Falckenstein, Historie von Erfurt. Erfurt 1739
19. Falckenstein, Thüringische Chronicka. Erfurt 1738
20. Fritz, Das Volksbuch vom Doktor Faust. Halle 1914
21. Greß, Holzlandsagen. 2. Auflage, herausgegeben von V. Lommar. Leipzig 1898
22. Brüder Grimm, Deutsche Sagen. Berlin 1956
23. Häfner und Zilcher, Die Herrschaft Schmalkalden, o. J.
24. Heusinger, Sagen aus dem Werratale. Gerstungen 1905
25. Hogels Chronik von Erfurt
26. Kuhn und Schwartz, Norddeutsche Sagen, Märchen und Gebräuche. Leipzig 1848
27. Leben des heiligen Ludwig. Nach der lateinischen Urschrift übersetzt von F. von Köditz, Saalfeld. Herausgegeben von H. Rückert. Leipzig 1851
28. Melissantes, Curieuse Beschreibung ... einiger Bergschlösser. Frankfurt und Leipzig 1721
29. Otmar, Volkssagen. Bremen 1800

30. Pfefferkorn, Thüringische Chronik. 1685
31. Polack, Die Landgrafen von Thüringen. Gotha 1865
32. Prätorius, Weltbeschreibung von allerley wunderbarlichen Menschen. Magdeburg 1666
33. Probst, Sagen und Märchen aus Thüringen. Berlin 1957
34. Quensel, Thüringer Sagen. Jena 1926
35. Quensel, Der Alte vom Walde und seine Geschichten. Erfurt 1943
36. Ranke, Die deutschen Volkssagen. München 1910
37. Reuper, Deutscher Sagenschatz Stuttgart o. J.
38. Richter-Heimbach, Thüringens Sagenschatz. Quedlinburg 1912
39. Rothe, Düringische Chronik. Herausgegeben von R. von Liliencron. Jena 1859
40. Mündlich von Pfarrer Schönheit in Singen (an Witzschel mitgeteilt)
41. Theuring, Des Stadtschreibers Chronik von Blankenburg
42. Thüringen und der Harz mit ihren Merkwürdigkeiten, Volkssagen und Legenden. Sondershausen 1839–1842
43. Thuringia. Arnstadt 1841, 1842, 1843
44. Tours, G. v., II, 12
45. Trommer, Deutsche Heimatsagen. Berlin 1957
46. Wartburg-Herold IV. 1896–1898. Mitgeteilt von F. Lehmann
47. Wendel, Sagenbuch der Arbeit. Berlin 1927
48. Widmann, Die wahrhaftigen Historien des D. Johannes Faust. Hamburg 1599
49. Widukinds Sächsische Geschichten. In: Die Geschichtsschreiber der deutschen Vorzeit. Berlin 1852
50. Witzschel, Sagen aus Thüringen. Wien 1866
51. Wucke, Sagen der mittleren Werra, der angrenzenden Abhänge des Thüringer Waldes, der Vorder- und der Hohen Rhön sowie aus dem Gebiet der fränkischen Saale. Herausgegeben von H. Ullrich. Eisenach 1891

Inhalt und Anmerkungen

Der Sage nach gab es im Thüringer Becken einst ein großes Binnenmeer. Ortsnamen wie Weißensee, Seega, Seebergen und andere werden als Bestätigung dafür gewertet. Der Name „Thüringer" oder – richtiger – „Düringer" wurde, soviel wir wissen, zum ersten Mal Anfang des 5. Jahrhunderts gebraucht. Mutmaßungen über die Geschichte des Namens enthält u. a. „Der Rennsteig" von Otto Ludwig (Rudolstadt 1965). Das erste sichere Zeugnis von den Thüringern stammt von Bischof Apollinaris Sidonius, der um die Mitte des 5. Jahrhunderts berichtete, daß Thüringer dem Hunnenkönig Attila nach Gallien Gefolgschaft leisteten. (Siehe auch die Zeittafel.)

Der Untergang des Thüringer Königreiches wird auf das Jahr 531 datiert. Die Burg Scithingi ist das heutige Burgscheidungen an der Unstrut.

August Witzschel gibt in seinen „Sagen aus Thüringen" das Jahr 724 für die Schlacht an der Unstrut zwischen den Ungarn und Bonifazius an. Neuere Forschungen haben jedoch ergeben, daß der Bischof 725 das erste Mal in Thüringen war.

Frankreich = Frankenreich

Das Wilde Heer treibt nicht nur in Thüringen sein Wesen, sondern auch im Harz, in Franken, Schwaben und anderen deutschen Gegenden. Es hat seinen Ursprung in der germanischen Mythologie. Der Wilde Jäger war danach Wotan, die tollen Reiter bildeten das „Wootisheer" (Wutheer), in dem die Phantasie des germanischen Jägers das Stürmen und Toben des Winters personifizierte.

Von alters her war der Hörselberg den Menschen unheimlich. Wenn der Wind um ihn rauschte, glaubten sie, das Wilde Heer reite aus ihm heraus. Wenn sich das Brausen des Windes wie das stürmische Fließen und Tosen von Wasser anhörte, flüsterte man sich zu, es rühre von einem im Berg verborgenen See her. Auch „Feuermeteore", die um ihn gekreist haben sollen, nährten die abergläubische Furcht vor dem Berg und dem, was er barg. Sehr früh fanden sich Menschen, die all diesen Erzählungen auf den Grund gingen. Ludwig Bechstein teilt einen gegen den Mystizismus gerichteten alten Bericht mit, in dem genau beschrieben wird, wie das Innere der Hörselberg-Höhle aussieht. Das beständige Summen und Brummen rührte teils vom Wind her, der sich in der Höhle brach, teils von Schwärmen unzähliger Fliegen und Mücken. Abschließend bezeichnet jener alte Bericht den Aberglauben um das Hörselbergloch als „Blend- und Gaukelwerk der Pfaffen", die – wie auch Pfefferkorn 1685 in seiner Thüringischen Chronik sagt – „viel Dichtung um den Berg gemacht" und den Menschen vorgegaukelt haben, es sei die „Werkstatt des Fegefeuers".

27 Der Grenzgang des Schulzen von Heubach — 46 und 35

30 Die kluge Katrin — 16

34 Die Wichtlein im Werratal — 7

35 Der Struiß — 51

Das Strauß-Opfer war auch in anderen Gegenden Thüringens beheimatet. Noch in den Jahren nach dem ersten Weltkrieg blieben auf Getreideäckern des Kreises Schmalkalden „Sträuße" stehen.

36 Die Hausgeister von Brotterode — 50

37 Willkommene Hilfe — 50

39 Perchthas Überfahrt — 12

40 Die Stabsgerechtigkeit — 38

42 Wie Ludwig der Springer Gattin und Wartburg erwarb — 39, 6, 38, 34

Es ist historisch nicht verbürgt, daß Ludwig der Bärtige als Statthalter des Erzstiftes Mainz nach Thüringen gesandt wurde; jedoch leitete das Erzstift Mainz Rechte daraus ab. Später waren Thüringer Landgrafen bemüht, diese Rechte zu bestreiten; sie betonten, daß sich ihr Stammvater mit eigenen Mitteln in Thüringen ansässig gemacht habe. (Vgl. die Sage „Der Hoftag zu Erfurt".) Über die Herkunft des Beinamens „der Springer" herrscht keine Klarheit. Manche Historiker vermuten, daß aus der lateinischen Stammbezeichnung Salius (von den salischen Franken) die falsche Übersetzung Saltator, Springer, entstanden ist. Allerdings ist erwiesen, daß Ludwig wegen Mordes auf Burg Giebichenstein gefangengesetzt war. Recht interessant ist, was Dr. C. Polack

(„Die Landgrafen von Thüringen") schreibt: Die alte Erzählung ist „vielleicht von den Geistlichen der Kirche zu Sangerhausen erfunden worden, um die Gründung derselben, wie üblich, einem Wunder zuzuschreiben und sie dadurch zu verherrlichen. Der Sprung erscheint ... bei der Entfernung von der Saale unmöglich, möglich jedoch, wenn man annimmt, daß ihr Bett nach und nach durch die Strömung von dem Felsengrund der Burg ab und hinüber getrieben worden ist. Er hätte also aus dem Kerkerfenster auf den am Fuße der Veste ruhenden Felsen herabsteigen können, um den kühnen Sprung in die Saale zu wagen".

46 Der eiserne Landgraf 4 und 6

48 Des eisernen Landgrafen Seele 31

50 Der Hoftag zu Erfurt 31

51 Der Sängerkrieg auf der Wartburg 27 und 38

55 Elisabeth 4, 11, 27, 3, 39, 19

Dr. C. Polack („Die Landgrafen von Thüringen") schreibt über den von der Kirche betriebenen Kult um Elisabeth: „Ihre Gebeine wurden unzählige Male zu Wunderscenen in Bewegung gesetzt; ihren Hirnschädel nahmen die Brüder des deutschen Ordens sehr häufig zu ersprießlichen Einkünften aus dem Sarg und ließen ihn ein wundertätiges Öl ausschwitzen, das sie verkauften. Außer dem Kopf thaten noch Gegenstände aus ihrer Lebenszeit Wunder bis in spätere Jahrhunderte herab, besonders der Becher und Löffel, Gürtel und ihre Tasche. Alljährlich zu Pfingsten wurden diese Reliquien von den Franciscanern in feierlicher Procession von der Wartburg nach der Klosterkirche getragen. Der Wunderglaube an diese Dinge gibt sich in verschiedenen Documenten der hohenzoller'schen Archive aus der Mitte des 15. Jahrhunderts kund. Die Gemahlin Albrecht Achills sendete gewöhnlich in den Tagen ihrer hohen Schwangerschaft Boten nach Weimar, um sich für ihre glückliche und sichere Entbindung Kopf und Becher, Gürtel und Tasche der heiligen Elisabeth zu erbitten ..." Und weiter: „Als die Kurfürstin Anna von Brandenburg am Charfreitag 1474 zu Anspach einer Tochter genesen war, sandte Albrecht Achill die Reliquien an Herzog Wilhelm von Weimar mit dem innigsten Danke und der Bemerkung zurück, daß seine Gemahlin die Kraft der ‚Heilthümer scheinbarlich zu glücklicher schneller Geburt empfunden' habe. Aus Dankbarkeit habe sie deshalb ‚vil weins' in den Kopf gießen, dann denselben in neue Gefäße fassen lassen, welcher ‚armen Frauen' (d. h. Schwangeren) in gleicher Lage zur Genesung mitgeteilt werden möchte ... Der Guardian des Franciscanerklosters in Eisenach verlangte 1491 die Reliquien, die Albrechts Frau abermals in Verwahrung hatte, zurück, um sie wieder auf der Wartburg niederlegen zu können. – Der Kopf wurde also als Weinbehälter, der Becher als wirkliches Trinkgefäß benutzt und Gürtel und Tasche wohl während der

Schwangerschaft getragen ... Die Gegenstände sind im Strome der Zeit verschwunden. Landgraf Philipp der Großmüthige von Hessen ließ 1536 aus protestantischem Eifer die Gebeine der heiligen Elisabeth entfernen; der Kopf fand sich nicht im Grabe, sondern in der Sacristei, um ihn leichter verwenden zu können. Übrigens gab es deren mehrere ..." Die Schreibung „Vargila" ist historisch nicht verbürgt, doch hat sie sich in der Sagenliteratur hartnäckig gehalten. Richtig ist „Vargula".

61 Der Mord von Creuzburg 39 und 31

62 Wie Heinrich von Velsbach starb 13 und 35

Sophie von Brabant war die älteste Tochter Ludwigs IV. und der heiligen Elisabeth, Markgraf Heinrich von Meißen ein Sohn Juttas (Schwester Heinrich Raspes und Ludwigs IV.). Nach dem Aussterben der Thüringer Landgrafen männlicher Linie griffen – begünstigt durch den Erbfolgestreit – Raub und Fehden rasch um sich. Das Faustrecht herrschte. C. Polack („Die Landgrafen von Thüringen") schreibt darüber: „Wer sollte den Schwächeren schützen, wo der Stärkere auf Raub auszog? Der Landesfürst, der auf dem Landtag strafend zu Gericht saß, fehlte. Zu gegenseitigem Trutz und zum eigenen Schutz ihrer Raublust bauten die Ritter eine Menge Burgen und Kemnaten; denn das Rauben betrachteten sie nicht als ehrlos, sondern als ein ihnen zustehendes Geschäft. Kaum war Heinrich Raspe in die Gruft versenkt, so machten schon zwei Schnapphähne den Anfang dazu, die ihren Sitz im Dorfe Hörselgau bei Waltershausen hatten, Ludwig von Hörselgau und Johannes Atze. Mit ihren Helfershelfern zogen sie auf die Landgrafenburg Tenneberg, nahmen den landgräflichen Vogt gefangen mit sich fort ... und raubten alles Vieh auf den herumliegenden Orten bis vor Eisenach. Andere bauten nun Raubschlösser an beutereichen Plätzen ... Auch der in diesem Jahr (1247) erfolgte Tod des Grafen Hermann von Orlamünde scheint nicht ohne Einfluß auf die Häufigkeit der Fehden gewesen zu sein. Vermehrt wurden dieselben im folgenden Jahre (1248) durch den Kampf zwischen den thüringischen Grafen und dem Heinrich dem Erlauchten geneigten Schenken Rudolf von Vargila, der viele Dörfer derselben verheerte und den Grafen Günther von Kevernburg und dessen Sohn Berthold und die Grafen Heinrich und Günther von Schwarzburg nebst 20 Rittern gefangen nahm."

66 Wie das Geschlecht derer von Hundt entstand 8

67 Der heilige Esel von Schwarza 41, 50, 35

71 Königin Reinschweig 30

72 Der Graf von Gleichen und seine zwei Frauen 28, 22, 38

Nach einer anderen Sage heißt jener Graf von Gleichen nicht Ernst, sondern Ludwig. Ihm soll der Sultan die Freiheit geschenkt haben, als seine Tochter ihm ihre Liebe zu dem deutschen Ritter offenbarte. Das Übrige wird ähnlich mitgeteilt wie in der hier wiedergegebenen Sage. In den „Thüringischen Volkssagen“ von Adolf Bube heißt es über die Drei Gleichen: „Zwischen den Städten Gotha, Ohrdruf und Arnstadt erheben sich gleichsam im Dreieck auf drei einzeln liegenden Bergen die Überreste von drei ehemaligen Schlössern. Man nennt sie insgemein die drei Gleichen, aber mit Unrecht! Nur dem einen, dem nördlichsten dieser Bergschlösser ... gebührt der Name Gleichen. Das südlichere heißt Mühlberg, das westliche Wachsenburg, und beide sind älter als Gleichen, haben auch nie, wie dieses, zum Besitztum des Grafen von Gleichen gehört. Bloß die Ähnlichkeit ihrer Lage und Höhe scheint Anlaß zu der gemeinsamen Benennung gegeben zu haben; vielleicht ist auch hieraus die Sage entstanden, daß alle drei Schlösser zu gleicher Zeit ein Schicksal gehabt, das ist, daß alle drei im Jahre 1230, auf einmal vom Blitz entzündet, wie Fackeln gebrannt hätten. Am berühmtesten ist Gleichen, teils wegen des großen Besitztums seiner ehemaligen Inhaber, teils wegen der bekannten Sage von dem zweiweibigen Grafen, die an dasselbe gekettet ist.“

74 Woher die Fürsten von Reuß ihren Namen hatten 34, 1

75 Die Jungfrau mit dem Zopf 50

77 So viel Kinder wie Tage im Jahr 9 und 50

79 Das eingemauerte Kind 51

80 Der Farnsamen 6

81 Salzungen und sein See 51

84 Die Nixe der Unstrut 43 und 50

86 Eulenspiegel in Ilversgehofen 35

88 Der Nixe Fluch 38

90 Der Pfennigsee 33

93 Pumphut 7

Die Sage ist sorbischen Ursprungs, wie zahlreiche andere Thüringer Volkssagen auch. Sie künden davon, daß das Land östlich der Saale vor mehr als tausend Jahren von sorbischen Stämmen besiedelt war, die dann von der feudalen deutschen Ostexpansion entweder zurückgedrängt, assimiliert oder unterjocht wurden. Bei den Sorben in der Lausitz ist die Sage vom Pumphut ebenfalls noch lebendig.

96 Der Schlangenkoch 6

98 Der Otterkönig 45 und 36

99 Die Teufelsmahten 51

100 Die Brotteroder Kuhherde ist weg 51

103 Der Freischützenschuß 43 und 50

104 Das gläserne Geschoß 42, 50, 6
An der Schlaf = an den Schläfen.

107 Riesen an der Schwarza 6

108 Bestrafte Raubritter 50

111 Die Wunderblume 50

113 Der Kornfuhrmann im Singerberg 40 und 50

115 Der silberne Nagel 33

119 Das Hexengold von der steynen Heyde 16

126 Die Silberquelle 16

129 Die verwünschten Bergwerke 43, 50, 6

132 Die weiße Jungfer im Burgberg 50

133 Der Alte vom Walde 16

135 Das Maienfest 33

140 Friedrich Rotbart auf dem Kyffhäuser 22, 47, 15, 32, 10
Friedrich Wendel hat in seinem „Sagenbuch der Arbeit" einen ausführlichen Kommentar zur Friedrich-Rotbart-Sage veröffentlicht. Wir entnehmen ihm folgende Auszüge: „Keine Sage ist in Deutschland so populär gewesen wie die vom Barbarossa im Kyffhäuser. Sie hat sogar in der Politik eine entscheidende Rolle gespielt: der 1848er Demokratie war der alte Barbarossa die symbolische Idealfigur ihrer konstitutionellen Reichseinheits-Wünsche, und als man 1871 dem alten Wilhelm die Kaiserkrone auf den lebhaft widerstrebenden Schädel setzte, verkündete ein Getöse heftig geschlagener Leiern, daß nunmehr Friedrich Rotbart seine herrliche Auferstehung gehalten habe und daß die bösen Raben nicht mehr um den Berg flögen. Und sämtliche Oberlehrer stellten fest, daß die Barbarossa-Sage die prophetische Vorahnung des evangelischen Kaisertums sei ... So bedeutsam nun die Sage für die Psychologie des mythischen Denkens des Volkes ist, so wenig kann sie als eine Glorifizierung des imperialistischen Gedankens angesprochen werden, am allerwenigsten des imperialistischen Gedankens bourgeoiser Fasson ... Es kreuzen und verknüpfen sich in der Barbarossa-Sage die verschiedensten Fäden. Macht man sich an die Entwirrung des Knotens, so ergibt sich ein Bild, das, wie schon die

zweite und ursprüngliche Fassung des Winterthurers verrät, vom Vorstellungskreis der für das evangelische Kaisertum begeisterten Professoren und Hofprediger unterschieden ist wie der Tag von der Nacht ... Friedrich I., genannt Barbarossa, Rotbart (1152–1190), wird in der Sage mit seinem Enkel Friedrich II. (1215–1250) verwechselt, und der entschieden antiklerikale Gehalt der meisten Fassungen der Sage läßt als sicher erscheinen, daß bei den politischen Vorstellungen des Volkes, die bestimmend auf die Formung der Sage eingewirkt haben, die auf Friedrich II. gesetzten Volkshoffnungen den Ausschlag gegeben haben. Von Friedrich Rotbart hat die Sage nur den Namen übernommen. Aber gerade dieser Name hat auf die richtige Fährte geführt: Dieser Rotbart der Sage ist, wie schon Jacob Grimm feststellte, kein anderer als der rotbärtige Thor der Mythe, der Gott des Bauern und der Beschützer alles dessen, was mit dem alten Gemeineigentum an Grund und Boden zusammenhing. Von ihm, dem Rotbärtigen, bis zu dem primitiv sozialistischen Ideengehalt, der in der Sage offenkundig ist, führt eine gerade Linie ... Der wilde Kampf zwischen geistlicher und weltlicher Gewalt nahm unter Friedrich II. bekanntlich hochdramatische Formen an. Dreimal wurde der päpstliche Bannfluch gegen den Kaiser geschleudert. Die Wirkung des Bannes ging um so tiefer, als der Kaiser allgemein im Geruch der Ketzerei stand: Man wußte, daß an seinem sizilianischen Hof alles, was freien Geistes war, jüdische und sarazenische Philosophen nicht ausgenommen, eine ungewöhnlich glänzende Freistatt hatte; man wußte, daß Friedrich schönen Frauen und schönen Künsten, gutem Wein und guten Witzen, kurz allem, was ein in Erwartung baldigen Weltunterganges lebender Christ für eitel Unzucht und Sünde zu halten hatte, durchaus ergeben war, und man wußte auch, daß der Kaiser dunkle Verbindungen mit jenen ketzerischen Sekten unterhielt, in denen sich überwiegend proletarische Nichtshäbigkeit zusammengefunden hatte ... Im übrigen war der Kaiser politisch skrupellos, er bekannte sich offiziell mit Überzeugung zum orthodoxen Christentum, wenn ihm ein solches Bekenntnis unmittelbaren politischen Vorteil brachte. Doch Politik hin und her, dem Volke galt er als der geborene und geschworene Feind der Papstkirche, und diese Anschauung trifft im Grunde ja auch das Richtige. Friedrich II., hätte er in dem großen Kampf mit Rom gesiegt, hätte unzweifelhaft dem Gegner die Krallen nicht nur beschnitten, sondern auch radikal entfernt ... Zu erörtern, wieso dem Volk in seinen Katen und Hütten ein Kaiser als unversöhnlicher Feind der päpstlichen Kirche so ungeheuer sympathisch sein mußte, hieße erörtern wollen, wieso die Sonne dem Menschen sympathischer (als die Nacht, das Dunkel) ist. Was sonst das niedere Volk an Friedrich II. gefesselt haben soll, ist nicht erfindlich. Des Kaisers politisches Ideal war der Absolutismus ... Der Schwarm für das Kaisertum Friedrichs II. ist ein romantischer Schwarm. Rührend, diese Kaiserromantik des armen Volkes des 14. und 15. Jahrhunderts! Durch die Realität der Dinge hundertmal belogen und betrogen, hoffte und harrte man, ob sich nicht doch eine Verwirklichung der Ideen einstellen werde, wie sie der Hütte vorschwebten. Noch die Bauern des großen Aufstandes von 1525 waren Anhänger des Kaisers! ... Schließlich tritt aber in der zweiten Fassung der Sage ihr eigentlicher Kern klar zutage. Der Kaiser werde am Ende des großen Befreiungskampfes sein Kaisertum niederlegen, heißt es ausdrücklich. Die alte Gemeinfreiheit ist es, die da in der Vorstellung des Volkes durchbricht. Wie sehr die Verteidiger der herrschenden Mächte dagegen ankämpften, beweist Johannes Rothe, der um 1420 sich über die Barbarossa-Sage folgendermaßen ausläßt: ‚Von diesem Kaiser (nämlich Friedrich II.) erhob sich eine neue Ketzerei, die noch heimlich unter den Christen ist, und sie glauben fest, daß Kaiser Friedrich noch lebe und lebendig bleiben werde bis an den jüngsten Tag, und daß kein richtiger Kaiser nach ihm geworden sei oder werden solle, und daß er noch wandere zu Kyffhausen auf dem wüsten Schloß und auch auf andern wüsten Burgen, die zu dem Reiche gehören, und rede mit den Leuten und lasse sich zu Zeiten sehen. Diese Büberei bringt der Teufel auf und verleitet damit die Ketzer und etliche einfältige Christenleute.‘ ... Der ‚heimliche Kaiser‘ blieb eine Lieblingsfigur des Volkes ... Er ist Symbol für alles, was an Erinnerungen an den Versuch der Ahnen, ein Reich sozialer Demokratie zu verwirklichen, wach und lebendig geblieben war.“

141 Der Bauer von Gehofen 7 und 35

144 Der Taufwein 29 und 14

145 Der Rabenschütze 38

148 Bergentrückung 7

151 Friedrich der Gebissene 39 und 31

C. Polack bezeichnet die Erzählung vom „Biß Friedrichs“ als Erfindung und betont, daß dieser Landgraf „den Namen des Gebissenen erst beinahe hundert Jahre nach seinem Tode“ erhielt. Polack vermutet, daß Schöttgen in seiner Thüringischen Chronik alte, vom Volke ausgeschmückte Erzählungen verwandt habe. Vor der nachträglichen Namensgebung hat Friedrich den Beinamen „der Freudige“ gehabt, weil er „stets freudig zur Schlacht ging“. Trotz des umstrittenen Bisses gibt die Sage ein Sittenbild des damaligen Feudallebens. Obwohl Albrecht der Unartige ein skrupelloser, harter Herrscher war, hat er sich bei der Entwicklung des Städtewesens in Thüringen Verdienste erworben, weshalb die Eisenacher auch lange zu ihm standen. Er erließ Gesetze, die sich gegen die feudalen Grundherren richteten und es dem hörigen Bauern erleichterten, sich in den Städten ein freieres Leben aufzubauen. Der Stadt Eisenach gab Albrecht 1286 neue Statuten und wirkte dadurch für die Hebung anderer Städte, die sich das Beispiel der landgräflichen Hauptstadt zum Muster nahmen. Doch sind nicht alle Städte frei gewesen; selbst Bürgermeister zahlreicher Städte waren Hörige von Grafen und Fürsten; sie kauften sich im Laufe der Zeit los.

158 Das Kloster Reinhardsbrunn 9, 11, 39, 34, 31

162 Das Wirtshaus an der Heerstraße 16

165 Der böse Vogel in Gera 6

166 Der Mörder 51

168 Der Langenberger Frontanz 6

169 Des Bauern Enteignung 47

171 Der Rodaer Bierkrieg 21 und 34

173 Der Schmied von Roda 33

177 Der gute Born von Möhra 51 und 47

178 Klüger als der Teufel 26 und 34

180 Wie ein Fambacher den Teufel überlistete 51

181 Der grünende Pfahl 7

182 Das unsichtbare Dorf 6

183 Der Nichtsnutz 35

186 Das Frühmahl 7

187 Der Amtmann von Ichtershausen 35

In der von Quensel wiedergegebenen Fassung der Sage versagt der Amtmann recht kläglich. (Moral: Schuster, bleib bei deinem Leisten ...) Diese offensichtlich aufgesetzte Tendenz wurde in unserer Fassung der Sage weggelassen.

192 Die blinden Hessen 37 und 45

193 Wie der Räuber Henning überlistet wurde 50

195 Der Räuber Paulus 51

197 Die wilde Sau 24

199 Der lahme Fleischbote von der Brandenburg 50

202 Der unehrliche Mönch 50

203 Die Apoldaer Lindwürmer 2 und 50

205 Der Mordbrunnen 16

Die Bilbert-Sage ist in Thüringen in zahlreichen Fassungen verbreitet, wie andere Sagen auch. Manchmal heißt der Räuber Bilmer, Bilwitz, einmal auch Bilsenschnitter.